Rita Mae Brown
& Sneaky Pie Brown

MORGEN, KATZE, WIRD'S WAS GEBEN

Rita Mae Brown
& Sneaky Pie Brown

MORGEN, KATZE, WIRD'S WAS GEBEN

Ein Fall für Mrs. Murphy

Roman

Aus dem Amerikanischen
von Margarete Längsfeld

List

Die Originalausgabe erschien 2014
unter dem Titel *Nine Lives to Die*
bei Bantam Books, New York.

MIX
Papier aus verantwortungsvollen Quellen
FSC® C014496
FSC
www.fsc.org

List ist ein Verlag der Ullstein Buchverlage GmbH

ISBN 978-3-471-35141-3

Gesetzt aus der Janson und Friz Quadrata
Satz: LVD GmbH, Berlin
Druck und Bindearbeiten: GGP Media GmbH, Pößneck
Printed in Germany

Voll Bewunderung der Yorkshire-
Terrierhündin Gracie gewidmet.
Sie lebt in Kapstadt, Südafrika,
und hat ihren Menschen gut erzogen.

Personen der Handlung

Mary Minor »Harry« Haristeen, gerade einundvierzig geworden, hat nach ihrem Abschluss am Smith College sechzehn Jahre lang als Posthalterin in Crozet, Virginia, gearbeitet. Nun versucht sie, mit Farmarbeit Geld zu verdienen. Sie hat Brustkrebs überstanden und denkt lieber nicht darüber nach. Sie lebt mehr oder weniger an der Oberfläche des Daseins, bis ihre Neugierde sie tiefer hineinzieht.

Pharamond »Fair« Haristeen, Doktor der Veterinärmedizin, hat sich auf Pferdefortpflanzung spezialisiert. Nach seinem Examen an der Auburn University hat er seine Kindheitsliebe Harry geheiratet. Er versteht sich besser als seine Frau auf die Gefühlslage anderer Menschen. Er ist ein Jahr älter als Harry.

Susan Tucker, kontaktfreudig und in geselligem Austausch aller Art bewandert, ist Harrys beste Freundin, seit sie beide in der Wiege lagen. Sie liebt Harry, macht sich jedoch Sorgen, weil Harry ständig in irgendetwas hineinstolpert.

Reverend Herbert Jones, Vietnam-Veteran der Armee, ist Pastor der lutherischen St.-Lukas-Kirche, die über zweihundert Jahre alt ist. Er ist ein Mann von tiefer Überzeugung und tiefen Empfindungen. Harry kennt er seit ihrer Kindheit.

Deputy Cynthia Cooper. Die große, schlanke Frau, Harrys direkte Nachbarin, weil sie die angrenzende Farm gepachtet hat, liebt den Polizeidienst. Harry mischt sich hin und wieder in Coopers berufliche Angelegenheiten ein, denn die Smith-Absolventin besitzt ein unheimliches Talent, auf wichtige Informationen zu stoßen.

Tante Tally Urquhart, die hunderteinjährige Tante von Marilyn Sanburne, macht, was sie will und wann sie will. Sie tritt in diesem Buch kaum in Erscheinung, was allen eine Verschnaufpause verschafft.

Marilyn »Big Mim« Sanburne ist als Queen von Crozet bekannt. Sie beherrscht alles und alle außer ihrer Tante. Big Mim ist politisch interessiert.

Miranda Hogendobber ist für Harry wie eine zweite Mutter. Die fromme Christin tritt ebenfalls in diesem Buch kaum in Erscheinung. Sie ist wie Big Mim in den Siebzigern und hat keine Ahnung, wie sie da so schnell hingeraten ist.

Sheriff Rick Shaw. Der Sheriff von Albemarle County ist überlastet, unterfinanziert und überarbeitet. Trotzdem liebt er den Polizeidienst, und er hat gelernt, Cooper zu vertrauen. Anfangs war er nicht begeistert gewesen, eine Frau im Revier zu haben.

BoomBoom Craycroft, auch eine Kindheitsfreundin von Harry, hatte vor Jahren eine Affäre mit Harrys Mann. Das war natürlich ein Riesenschlamassel. Doch alle haben sich davon erholt, und vieles ist in mancher Hinsicht besser geworden. BoomBoom leitet die Betonfabrik ihres verstorbenen Mannes. Sie ist auf konventionelle Art schön.

Alicia Palmer ist einfach atemberaubend. Alicia war in den fünfziger Jahren ein Filmstar, hat etliche Ehemänner und Affären hinter sich, einen Haufen Geld verdient und von einer alten Liebe noch mehr geerbt. Sie ist nach Crozet zurückgekehrt, hat sich in BoomBoom verliebt und ist überglücklich.

Jessica Hexham ist gebildet, gesellig und immer bereit, einer guten Sache zu dienen. Sie schließt sich der Mädelsgruppe um Harry und ihre alten Schulfreundinnen an.

Brian Hexham, Jessicas Ehemann, leitet ein gemeinnütziges Unternehmen, das benachteiligte Jungen unterstützt. Niemand, der sich in dieser Einrichtung engagiert, die in der Kirche St. Cyril untergebracht ist, erhält eine Vergütung dafür.

Arden Higham, leicht neurotisch, mit einem erfolgreichen Geschäftsmann verheiratet, bemüht sich um Frieden zwischen ihrem Mann und ihrem Sohn. Sie kümmert sich, auch ohne Vergütung, um die Buchführung für Silver Linings.

Louis Higham betreibt eine profitable Werbeagentur. Er ist wie so viele der mit Silver Linings verbundenen Männer ein ehemaliger Highschool-Football-Star. Er hat eine herrische Ader.

Tyler Higham ist mit vierzehn ein Technikfreak, versteht sich gut mit seinen Mitschülern, ist aber zum Leidwesen seines Vaters jämmerlich unsportlich.

Trainer Al Toth ist pensioniert und Anfang siebzig. Er war während der glorreichen Footballzeiten in den 1970er und 1980er Jahren Cheftrainer an der Crozet High School. Er hilft bei Silver Linings aus und wird von allen verehrt.

Esther Mercier Toth. Auch sie tut das Ihre für Silver Linings und ist Al treu ergeben. Die ehemalige Mathematiklehrerin an der Crozet Highschool ist mit der Betreuung ihrer älteren Schwester belastet.

Peter Vavilov, auch ein von Trainer Toth geförderter Football-Star, ist Fordhändler geworden, verdient einen Haufen Geld und liebt den Autohandel.

Charlene Vavilov betreibt das Autohaus zusammen mit ihrem Mann und hat wie er das harte Geschäft lieben gelernt. Sie hofft, dass ihre zwei Söhne, wenn sie das College abgeschlossen haben, in der Kfz-Branche landen werden.

Pfarrer O'Connor. Als junger Gemeindepriester von St. Cyril wurde er damit betraut, den alternden Pfarrer O'Brien zu unterstützen. Im Hinblick auf Kirchenpolitik hält er den Kopf gesenkt und konzentriert sich auf seine Pfarrkinder.

Cletus Thompson, ehemaliger Mathematiklehrer an der Crozet High School, einer für ihren Mathematikbereich hoch angesehenen Schule. Er ist pensioniert und hat einen sehr alten Hund namens Terminator. Kämpfe mit der Flasche haben sein einst attraktives Gesicht verwüstet. Er ist ein anständiger Mensch, der mit einem Dämon ringt.

Flo Rice. Wunderlich trifft es nicht ganz, aber sie ist intelligent, belesen und den meisten Menschen gegenüber misstrauisch. Sie streitet sich gern mit Esther Toth, ihrer jüngeren Schwester. Ihr Hund Buster ist ein Lichtblick in ihrem Leben.

Odin, ein junger Kojote, der hinter Harrys Farm am Osthang der Blue Ridge Mountains lebt, verhilft Mrs. Murphy, Pewter und Tucker zu einer erschreckenden Entdeckung.

Die wirklich bedeutenden Figuren

Mrs. Murphy ist eine Tigerkatze, die meistens cool, ruhig und beherrscht ist. Sie liebt ihre Menschen, die Hündin Tucker und sogar Pewter, die andere Katze, die ein rechtes Ekel sein kann.

Pewter ist ichbezogen, rundlich und, wenn sie Lust hat, intelligent. So selbstsüchtig diese Katze auch ist, oft kommt sie in allerletzter Minute, um zu helfen, und will dann die ganze Anerkennung einheimsen.

Tee Tucker. Die Corgihündin könnte für Sie die Aufnahmeprüfung am College bestehen. Sie hängt sehr an Harry, Fair und Mrs. Murphy. An Pewter eher weniger.

Simon ist ein Opossum und wohnt auf dem Heuboden von Harrys Stall.

Matilda ist eine große Kletternatter mit einem starken Sinn für Humor. Sie wohnt auch auf dem Heuboden.

Plattgesicht. Die große Ohreule wohnt in der Stallkuppel. Sie triezt Pewter, aber der Katze ist klar, dass der Vogel sie mühelos hochheben und wegtragen könnte.

Shortro, ein junges Reitpferd in Harrys Stall, wird für die Fuchsjagd ausgebildet. Er ist sehr klug und gutmütig.

Tomahawk, Harrys älterer Vollblüter. Sie sind seit langem befreundet.

Die lutherischen Katzen

Eloquenz ist die älteste der St.-Lukas-Katzen. Sie ist sehr besorgt um den »Rev«, wie seine Freunde den Reverend Herbert Jones manchmal nennen.

Cazenovia. Diese Katze beobachtet alles und jeden.

Lucy Fur, die jüngste der Miezen, ist nicht an der Kirchenlehre interessiert, dafür aber an Reverend Herbert Jones, den sie als »Poppy« ansieht.

1

Gin!«

»Unglaublich.« Susan Tucker starrte auf die Karten, die Harriet »Harry« Haristeen, ihre langjährige Freundin seit Kindertagen, abgeworfen hatte.

Die anderen sechs anwesenden Frauen traten hinzu und bestaunten mit offenstehenden Mündern das Siegerblatt.

»Tja, Susan, sie hat's gebracht«, sagte BoomBoom Craycroft, eine weitere Kindheitsfreundin, lächelnd.

»Harry hat doch null Ahnung vom Kartenspielen«, lamentierte Susan.

»Heute Abend schon.« Harry strahlte. »Susan, notier dir im Kalender, ›Dienstag, dritter Dezember. Meine beste Freundin Harry hat mich im Gin Rommé geschlagen.‹«

Jessica Hexham, zierlich, im mittleren Alter, hatte sich schick angezogen, obwohl dies ein zwangloser Abend war. Sie murmelte: »Für den Kalender nicht ganz so enthusiastisch – vielleicht einfach bloß ein Pechtag?«

»Wisst ihr noch, wie Miss Donleavy uns über Pechtage im alten römischen Kalender aufgeklärt hat?« Susan verdrehte die Augen.

BoomBoom, Susan und Harry waren auf der alten Crozet High School in dieselbe Klasse gegangen. Das Gebäude stand zwar noch, aber heute besuchten die Schüler die Western Albemarle High School, eine große Schule, in der ehemalige kleine Gemeindeschulen zusammengeschlossen waren. Jessica

Hexham, Alicia Palmer, Charlene Vavilov und Arden Higham waren nicht auf diese Schule gegangen. Jessica hatte Miss Porters Institut besucht, Alicia die Orange High School, Arden die Buckingham High School und Charlene, die älter war als die anderen, St. Catherine's in Richmond.

Mit Ausnahme von Jessica waren alle in Mittelvirginia gebürtig. Jessica, in Concord, Massachusetts, geboren und aufgewachsen, hielt die anderen oft für amüsant, zuweilen auch für widersprüchlich und allesamt für gute, verlässliche Freundinnen.

»Alea jacta est«, erklärte Susan entschieden.

Harry übersetzte: »›Der Würfel ist gefallen.‹ So hieß es, als Julius Caesar 49 v. Chr. an der Spitze der dreizehnten Legion den Rubikon überquerte. Er wusste, dass es Bürgerkrieg geben würde.«

»Apropos Pechtag«, sagte BoomBoom. »Ist es denn nicht irre, dass ein jahrtausendealter Begriff wie Pechtag heute noch funktioniert? Gott segne Miss Donleavy. Sie war eine gute Lehrerin.«

Jessica erinnerte sich ebenfalls, vielleicht weniger liebevoll, an ihre Lateinlehrerin an der teuren Privatschule. »Miss Greely würde ich keinen Segen erteilen.«

Die anderen lachten.

»Charlene, du hast auf St. Catherine's doch bestimmt Latein gehabt«, mutmaßte Alicia.

»Ohne zwei Jahre Latein konnte man nicht aufs College gehen«, sagte Charlene. »Ich hatte vier Jahre. Das hat mir mehr genützt, als ich ahnen konnte, während ich die verhassten Konjugationen auswendig lernte.« Sie lachte.

»Komisch, nicht?«, sagte die außergewöhnlich schöne Alicia. »Was verwenden wir? Woran erinnern wir uns?«

»Abgesehen von *amo, amas, amat* erinnere ich mich an Miss Donleavys mysteriöses Verschwinden. Man hat sie nie gefunden.« Harry nahm die Karten auf, um zu mischen.

Susan griff über den Kartentisch und legte ihre Hand auf Harrys Unterarm. »Untersteh dich.«

Harry blinzelte. »Häh?«

»Ich mische.«

Harry hob die Stimme. »Soll das etwa heißen, ich mogele?«

»Nein, aber du hast die letzte Partie gewonnen, drum bin ich mit Mischen dran. Außerdem, was ist, wenn du was Heißes auf der Hand hast?« Susan verwendete den unter Spielern üblichen Ausdruck.

»Das würde ich eher meinem Mann verraten.«

Dies rief weiteres Gelächter hervor.

Die Lampen flackerten einmal, zweimal, dann ging das Licht aus.

»Verdammt«, schimpfte Susan in der Dunkelheit. »Bleibt, wo ihr seid. Ich hole Kerzen.«

»Nimm meine kleine Taschenlampe.« Harry zog eine etwa fünf Zentimeter lange LED-Taschenlampe Made in China aus ihrer Tasche.

Susan drückte auf den Knopf. »Wow.«

»Was hast du sonst noch in der Tasche?«, fragte Jessica.

»Ein Taschenmesser«, antwortete BoomBoom statt Harry. »Sie hat immer ein Messer und ein bisschen Geld in der Tasche.«

»Mit Betonung auf *bisschen*«, erwiderte Harry und leerte ihre Taschen auf den Kartentisch. Susan kam unterdessen mit Kerzen herein.

»Komm, ich helf dir.« Alicia konnte dank des LED-Lämpchens was sehen. Sie nahm sich ein paar Kerzen.

»Eine Sturmlaterne haben wir auch. Ach komm, das machen wir zusammen. Mädels, wir sind gleich wieder da.«

Wie versprochen kamen Susan und Alicia mit kleinen Messingkerzenhaltern herein, die sie im Wohnzimmer verteilten und anzündeten. Die große Sturmlaterne glimmte auf dem Kartentisch. Alle Leuchter waren mit fünfzehn bis zwanzig Zentimeter hohen Kerzen bestückt.

Susan bemerkte das Häufchen Krimskrams.

»Harry, was machen deine Sachen auf dem Kartentisch?«

»Jessica wollte wissen, was ich in der Tasche hatte.«

»Im Dunkeln?« fragte Susan.

»Wir wussten, es würde hell werden«, versetzte Harry.

Jessica betrachtete interessiert den Inhalt: ein Taschenmesser von Case, ein zusammengefaltetes Baumwolltaschentuch, zweiundzwanzig Dollar in kleinen Scheinen, ein Hundekeks.

Harry deutete auf den Keks. »Könnte doch sein, dass ich mal Hunger kriege.«

Die Damen lachten wieder. Alicia trat an das hohe dreiteilige Schiebefenster. »Mädels, es hat uns mächtig erwischt.«

»Soll das ein Witz sein?« Harry und die anderen traten hastig hinzu.

»Der Sturm kommt aber früh.« Wie alle Landbewohner achtete BoomBoom genauestens auf das Wetter.

»Wir haben noch etwas Zeit, ehe wir uns wegen der Straßen sorgen müssen«, prophezeite Harry zuversichtlich. »Wir haben doch alle Vierradantrieb, oder?«

Charlene lächelte. »Wenn nicht, verkauf ich ihn euch gern.« Sie und ihr Ehemann Pete waren Inhaber der Ford-Niederlassung.

»Wir sind versorgt«, erwiderten die anderen.

»Lasst uns jetzt aber nicht bei Kerzenschein Karten spielen. Ihr Lieben, ich hab uns schnell ein paar Gemüse-Hors-d'oeuvres zubereitet, die sind echt lecker, wenn ich das so sagen darf. Die kann ich nicht alle allein essen. Ihr müsst mir helfen. Harry, knips noch mal deine Taschenlampe an, dann holen wir das Essen aus der Küche rein. BoomBoom, du weißt ja, wo die Bar ist. Bedien die Mädels und gib ihnen, was sie wollen.«

BoomBoom griff sich eine Kerze und rauschte zu der gut bestückten Bar. Ned, Susans Ehemann, saß als Abgeordneter in der gesetzgebenden Versammlung von Richmond, und das Paar lud oft Gäste ein. In dieser Gegend der Welt galten gute alkoholische Getränke allen Gastgebern als lebensnotwendig. Südstaatler tranken wohl Wein, vielen war aber ein hochprozentiger Bourbon oder Scotch lieber, und darüber hinaus gab es zahllose Wodkatrinker, die meinten, das Zeug würde in ihrem Atem nicht auffallen.

Sobald sie sich in dem gemütlichen, absichtlich nicht modern gehaltenen Wohnzimmer niedergelassen hatten, fragte Jessica neugierig: »Was war denn jetzt mit eurer Lateinlehrerin?«

»Das weiß man nicht«, erklärte BoomBoom achselzuckend. »Sie ist eines Freitagabends nach dem Footballspiel verschwunden. Ihr Auto stand auf dem Parkplatz. Am Montag war sie nicht in der Schule.«

»Wir haben an dem Abend gegen die Louisa Dragons gespielt«, erinnerte Harry sich. »War ein gutes Spiel. Miss Donleavy hat kein einziges Footballspiel ausgelassen.«

»Sie war mit dem Trainer zusammen, Mr. Toth«, ergänzte Susan. »Sah verdammt gut aus.«

»Trainer Toth? *Der* Toth?«, fragte Jessica. »Silver Linings?« Sie sprach von einem Jugendverband, der von dem Trainer und auch von sämtlichen Ehemännern der anwesenden Frauen unterstützt wurde. Abgesehen davon, dass Silver Linings jungen Männern half, standen dem Verband Wirtschaftsbosse und ehemalige Sportler vor. Die Mitgliedschaft war der Karriere förderlich.

»Jessica, es ist doch sicher irritierend, mitten in eine Gruppe von alten Freundinnen zu geraten.« Harry reichte ihr eine Serviette.

»Nein, es fasziniert mich. Eine verschwundene Lateinlehrerin.«

»Du kennst das Klischee von der altjüngferlichen Lateinlehrerin? So eine war Miss Donleavy aber nicht. Sie war üppig gebaut, hatte rabenschwarze Haare und war bildhübsch«, bemerkte BoomBoom, die selbst üppig gebaut war.

»Irgendwelche Verdächtige?« Jessica hob die Augenbrauen.

Miranda antwortete: »Zuerst dachten die Leute, es könnte ein Nebenbuhler des Trainers gewesen sein. Die Männer waren verrückt nach ihr.«

Susan ergänzte: »Man hat jede Menge Männer verhört. Alle hatten ein Alibi.«

»Sonst noch wer?« Jessica ließ nicht locker.

»Esther Mercier. Sie hat Miss Donleavy gehasst, regelrecht gehasst.« Harry biss in eine Möhre mit einer eingeschnittenen Vertiefung, die mit gehaltvollem Frischkäse gefüllt war.

»War in Trainer Toth verknallt.« BoomBoom steuerte Fakten bei.

»Nicht unattraktiv, die Frau, aber nicht das Format von Miss Donleavy.«

»Wie hieß sie mit Vornamen?«, fragte Jessica. »Diese Miss Donleavy?«

»Äh, Margaret. Komisch, aber es fällt mir immer noch schwer, meine Lehrkräfte mit Vornamen zu nennen. Ich meine, Trainer Toth bleibt immer Trainer Toth.« Susan lächelte. »Und am Ende hat er Miss Mercier geheiratet, eine Mathelehrerin.«

»Man sollte meinen, jemand müsste was gewusst haben. Crozet ist schließlich klein«, meinte Charlene verwundert.

»Falls ja, ist es keinem aufgefallen. Wie jeder beliebige Ort auf der Welt steckt Crozet voller Geheimnisse, die die Menschen mit ins Grab nehmen«, bemerkte Harry. »Die Verwandten von Miss Donleavy, alle älter als sie, sind tot. Es ist einer von diesen hartnäckigen Kleinstadt-Mythen.«

»Also wirklich, Menschen verschwinden nicht einfach vom Erdboden.« Alicia drehte ein frisches Stückchen Broccoli zwischen den Fingern.

»Die Schwarze Dahlie«, widersprach BoomBoom.

»Stimmt, gewissermaßen«, sagte Alicia. »Freilich, ich war damals nicht in Hollywood. Und sie ist nicht verschwunden, Süße. Man hat den Mörder nie gefunden.«

»Stimmt.« BoomBoom stand auf, trat ans Fenster und drückte die Nase fast an die Scheibe. »Jetzt kommt's aber richtig runter. Wir sollten machen, dass wir nach Hause kommen.«

»Ich möchte aufräumen helfen«, erbot sich Harry.

»Ein Tablett mit Gemüse und die paar Gläser? Und überhaupt, kein Strom, kein Wasser. Fahrt nur. Wenn eure Handys nicht funktionieren, könnt ihr immer noch simsen, falls ihr ein Droid habt.«

Arden sagte: »Hoffentlich ist die Silver Linings Spendengala nicht abgesagt.«

»Wir drücken die Daumen.« Und Charlene tat es prompt.

Nach langer vorsichtiger Fahrt lenkte Harry den Wagen endlich in ihre langgestreckte Farmzufahrt. Die Scheibenwischer schnippten, so schnell sie konnten. Harry hielt vor dem alten weißen Holzhaus, schaltete den Motor ab und die Scheinwerfer aus.

Goldener Kerzenschein flutete über den Schnee. Die überfrorenen Fenster schimmerten mattgolden, die welligen Unebenheiten des mundgeblasenen Glases wurden durch die Kerzen dahinter umso sichtbarer.

»Mom ist da«, bellte die Corgihündin Tucker drinnen erfreut.

Pewter, die sich auf dem Küchentisch rekelte, hob den Kopf. *»Höchste Zeit.«*

Mrs. Murphy, die Tigerkatze, begleitete Fair, Harrys Mann, der die Küchentür zur Veranda öffnete. Er richtete eine große Taschenlampe auf den Weg zur rückwärtigen Veranda, die im Sommer eingezäunt und im Winter verglast war.

»Schatz, bin ich froh, dass du zu Hause bist.« Er trat in den Schnee.

»Fair, geh wieder rein. Ich kann gut sehen.«

Er ging natürlich nicht rein, gab ihr einen Kuss, sobald sie,

Tucker und Mrs. Murphy zu ihren Füßen, auf die Veranda hastete.

Pewter zog ein Willkommens-Miau in Erwägung, als Harry in die Küche trat, überlegte es sich dann aber anders. Es ist nie klug, Menschen zu verwöhnen.

Harry stampfte den Schnee von ihren Füßen. »Mannomann, es schneit wie verrückt.«

»Ich bring das Aggregat zum Laufen. Bin selbst erst vor etwa zehn Minuten nach Hause gekommen. War heute unter Papierkram vergraben.«

Sie hängte ihren Mantel an einen Holzhaken neben der Küchentür und schüttelte sich den Schnee vom Kopf. »Schatz, hast du dein Droid da?«

»Na klar.«

»Kann ich's mal kurz haben?«

Fair nahm das Gerät von der Küchenanrichte, wo er es beim Hereinkommen abgelegt hatte, und reichte es seiner Frau. Harry simste an Susan: »Ich hab gewonnen.«

Dann berichtete sie ihrem Mann von ihrem kleinen Triumph, den sie zusammen feierten.

Tucker freute sich auch, wusste sie doch, wie oft Harry beim Kartenspielen verlor.

»Ich hab mal einen Satz Spielkarten zerfetzt«, prahlte Pewter. *»Teure Karten mit Susans Monogramm drauf.«*

»Wissen wir«, erwiderten Mrs. Murphy und Tucker. *»Deinetwegen spielen die Mädels nicht hier bei uns Karten«*, fügte Tucker an.

»Wen juckt's?«, rief Pewter frech vom Tisch herunter.

»Mich«, sagte die kluge Corgidame. *»Die Mädels lassen immer was zu futtern fallen.«*

»Tja …« Pewter wusste hierauf keine schlagfertige Antwort.

Als das Kaminfeuer loderte, kuschelten Harry und Fair sich aufs Sofa.

»Der erste dicke Schnee der Saison. Er schafft zwar jede

Menge Probleme, trotzdem mag ich ihn«, erklärte Fair lächelnd.

»Sind denn noch Pferde in der Klinik?«, fragte Harry. Fair war Pferdedoktor.

»Nein, deswegen kann ich ja den Schnee genießen. Ich muss da nicht mehr hinfahren, bis die Straßen geräumt sind.« Er sah aus dem Fenster. »Die kriegen mächtig was zu tun.«

»Wenigstens läuft der Kühlschrank mit dem Aggregat, und der Herd tut's mit Propangas.«

Fair zog Harry dichter an sich. »Ich mag das Kerzenlicht.«

»Ich auch, und ich mag die Stille, vor allem, wenn der Kühlschrank sich abschaltet. Hör mal, wir sind auf Miss Donleavy zu sprechen gekommen.«

»An die hab ich jahrelang nicht gedacht. War 'n gutes Spiel an dem Abend, als sie verschwand. Wir haben Louisa haushoch besiegt. Und ein Mörder ist ungeschoren davongekommen.«

»Womöglich.« Harrys helle Stimme stieg etwas an. »Ach Schatz, sie ist für immer entschwunden.«

War sie aber nicht.

2

Schneekristalle piksten Harry, die den mit einem Schneepflug bestückten 80-PS-Traktor durch die lange Zufahrt lenkte. Der schwere alte Traktor strahlte Kraft aus. Harry wünschte, er hätte eine geschlossene Kabine, doch diese Annehmlichkeit war zu teuer gewesen, als sie das Gefährt vor Jahren kaufte. Heute war sie sogar noch teurer.

Ein Notruf hatte Fair um vier Uhr morgens aus dem Bett geholt. Obwohl unterdessen dreißig Zentimeter Schnee gefallen waren, schaffte es sein Eintonner-Geländewagen, langsam durchzukommen. Jetzt um halb acht schaufelte Harry den sich auftürmenden Schnee weg.

Als sie zu der Staatsstraße zweiter Ordnung gelangte, erkannte sie, dass die Schneepflüge mindestens einmal entlanggefahren waren. Sie mussten unbedingt wiederkommen. In einem weiten Bogen fuhr sie die Zufahrt zurück. Mit dem vom Wind getriebenen Schnee im Rücken fühlte sie sich etwas besser.

Harry ertrug fast jedes Wetter. Auf einer Farm aufgewachsen, hatte sie fast ihr ganzes Leben mit Farmarbeit verbracht und war entsprechend robust. Die vier Jahre am Smith College waren die leichtesten, die sie erlebt hatte. Sogar als sie am Postamt in Crozet arbeitete, hatte sie sich, sobald sie nach Hause kam, ihren Pflichten gewidmet, sogar schon morgens früh, ehe sie nach Osten in die Kleinstadt fuhr.

Entlang der Bahngleise war ein neues Postamt gebaut worden. Sie hatte den Job gekündigt, weil sie Katzen und Hund nicht mehr mit zur Arbeit bringen durfte. Das kleine gemütliche ländliche Postamt hatte heimelig gewirkt. Die große neue Post wirkte dagegen nur wie ein weiterer Regierungsbau.

Wann immer Leute wegen der Geldverluste über den Postdienst spotteten, nahm sie ihn in Schutz. Er war ein Regierungsressort, für das unterschiedliche Normen galten, hinzu kamen diverse finanzielle Einschränkungen, die sich teilweise auf die Renten bezogen. Sie glaubte nicht, dass mit dem Postamt jemals Geld zu verdienen war. Wenn der Benzinpreis um einen Cent stieg, kostete das den Postdienst über eine Milliarde Dollar. Nur ein einziger Cent.

Sie vermisste es, die Stadtbewohner an fünf Tagen die Woche zu sehen, und sie vermisste die Zusammenarbeit mit Miranda Hogendobber, einer älteren Freundin. Und noch etwas: Harry vermisste den regelmäßigen Verdienst.

Davon abgesehen liebte sie die Vollzeit-Farmarbeit, und wie alle Farmer nahm sie es hin, dass Mutter Natur eine anspruchsvolle, schwierige Geschäftspartnerin war. Kein Tag glich dem anderen.

Ein Hupen schreckte sie auf. Sie wendete, so dass Schnee ihr wieder ins Gesicht biss, und erblickte ihre Nachbarin, Deputy Cynthia Cooper, in einem Geländefahrzeug der Polizei.

Harry stellte den Motor des Traktors ab und stieg hinunter.

»Hey«, begrüßte sie Cooper.

Cooper, deren Fenster heruntergelassen waren, entgegnete: »Du wirst dir noch den Arsch abfrieren.«

»Ist nicht viel zum Frieren dran«, witzelte Harry.

Die schlanke Gesetzeshüterin lächelte. »Ein wahres Wort, und wie viele Frauen können das von sich sagen? Brauchst du irgendwas?«

»Nein danke, Coop. Fair hat einen Notruf gekriegt. Er geht auf dem Rückweg einkaufen.«

»Wo ist er denn?«

»Bei den Jarnettes.«

»Dann muss er ganz langsam nach Hause fahren. Es soll gegen Morgen aufhören zu schneien. Morgen Abend schneit's dann weiter. Na, das hält mich jedenfalls auf Trab.«

Harry zog wegen eines Windstoßes kurz den Kopf ein. »Der Wind macht einem schwer zu schaffen.«

Cooper nickte. »Stimmt.«

»Apropos Sachen besorgen«, sagte Harry, »Jessica und ich wollen morgen zu Nordstrom. Ich brauch dringend ein Kleid für die Silver-Linings-Spendengala. Brauchst du was?«

»Eine komplette Garderobe.« Cooper lächelte. »Falls wir uns vor der Fete nicht mehr sehen, viel Spaß. Und sammel schön.« Sie wischte den Schnee weg, der ihr ins Gesicht geweht war. »Ich hab Dienst an dem Abend. Wird bestimmt 'ne Mordsparty.«

3

Hundertfünfzig Dollar!«, flüsterte Harry Jessica ins Ohr. Die stets gut gekleidete Frau gurrte nickend: »Lohnt jeden Penny.«

»Aber …« Harry stockte.

Die beiden Frauen standen in der zweiten Etage von Nordstrom in der Stadt Short Pump außerhalb von Richmond. In Charlottesville gab es die übliche Ansammlung von Geschäften, die auf Mittelschichtfrauen der Vorstadt zugeschnitten waren; doch weder Harry noch Jessica gefielen sich in derlei Klamotten.

Nordstrom war allerdings sehr teuer, und die stets knauserige Harry schreckte vor hundertfünfzig Dollar für einen Seidenschal zurück.

»Du musst genauso viele Weihnachtsfeiern besuchen wie ich. Willst du echt aussehen wie der Klüngel mit den silbergrauen Haaren?« Jessica war unnachgiebig. »Ich muss gut aussehen – mein Mann ist Präsident von Silver Linings. Ich kann nicht zweimal dasselbe anziehen. Es ist Spendengala-Saison. Da musst du auch gut aussehen.«

»Jessica, ein paar von meinen besten Freundinnen haben silbergraue Haare und sehen gut aus.«

»Das ist out. Absolut out. Viel zu sehr Siebzigerjahre. Mach's bloß nicht.«

»Ich krieg keine grauen Haare.« Harry hielt inne. »Noch nicht.«

»Wenn's so weit ist, sieh zu, dass es ein schönes Grau wird. Kauf jetzt den Schal und schling ihn dir um den Hals, wenn du das sagenhafte smaragdgrüne Cocktailkleid anziehst. Das war nicht billig, warum dann bei dem Schal knausern?«

»Hast ja recht.« Harry kramte in ihrer Ledertasche nach ihrer Kreditkarte. Widerstand war zwecklos.

Jessica stellte sich zu ihr an den Tresen, und beide nahmen die große zweite Etage in Augenschein. »In Virginia gute Klamotten finden ist so, als würde man den Heiligen Gral finden«, sagte Jessica.

»Das ist mal sicher.« Harry dankte der Verkäuferin, nachdem diese sich bei ihr bedankt hatte.

Die zwei Frauen gingen zum Fahrstuhl und traten zur Seite, als zwei an ihren Müttern klebende Teenager-Mädchen sich vor ihnen reindrückten.

»Adriana, du drehst dich auf der Stelle um und entschuldigst dich«, befahl die Mutter, die unverkennbar aus West End Richmond war.

Adriana, rot angelaufen, spindeldürr, Ohren durchstochen, drehte sich folgsam um, sah Harry an und entschuldigte sich.

»Schon gut«, erwiderte Harry freundlich.

Die Mutter wandte sich um. »Wenn Sie keine Kinder haben, fangen Sie bloß nicht damit an.«

Harry und Jessica mussten lachen. Die Weihnachtszeit brachte immer das Beste und das Schlechteste in den Menschen zum Vorschein. Wenn diese Mutter auf korrektem Benehmen bestand, dann sah es vielleicht noch gar nicht so übel aus. Jessica trug ihre Einkaufstüten selbstbewusst. Gute Manieren ebneten einem den Weg im Leben ebenso wie eine gute Mutter. »Bist du sicher, dass du nur das eine Kleid willst? Es macht mir nichts aus, in noch ein Geschäft zu gehen oder sogar zu Saks zu fahren.«

»Ich halt's nicht mehr aus. Vom Shoppen krieg ich immer Kopfschmerzen.«

»Lass uns nach Hause fahren. Ich hab Motrin und eine Flasche Wasser im Wagen. Kipp die orangen Pillen einfach runter, Mädel.«

Sie gingen über den freigeschaufelten Parkplatz; der Himmel hing tief.

»Danke, dass du mitgekommen bist.« Harry sah zu den Wolken hoch.

»Du hättest jede andere fix und fertig gemacht.« Jessica entsperrte das Auto mit der Fernbedienung.

Sobald Harry drinnen saß, bekannte sie wehmütig: »Susan geht nur mit mir, wenn Alicia und BoomBoom als Verstärkung mitkommen. Sie behauptet, ich bin die schlimmste Person, wenn es ums Einkaufen geht. Ich glaub, so schlimm bin ich gar nicht.«

»Wozu sind beste Freundinnen gut, wenn nicht für Übertreibungen?«

»Komisch, erst gestern hat Susan mich erinnert, dass sie meine beste Freundin ist und mir deswegen die Leviten lesen darf.«

»Da hat sie recht. Lass uns eine Weile auf der 250 fahren. Auf der 64 ist eh nur Chaos, und …«, sie reckte den Hals, um durch die Windschutzscheibe zu gucken, »… es fängt wieder richtig an zu schneien. Der Wetterbericht hatte recht.«

»Es ist wirklich Winter geworden.« Harry sah auch zum Himmel.

»Ob's schneit oder nicht, egal, die Spendengala findet morgen Abend statt. Du musst dich jedenfalls in dem tollen Kleid sehen lassen.«

Mit einem spitzbübischen Lächeln schnallte Harry sich an. »Wär es nicht lustig, sich in was sehen zu lassen, worin man so viel sehen lässt wie möglich?«

Jessica bog in die Schnellstraße ein. »Kommt drauf an. Immer wenn ich einen Augenblick am Allmächtigen zweifle, denk ich dran, dass er uns die Mode geschenkt hat, und bin getröstet.«

»Ja, Mädel, du wirst morgen Abend getröstet sein, weil's da jede Menge Mode gibt.«

»Harry, Kleider verbergen eine Vielzahl Sünden.«

Die zwei Frauen kicherten.

Aber manche Sünden lassen sich schwerer verbergen als andere.

4

Ohne dass Harry und Jessica etwas davon mitbekamen, hielten Lou und Tyler Higham sich ebenfalls in dem großen Einkaufszentrum in Short Pump auf. Lou kaufte gerne kostspielige Überraschungsgeschenke für Arden, ohne nach Washington, D. C. zu fahren oder nach New York beziehungsweise Atlanta zu fliegen. Ihm lag sehr daran, seine Frau mit Schmuck und aufreizender Kleidung zu verwöhnen. Zuweilen überraschte er sie mit einem schicken Koffer, reisefertig gepackt, und sei es nur für eine Übernachtung in einer netten Frühstückspension in Orange County, Virginia. Eine vierzigminütige Fahrt von Charlottesville war allemal besser als ein vollgestopfter Flieger nach Manhattan.

Tyler trottete etwas widerwillig mit seinem Vater mit, der entschlossen war, den jungen Mann zeitig in die Kunst einzuweihen, wie man Frauen beglückte. Er köderte Tyler mit dem Versprechen, ihm im Apple-Laden ein neues iPhone zu kaufen.

»Dad, du willst Mom doch hier drin nichts kaufen, oder?« Tyler hatte ein mulmiges Gefühl, weil sein Vater ihn durch das Dessous-Geschäft Victoria's Secret bugsierte.

»Nein, ich guck bloß. Wenn du klug bist, wirst du eines Tages einer besonderen Frau ein besonderes Dessous kaufen. Dadurch fühlt sie sich, hm, schön, und es freut sie, dass du sie so siehst. Schreib dir das hinter die Ohren.«

Nach dem Verlassen des Ladens marschierte Lou entschlossen zu einem Geschäft mit hochwertiger Herrenbekleidung. Tyler konnte sich nicht vorstellen, auf solche Art mit einer Frau intim zu werden. In der Schule gefielen ihm Mädchen, die genau wie er Computerfreaks waren oder das Chemielabor liebten. Ein Mädchen namens Yasmine Dulaney saß im Labor neben ihm. Sie war ein Jahr älter, überklug, und sie konnten sich endlos über die Eigenschaften von Schwefelsäure unterhalten oder erörtern, warum oder in welchem Tempo Eisen rostet. Für Tyler begannen Beziehungen im Kopf. Für Lou begannen sie – mit Frauen – unterhalb der Gürtellinie. Da Beziehungen irgendwo beginnen müssen, konnten sie nach Lous Auffassung schlicht und einfach weiterführen. Tyler, der langsam, zurückhaltend und unsicher war, könnte mit der Zeit einen besseren Weg finden, sich Mädchen zu nähern. Aber an diesem Punkt in Tylers Leben waren Mädchen eine besondere Spezies.

Die Wände und Warenregale aus Eichenholz, eigens unterstrichen durch einen künstlichen Holzduft, der aus im ganzen Geschäft versteckten kleinen Düsen versprüht wurde, animierten Lou, einen dreifädigen Kaschmirpullover in einem kräftigen Erikaton zu kaufen.

»Tyler, ich lass einen Rollkragenpulli springen, wenn du einen findest, der dir gefällt.«

Der magere junge Mann entgegnete lächelnd: »Dad, ich nehm dich bei Apple genug aus.«

Lou lächelte zurück. »Darauf geh ich jede Wette ein, mein Sohn. Jede Wette.«

Die zwei waren zwei Stunden lang durch die vielen Geschäfte getrödelt. Lou fand ein Armband für Arden. Aus großen, in Gold gefassten Lapislazuli-Rechtecken. Es war nicht billig, aber dafür ein großartiges Weihnachtsgeschenk. Sogar Tyler bewunderte es: »Mom wird es lieben.«

Mit einem Blick auf die Uhr meinte Lou: »Ich bin fertig. Meine Liste ist abgearbeitet. Okay, du bist dran.«

Mit forschem Schritt stürmte Tyler zum Apple-Laden. In Charlottesville gab es keinen, man konnte zwar in der Buchhandlung der UVA, der Universität von Virginia, Apple-Computer erwerben, aber nur, wenn man studierte oder bei der Verwaltung angestellt war. Alle anderen mussten daher die Fahrt auf sich nehmen, und Richmond war näher als das Washingtoner Gebiet, außerdem war die Fahrt bedeutend angenehmer.

War man erst im Umkreis von Washington, staute sich der Verkehr, zeigte man sich gegenseitig den Vogel, schrillten zu viele Hupen. Lou behauptete immer, das seien keine echten Virginier, aber wer weiß? Selbst Virginier unter Fahr- und Einkaufsstress waren nicht gefeit gegen einen Verfall der Sitten. Wer bei der Regierung arbeitete, hatte unter noch mehr Stress zu leiden, so schien es zumindest.

In der Gewissheit, wenigstens auf der Fahrt Glück gehabt zu haben, betrat Lou den Laden mit seinem Sohn, der direkt zu den iPhones rannte.

Er griff nach einem goldfarbenen. »Das ist goldrichtig, Dad.«

Lou sah sofort nach dem Preis. »Nicht mal so schlimm.«

»Ja, aber ich brauch«, und Tyler ratterte eine so lange Liste mit Apps herunter, dass Lou die Augen übergingen. »Und Dad, ich brauch unbedingt eine Hülle für das Glas. Man muss seine Anlagen schützen.« Tyler versuchte sich in der Sprache seines Vaters auszudrücken.

»Ah.« Lou stellte im Kopf Berechnungen an, während ihm der überarbeitete Verkäufer mit einem Nicken zu verstehen gab, er werde bei ihnen sein, sobald er mit dem vorigen Kunden fertig sei.

Lou betrachtete die vielen Hüllen, manche teurer als andere, aber nach seinem Dafürhalten alle überteuert. »Die Apparate sind billig. Der ganze übrige Kram zieht einem das Geld aus der Tasche. Was für ein verdammter Goldesel.« Er wusste, dass Ladegeräte fürs Auto und Haus noch auf die Rechnung draufkommen würden.

»Sobald es aufgeladen ist, war es das aber. Und das geht heute fix, Dad.«

»Genau.« Lou konnte mit fast jeder Technik umgehen.

Die Kosten waren es, die ihn erstickten.

Tyler betrachtete die diversen Hüllen eingehend und griff sich schließlich eine in grellem Türkis.

»Nimm die nicht.«

»Wieso?«

»Die ist was für Mädchen. Nimm was Dunkles. Schwarzes Leder.«

»Wenn ich eine Leuchtfarbe kaufe, kann ich mein Telefon immer finden.« Tyler griff nach einer Hülle in knalligem Pink.

Lou schlug sie ihm förmlich aus der Hand. »Kommt auf keinen Fall in Frage! Entweder du nimmst die verdammte schwarzlederne, oder ich kaufe gar nichts.«

Tyler tat wie geheißen.

Draußen betrachtete Lou die paar spärlich rieselnden Schneeflocken. »Lass uns losfahren. Vielleicht können wir zu Hause sein, bevor es richtig dick runterkommt.«

Wortlos öffnete Tyler die Wagentür, nachdem sein Vater den Acura entsperrt hatte. Sie fuhren zehn Minuten schweigend vor sich hin; Pkws und Lkws hatten die Scheinwerfer eingeschaltet. Die meisten Menschen passten sich dem Wetter an. Ein paar Idioten brausten dennoch mit mehr als hundert Sachen über die I-64.

Schließlich meinte Lou: »Die Telefone sind neuerdings so flach. Damals, in den Achtzigern, haben sie ausgesehen wie Panzerfäuste.«

Weil sein Sohn stumm blieb, gab Lou sich aufgesetzt fröhlich. »Warte nur, bis du dein Telefon rausholst. Die Jungs in der Schule wollen dann auch eins. Du bist bloß der Erste.«

»Ich bin nicht der Erste, aber nicht weit davon weg.«

»Cooles Gerät.«

»Klar.«

»Tyler, es ist plausibel, was du gesagt hast von wegen dein Telefon finden, aber glaub mir, du wirst mir noch mal dankbar sein, weil ich dich zu der schwarzen Lederhülle überredet habe. Du willst doch nicht, dass die Jungs dich schief angucken.«

»Die gucken mich überhaupt nicht an. Mich gibt es gar nicht.«

»Klar gibt es dich. Du bist nicht wirklich überragend, aber du bist echt klug, Tyler. Und Erfolg ist die schönste Rache. Wart's nur ab, eines Tages lässt du alle diese Luschen weit hinter dir.« Lou lachte.

Tyler hätte gern gesagt: »Muss denn alles ein Wettstreit sein? Es ist mir schnuppe, was andere Jungs denken. Es ist mir schnuppe, was du denkst. Du kennst mich nicht.« Aber es war ihm natürlich nicht schnuppe.

5

Derweil es draußen schneite, tanzte Jung und Alt im Ballsaal des Keswick Clubs. Die Festgäste traten durch den Haupteingang, vor dem ein nagelneuer Ford F-150 protzte, dessen leuchtendes Rot langsam zugeschneit wurde. Bei diesem Wetter stellte Pete Vavilov das Tombola-Schild auf einer Staffelei drinnen auf.

Wer als Förderer von Silver Linings tausend Dollar Eintritt bezahlt hatte, bekam einen Schlüssel ausgehändigt. Derjenige, dessen Schlüssel den Transporter startete, hatte ihn gewonnen.

Im Erdgeschoss verkündete eine kräftige, mit bunten Kugeln und blinkenden Lichtern geschmückte Blautanne, dass Weihnachten war, als ob alle übrigen Dekorationen dies nicht vermochten. Arden Higham, die für das Farbenspiel zuständig war, hatte sich selbst übertroffen. Mit ihrer Truppe hatte sie viktorianische Abbildungen von Schlitten im Schnee, schönen Frauen mit den Händen in Muffs, von Rentieren und Scottish Terriern entdeckt und kopiert. Das komplette Spektrum dessen, was in jener Zeit beliebt war, gestaltete die Tafelaufsätze. An Ständern hängende kleine Kugeln und ein Schlitten, der mit Geschenken für die Jungen überquoll, nahmen eine Ecke ein. Silver Linings arbeitete mit jungen Burschen von zwölf bis achtzehn, die meisten aus armen Familien mit alleinerziehenden Müttern.

St. Cyril, die katholische Kirche in Crozet, überließ dem Verband ihren Freizeitraum zur Nutzung. Heute Abend strahlte Pfarrer O'Connor – jung, aber etwas behäbig – über das Ergebnis. Obschon Silver Linings unabhängig von St. Cyril operierte, bestand eine enge Verbindung.

Brian Hexham, Pete Vavilov, Lou Higham, Trainer Toth, Nelson Yarbrough, ein ehemaliger Quarterback in der Unimannschaft, und viele andere berieten die jungen Männer, unterwiesen sie in verschiedenen Sportarten und brachten ihre eigenen Söhne zu den Veranstaltungen mit. Der ursprüngliche Gedanke war es, einen privilegierten Jungen mit einem benachteiligten zu verkumpeln, aber die Jungen suchten sich ihre Kameraden selbst. Mit der Zeit versagte allerdings das natürliche Kumpelsystem und machte einem exakteren Platz.

Die Sponsoren hatten den jungen Männern Geld für Abendanzüge gegeben. Die meisten von ihnen trugen jetzt zum allerersten Mal einen Smoking, und fast alle gefielen sich darin. Wie die meisten Menschen hatten sie nichts dagegen, im Mittelpunkt zu stehen.

Sowohl junge Damen von der Kirche als auch Töchter von Teilnehmenden und Sponsoren waren anwesend.

»Ich hatte keine Ahnung, dass Arden so künstlerisch begabt ist«, sagte Darlene de Jarnette zu Harry. Sie warteten gemeinsam im Untergeschoss an der Seite des Ballsaales, der wie die meisten Ballsäle rechteckig und in neutralen Farben gehalten war und ein Podium für die Kapelle hatte. Ardens Deko brachte Farbe und Charme in die bescheidene Ausstattung. Die Ehemänner der beiden standen an der Bar an, um ihnen Getränke zu holen. »Für mich ist sie der detailverliebte buchhalterische Typ. Solche Fähigkeiten bringe ich eher nicht mit Dekorieren

in Verbindung.« Darlene lachte. »Ich werde meine Meinung wohl ändern müssen.«

»Mädels, ein Dorn schiebt sich zwischen zwei Rosen, wie findet ihr das?« Reverend Herbert Jones, ein lutherischer Pfarrer, legte seinen Arm um die Damen, während ein Fotograf ein Foto schoss.

Darlene lächelte. »Ihr roter Kummerbund passt haargenau zur Jahreszeit.«

»Bei solchen Veranstaltungen dürft ihr Damen bunte Farben, schöne Kleider und Schmuck tragen. Wir dagegen müssen aussehen wie Pinguine.« Lächelnd winkte er Pfarrer O'Connor zu. »Harry, wie's scheint, hat Susan die Verpflegung voll im Griff.«

»Oh ja. St. Lukas kann stolz sein. Jessica Hexham hat alles für St. Cyril organisiert.«

Harry, Susan und die anderen waren Pfarrkinder von St. Lukas. Reverend Jones war dort seit Jahrzehnten der Pastor.

»Gut. Gut.« Er löste sich von ihnen, bewegte sich durch die Menge, schüttelte Hände, küsste Damen.

Jedes Jahr an Weihnachten verteilten die Kirchen Lebensmittel und Kleidung. Einige Jungen im Saal empfingen diese Gaben gemeinsam mit ihren Müttern, Großmüttern und Geschwistern. Heute Abend aber war die Aufregung dank der Transporter-Tombola, der Kapelle, der Verpflegung und der Musik besonders groß.

Susan Tucker trat genau in dem Moment zu Harry und Darlene, als Fair und Max de Jarnette die Getränke brachten.

»Susan, ich geh dir holen, was du nötig hast«, sagte Fair. »Dein Mann unterhält sich da drüben über eine Rechnung, die, glaube ich, mit Kameras an Ampelanlagen zu tun hat. Ich hab mich ausgeklinkt, aber wenn du auf ihn wartest, bist du bis dahin verdurstet.«

Mit einem Blick zu Ned hinüber sagte Susan: »Fair, ich könnte töten für einen Scotch mit Soda.«

Harry sah das Gedränge an der Bar und witzelte: »Wirst du vielleicht müssen.« Sie überließ ihrer besten Freundin den eigenen Drink.

»Danke.« Zum Erstaunen von Harry, Fair und Darlene stürzte Susan den erfrischenden Cocktail in einem Zug hinunter.

Jessica Hexham trat zu ihnen, gerade als Harry zu Susan sagte: »So was hab ich bei dir noch nie gesehen.«

Jessica lachte. »Und wie's aussieht, wird dies eine lange Nacht. Vielleicht macht sie's noch mal.«

Während die kleine Gruppe Jessica zu dem gelungenen Fest beglückwünschte, trottete Fair wieder zur Bar, um seiner Frau einen neuen Drink und Susan einen Scotch mit Soda zu holen. Bei seiner Größe von eins neunzig konnte er den Barmann mühelos auf sich aufmerksam machen. Er zwängte sich neben Pete.

»Der Transporter ist bildschön.«

Pete strahlte. »In der Stadt ist der Spritverbrauch bei achtzehn, auf der Autobahn bei circa sechsundzwanzig Meilen pro Gallone. Vielleicht ein, zwei Meilen mehr oder weniger. Ich geb einem Motor eine Lebensdauer von circa zwanzigtausend Meilen. Ich weiß, ich weiß, ich müsste eigentlich den Firmenspruch runterrasseln, aber ich gesteh dem geschätzten Spritverbrauch gern immer eine kleine Schwankung zu.«

»Alle drei Transporter-Hersteller haben solche Verbesserungen vorgenommen.«

»Stimmt, Fair, aber wer einen Ford fährt, der lobt den Herrn.« Pete klopfte ihn auf den Rücken. »Deine Frau fährt einen 1978er Ford F-150. Ihr wisst, wie gut diese Wagen sind.«

»Tyler«, rief Pete Lous und Ardens schlaksigem, blassem vierzehnjährigem Sohn zu. »Nimmt dein Dad an der Verlosung teil?«

»Klar.«

»Sag ihm, er soll dich ausprobieren lassen, ob du den Wagen starten kannst, hörst du?«

»Ja, Sir.« Tyler sauste los.

»Kluges Köpfchen«, bemerkte Pete. »Ich hoffe nur, der Junge legt die nächsten Jahre ein paar Pfund zu. So dünn, wie er ist, kann der auf keinen Fall Football spielen.«

Harry, die noch auf ihren Drink wartete, winkte BoomBoom und Alicia zu. Irgendwann würden sie es bis zu ihr schaffen, doch zunächst fühlte sie eine Hand auf ihrer Schulter.

»Das steht Ihnen so gut, Harry; Sie haben noch dieselbe Figur wie damals im Mathematikunterricht.« Esther Mercier Toth ging herum, um Harry anzusehen.

»Wie wahr«, sagte Susan. »Ich kämpfe, um jedes überschüssige Pfund loszuwerden. Sie nimmt nie zu.« Susan und Harry gaben ihrer einstigen Lehrerin je einen Kuss auf die Wange.

»Sie sehen noch genauso aus wie früher«, sagte Harry zu Mrs. Toth, was weitgehend stimmte.

Esther lächelte. »Phantastisch, was die moderne Medizin so alles leisten kann. Hier ein Zwicken, da ein Schnippeln. Aber über kurz oder lang, Mädels, fällt der ganze Bau in sich zusammen.«

Alle lachten.

Pete ergriff die Gelegenheit, da die Kapelle für eine dringend nötige Pause die Instrumente hinlegte. »Meine Damen und Herren, ich möchte Ihnen für Ihre Unterstützung von Silver Linings danken. Jungs, kommt her.« Die Jungen, unterschiedlich groß, von gerade mal eins fünfzig mit zwölf Jahren bis hin zu eins achtzig mit siebzehn, traten zu ihm. »Hierhin fließt Ihr Geld. Unsere Highschool-Abgänger werden dank Ihnen die Mittel fürs College haben. Jungs, hebt die Hände.«

Fünf junge Männer taten dies, und ein Junge – nicht der hübscheste, aber mit einem umwerfenden Lächeln – rief laut: »Danke schön.« Darauf stimmten die anderen ein.

Pete zählte nun die Spender der Veranstaltung auf – ein Versicherungsunternehmen hatte das Essen und einiges mehr bezahlt –, er bedankte sich bei Pfarrer O'Connor, den Hexhams, bei Arden und ihrem Deko-Team. »Ich möchte Sie nicht mit einer langatmigen Rede langweilen. Ich denke, Sie wollen sicherlich wissen, wer den Transporter gewinnt, also los, finden wir's raus.«

Sie drängten die Treppe hoch; die Damen schnappten sich ihre Mäntel, weil es jetzt heftiger schneite. Die einen Schlüssel hatten, probierten ihn nacheinander an dem Transporter aus. Er sprang nicht an. Tyler, einen Schlüssel in der Hand, den Vater neben sich, versuchte es. Nichts.

Alicia Palmer, die in ihrem langen Kleid umwerfend aussah, rutschte auf den Schalensitz, ließ das Fenster herunter, steckte den Schlüssel ins Zündschloss. *Rumms.*

»Das glaub ich jetzt nicht«, sagte die Frau, die einen Oscar hätte gewinnen sollen, »ich hab noch nie was gewonnen.«

Arden flüsterte Jessica zu: »Sie hat mehr Geld als Gott. Kommt es nicht immer so?«

Die Gruppe hinter der Eingangstür jubelte, als Alicia wieder hereinkam, den Schlüssel fest im Griff. BoomBoom küsste sie.

Alicia hob die Hände. »Danke, Pete. Dies ist ein großartiger Anlass, und ich bin froh, die glückliche Gewinnerin zu sein. Ich habe in so vieler Hinsicht Glück gehabt, und mir ist aufgefallen, dass Pfarrer O'Connors alter Mercury auseinanderfällt. Diesen wunderbaren neuen F-150 möchte ich deshalb St. Cyril und Pfarrer O'Connor spenden.« Sie sah Reverend Jones an, denn BoomBoom war strenge Lutheranerin, dann küsste sie Pfarrer O'Connor, als er zu ihr kam, um den Schlüssel in Empfang zu nehmen.

»Das ist eine kleine Entschädigung für 1517«, sagte er.

Die meisten der Anwesenden wussten, dass Martin Luther seinerzeit die fünfundneunzig Thesen am Portal der Kathedrale in Wittenberg angeschlagen hatte. Die es nicht wussten, wurden von ihren Nachbarn aufgeklärt.

Die Leute lachten und jubelten. Reverend Jones, den sein

Anstandsgefühl nie verließ, trat zu Pfarrer O'Connor und reichte ihm die Hand. Und beide geistlichen Herren lachten.

Alle, die an jenem Abend der Weihnachts-Spendengala beigewohnt hatten, behielten sie in Erinnerung, zum einen wegen der Feier, zum anderen aber auch wegen der Geschehnisse danach.

6

Die Scheibenwischer konnten gegen das Schneegestöber nichts ausrichten. Deputy Cooper kämpfte sich in einem Polizeigeländewagen mit heulender Sirene zu einer Unfallstelle auf der Garth Road durch. Sie überlegte, wie lange der Rettungsdienst wohl brauchen würde, um an die Unfallstelle zu gelangen, falls sie in Schwierigkeiten geriete. Schließlich sah sie direkt hinter dem Hinweisschild zu den Barracks Road Stables einen neuen Explorer, der von der Straße aufs Bankett gerutscht war. Sie parkte dahinter und stieg geschwind aus. Der junge Mann, der seitlich herangefahren war und den Notruf abgesetzt hatte, stieg aus seinem alten Tahoe. Er stellte seinen Mantelkragen hoch.

Cooper nickte ihm zu, und er blieb hinter ihr, als sie die Tür des Wagens vor seinem alten Corolla öffnete.

»Er war tot, als ich anhielt, Madam.«

Cooper stellte fest, dass Pete Vavilov – der Tote auf dem Fahrersitz – angeschnallt war. Sie machte die Tür zu und untersuchte die Rutschspuren, die schnell zuschneiten. Er war einfach von der Straße geschlittert. Sie bemerkte noch weitere verschwindende Reifenspuren hinter dem Explorer.

»Haben Sie sonst irgendjemanden gesehen?«

»Nein, Ma'am – pardon, nein, Officer.«

Sie sah sich um. Nirgends elektrisches Licht. Der Strom war wieder ausgefallen.

»Lassen Sie mich Ihre Aussage aufnehmen, damit Sie nach Hause fahren können. Dies ist ein tückischer Abend. Wenn ich noch Fragen habe, weiß ich Sie zu finden. Und ich werde bestimmt noch ein paar Fragen haben.«

Er gab ihr seinen Führerschein. Sie notierte sich seine Daten.

»Sie haben etwa fünfzehn Kilometer schlechte Straße vor sich. Meinen Sie, dass Ihr Wagen das schafft?«

»Das will ich doch hoffen.«

»Hier.« Sie gab ihm ihre Karte. »Da finden Sie meine Handynummer. Wenn Sie steckenbleiben, rufen Sie mich an. Dann bringe ich Sie in meinem Geländewagen nach Hause. Könnte 'ne Weile dauern, weil ich mich um den hier kümmern muss, aber wenn ich nicht weg kann, schick ich einen Beamten.«

»Danke.« Er öffnete seine quietschende Autotür, stieg erleichtert ein und fuhr langsam los.

Die Temperatur sank weiter, aber Cooper wollte so viel ermitteln, wie sie nur konnte. Die Reifenspuren vom Corolla des jungen Mannes und von demjenigen, wer auch immer hinter dem Explorer angehalten hatte, waren aber jetzt nicht mehr zu unterscheiden.

Sie öffnete wieder die Tür. Tastete Petes Hals ab. Sie wusste zwar, dass er tot war, doch wenn sie seine Temperatur fühlte, bekäme sie eine Vorstellung, wie lange er schon hier war. Nicht sehr lange. Dann bemerkte sie, dass sein rechter Arm über der Mittelkonsole hing. Die Innenausstattung des Explorers war schwarz, andernfalls wäre ihr dieser bizarre Umstand wohl sofort aufgefallen.

Pete Vavilovs rechter Hand fehlten Zeige- und Mittelfinger.

7

Am Sonntag, 8. Dezember, wurde das Fest der Unbefleckten Empfängnis der Heiligen Jungfrau Maria begangen. Der ehrenwerte Reverend Herbert Jones hielt wieder mal eine der erhebenden Predigten, für die er bekannt war. St. Lukas wich etwas ab von dem lutherischen Dogma, das Heiligengedenktage ablehnte. Reverend Jones fand, dass an diejenigen, die vor uns da waren und ein beispielhaftes, oft aufopferungsvolles Leben geführt hatten, erinnert werden müsse, egal, ob lutherisch, episkopalisch, baptistisch oder hinduistisch. Jedenfalls hatten so viele Heilige ganz ungemein gelitten, bevor die katholische Kirche sich öffnete, dass Reverend Jones es für ungebührlich hielt, ihrer heiligen Aufopferung nicht zu gedenken.

Harry saß neben Fair in einer vorderen Bankreihe unterhalb der Kanzel. Sie liebte ihren Pastor als Menschen, und sie liebte ihn als Diener der Kirche.

Seine Worte am heutigen Tag über das Ringen der Religion, Frauen zu ehren und zu achten, brachten in ihr eine Saite zum Klingen. Klugerweise verweilte Reverend Jones nicht bei der Unbefleckten Empfängnis an sich, denn am 8. Dezember wurde die Empfängnis Marias gefeiert, nicht die des Jesuskindes. Wie oft kann es eine Unbefleckte Empfängnis geben?

Harry hing diesem Gedanken nach und ließ ihm einen weiteren folgen, indem sie sich fragte, wie mächtige Männer sich einst mittels einer logischen Verdrehung außerehelicher Kinder entledigten – sie gingen vielleicht nicht so weit, eine Unbefleckte Empfängnis zu behaupten, bedienten sich jedoch einer anderen logischen Verdrehung, um sich aus einer peinlichen Lage herauszuwinden.

Was die Religion als solche anging, war Harry auf ihre Art gläubig, aber sie konnte sie nie in ihrer Gesamtheit billigen. So erging es den meisten Menschen ihrer Generation, darunter ihren guten Freunden. Sie schöpften Trost und Kraft aus ihrer jeweiligen Kirche, scheuten aber vor Dogmen zurück.

Nach dem Gottesdienst stand Reverend Jones am hinteren Ende eines breiten Gangs, um die Gemeindemitglieder mit einem Händedruck zu verabschieden. In der letzten Bankreihe warteten seine lutherischen Katzen Eloquenz, Cazenovia und Lucy Fur und betrachteten die Vorübergehenden in ihrem Sonntagsstaat.

»Gute Predigt. Die Kirche war voll mit Poppys Stimme.« Cazenovia hatte sich neben Reverend Jones gekuschelt, als er sich mit dem Schreiben der Predigt abmühte. Sie fand, er hatte ein dickes Kompliment verdient.

»Poppy bemüht sich immer um einen guten Ausgleich. Er war einer der Ersten im Bezirk, die weibliche Geistliche willkommen geheißen haben. Klar, die Episkopalen haben eine ordinierte Frau hergeschickt, sobald Frauen anerkannt waren, und Poppy hat sie persönlich begrüßt. Er denkt, wir bestehen alle vor Gott, auch Tiere«, meinte Lucy Fur.

»Ja«, pflichtete Eloquenz bei, und obwohl sie Reverend Jones liebte, hegte Elo ein kätzisches Misstrauen allen eingeführten Religionen gegenüber. Doch sie behielt es für sich.

»Sollte so sein, aber er spricht zu Menschen. Die wollen nur was über sich selbst hören, nichts über die Katze, die Mäuse von der Krippe ferngehalten hat, oder über uns alle, echt wahr«, bemerkte Cazenovia schlau.

»Er flicht ab und zu was über Tiere ein.« Lucy Fur liebte den Reverend.

Ohne etwas von den Kommentaren der Katzen mitzubekommen, drückten Harry und Fair Reverend Jones die Hand, dankten ihm für seine Worte und gingen dann ins Vestibül. Durch die vom Boden bis zur Decke reichenden mundgeblasenen Fenster flutete Licht herein.

Während Harry in ihren Mantel schlüpfte, den Fair ihr hinhielt, sah sie zu einem der Fenster hinaus. »Die sind pünktlich.« Es gab immer noch viel auszuladen. »Dies ist jetzt die Zeit für Wohltätigkeit.«

Fair sah die wenigen Autos, die er kannte, und sagte: »Geh nur in den Gemeinschaftsraum, Schatz. Ich schnapp mir ein paar von den Jungs, und im Nu ist das erledigt.«

Harry ging nach draußen, die kalte Luft war erfrischend. Sie lief durch den herrlichen steinernen Bogengang, der unmittelbar nach dem Unabhängigkeitskrieg errichtet worden war, zu einem zweistöckigen Bau an dessen Ende. St. Lukas war um einen am rückwärtigen Teil offenen Hof gebaut. Drei Seiten hatten Bogengänge, die Kirche stand genau in der Mitte des längsten Gangs. Zweistöckige Gebäude fanden sich an den jeweiligen Enden. Die Rückseiten aller Bauten wiesen zum Hof. Die vorderen Fenster führten auf die etwas unebene Rasenfläche hinaus. Von den Fenstern, die direkt nach hinten hinausgingen, hatte man einen ungestörten Blick auf den schönen alten Friedhof, der von einer Mauer umgeben war, die aus denselben Steinen bestand wie die Bauten.

Die Bäume, Sträucher und über Jahrhunderte angelegten Bepflanzungen unterstrichen den Frieden dieser Ruhestätte. Sogar wenn alles zugeschneit war, lockte St. Lukas im blassen Winterlicht.

Harry erreichte Jessica Hexhams Auto. Susan, BoomBoom und Alicia folgten Harry zu Fuß. Ein Stückchen weiter hinten kam Fair mit Ned und zwei jüngeren männlichen Pfarrkindern.

Die Zufahrt zur Rückseite des Gemeinschaftsraums war vom Schnee befreit. Da Harry für Bauten und Grund zuständig war, sorgte sie stets dafür, dass im Winter alle Wege ordentlich geräumt waren. Sie pflanzte im Frühjahr, mähte im Sommer und rechte im Herbst das Laub. Sie war mit der Bodenbeschaffenheit und dem Zustand der Bauten beinahe so vertraut wie einst die Männer, die St. Lukas vor mehr als zweihundert Jahren errichtet hatten.

Brian Hexham fuhr den Geländewagen. Weil sich alle für den Kirchgang feingemacht hatten, traten sie vorsichtig auf den freigeschaufelten Makadam. Glatteis konnte unsichtbar sein.

Fair winkte zwei Pkws und einen Transporter zum Einparken neben den Wagen der Hexhams, danach machten er und die Männer sich daran, Kiste um Kiste auszuladen. Harry, Susan, BoomBoom und Alicia trugen die leichteren, nicht, weil sie die schweren nicht bewältigen konnten – drei von den vier Frauen verrichteten Farmarbeit –, sondern weil sie alle Stöckelschuhe anhatten.

Die Tische im Gemeinschaftsraum der Kirche wurden beschriftet: *Kleider*, *Schuhe*, *Überziehjacken und Mäntel*, *Schals und Fäustlinge*, *Porzellan und Glas*, *Lebensmittelkonserven*, *Spielzeug und Videospiele*, *Tierfutter* und *Verschiedenes*.

Harry regelte den Verkehr im Raum. Reverend Jones war noch im feierlichen Ornat, als er, wie üblich von seinen Katzen begleitet, hereinkam.

»Sieh mal einer an.« Er dankte Jessica, die die Spendenkampagnen für St. Cyril organisierte. »Jessica, das ist großartig.«

»Alle haben mit angepackt«, erwiderte Jessica.

»Alles, was unsere diversen Gemeinden miteinander verbindet, ist ein Segen.« Reverend Jones lächelte.

Jedes Jahr zu Weihnachten sammelten die Kirchen in Crozet Notwendiges und Geschenke für die Minderbemittelten. Die diversen Kirchen wechselten sich darin ab, die Waren zu lagern, zu sortieren und zu verpacken. Am 20. Dezember wurden die Kisten ausgeliefert.

Im Laufe der vergangenen vier Jahre waren die Kampagnen dermaßen erfolgreich geworden, dass die Kirchen die Lagerung aufteilen mussten. Die episkopalische und die methodistische Kirche taten sich zusammen, ebenso die lutherische und die katholische Kirche. Presbyterianische, verschiedene baptistische und die evangelischen Kirchen, alle sprangen ein.

Abgesehen von den anstehenden Lieferungen war es die

schwierigste Aufgabe zu entscheiden, wann die Geschenke verteilt werden sollten. Die Sekretärinnen der Kirchengemeinden setzten sich mit den Leuten in den Bezirksämtern zusammen, um die Bedürftigen zu ermitteln. Auch das Sheriffrevier war eine große Hilfe. Dort sah man, was viele andere Bürger nicht sahen. In diesem Jahr war es Deputy Cynthia Cooper, der diese Mühe zufiel.

Alljährlich rutschten immer mehr Menschen auf die Liste der Bedürftigen. So wohlhabend Albemarle County war und immer bleiben würde, auch dort gibt es Menschen, die zu kämpfen haben.

»Seht euch das an«, rief Harry, als Brian, der mit der Last einer riesigen Kiste kämpfte, in den Gemeinschaftsraum taumelte.

Fair packte an einer Seite an. »Was ist da drin?«

»Wart ab, bis du's siehst.« Brian und Fair wuchteten die Kiste auf den Spielzeugtisch, der sich langsam füllte.

Brian hob den Pappdeckel an und zog ein glänzendes F-150-Transporter-Modell heraus.

Stets von allem begeistert, was Räder hatte, und sei es ein Spielzeug, lief Harry zu der Kiste. »Wow! Wer hat die gespendet?«

Die Kiste war voll mit Spielzeug-Transportern, alles Ford-Modelle aus verschiedenen Jahren. Es war eine Geschichtslektion in Ford-Produkten.

»Peter und Charlene Vavilov«, antwortete Jessica.

Als Peters Name fiel, wurde es still im Raum. Reverend Jones trat heran und nahm ein makelloses 1954er Fahrzeug heraus. Er öffnete eine Tür des Spielzeugautos.

»Das sind Sammlerstücke.« Er schaute wieder in die Kiste. »Schön, einfach schön. Wir hatten noch keine Zeit, über die furchtbare Nachricht zu sprechen, dass Cynthia gestern Abend den armen Peter gefunden hat. Das macht die Spende erst recht zu etwas Besonderem.«

Die Katzen, die inzwischen auf dem Tisch waren, linsten

auch in die Kiste. Kaum beeindruckt, sprangen sie auf den Tisch mit den Pullovern und kuschelten sich in sie hinein. Die Menschen bekamen es nicht mit, weil sie von den Spielzeug-Transportern wie gebannt waren.

»Charlene hatte bemerkt, dass sie und Peter die Sachen letzte Woche zusammengepackt haben«, klärte Brian sie auf. »Natürlich hatte sie gedacht, sie würden sie zusammen abliefern. Es ist so traurig. Ich kann es kaum glauben.«

Susan fragte leise: »Wie können wir ihr jemals danken?«

»Indem wir die Spielzeugautos verteilen«, erwiderte Brian schlicht. »Ich wüsste nicht, was wir sonst tun könnten.«

Arden Higham trat hinzu. »Irgendwie müssen wir uns alle dieser Aufgabe widmen. Immerhin war Peter gestern Abend so fröhlich.«

Alle schienen auf einmal zu reden. Manche hatten die Schreckensnachricht von Petes Tod noch gar nicht gehört; es war ja eben erst passiert.

Fair fuhr mit seinem Tierarztwagen von St. Lukas nach Osten Richtung Garth Road.

»Schatz, ich muss bloß schnell bei den Jarnettes nach dem Wallach sehen. Dauert keine Minute. Wir sind schon auf halbem Wege zu ihrer Farm.«

»Okay, ich denk solange über Pete nach. Wie schrecklich für Charlene. Weihnachten wird sie immer dran erinnert werden.«

»Ja. Man weiß ja nie, nicht wahr?«

Sie fuhren auf gewundenen Straßen an Feldern entlang, auf denen frisch gefallener Schnee glitzerte. Schnee türmte sich auf Ästen, die Nadelbäume beugten sich unter der Last, dunkles Grün lugte aus dem Weiß hervor.

Zehn Minuten später fuhren sie durch ein hohes, offenes, furchtbar teures Schmiedeeisentor zu einem großen neuen Stall, der ebenfalls teuer aussah. Eine Menge Geld war aus Angeberei verschwendet worden. Der Stall war jedoch zweckmäßig, sehr zur Erleichterung von Fair, dem es ein Graus war, in Ställen mit Kronleuchtern zu arbeiten, wo überall poliertes Messing schimmerte, aber die Böden in den Pferdeboxen uneben waren. Solche Sachen trieben ihn zum Wahnsinn.

Nach zehn Minuten kehrte Fair zu Harry zurück, die im Auto wartete. Er setzte sich ans Steuer. »Alles gut.«

Bevor er wenden konnte, erschien Max de Jarnette auf der Veranda und winkte ihnen zu. »Fair. Hallo, Harry.« Nach einem kurzen Eingehen auf Petes Unfall fragte der schwabbelige Mann mittleren Alters: »Fair, möchtest du einen Veterinärscheck für das Jugendreitprogramm spenden?«

»Sicher. Max, geh wieder rein. Du erfrierst noch hier draußen.«

»Ja. Entschuldige, dass ich auf der Silver-Linings-Feier nicht gefragt habe. Da war zu viel los. Ich bin froh, dass es so ein tolles Fest war. Und ich bin froh, dass Pete fröhlich weggefahren ist.«

»Ist er echt. Der Abend war die erfolgreichste Spendengala aller Zeiten.«

Als sie endlich auf dem Heimweg waren, seufzte Harry: »Wie sind wir nur in all das reingeraten?«

»Es macht mir nichts aus, einen Scheck zu spenden.«

»Ich weiß, aber ich meine die vielen Spendengalas und Feiern, die wir zwischen jetzt und Silvester besuchen müssen.«

»Schatz, der einzige Ausweg, der mir dazu einfällt, ist der Tod.« Sogleich wurde ihm klar, dass er zur falschen Zeit das Falsche gesagt hatte.

»So was darfst du nicht sagen.«

»Hast ja recht.« Er hielt inne in der Hoffnung, die Stimmung aufzuhellen. »Eine furchtbare Krankheit, wär das besser?«

8

Der graue Himmel dämpfte das Glitzern des Schnees, der jetzt an der Oberfläche verkrustet war. Füchse, Waschbären und Opossums konnten darauf laufen, ohne tief einzusinken und sich abzukämpfen. Gelegentlich traf ein kleines Tier auf eine Schneeverwehung, fiel hinein und rappelte sich hoch, aber zumeist war das Vorankommen einfach, es gab nur gelegentlich hier und da einen Ausrutscher.

Da sie sich in ihren Höhlen, oder wo immer sich ihr Nest befand, verkrochen hatten, waren sie alle hungrig. Die Vögel, die nicht nach Süden geflogen waren, hatten ihre Nester sorgfältig in geschützten Baumhöhlen gebaut. Kein Tier baute eine Höhle oder ein Nest gen Nordwesten; allerdings mochten die schlauen Füchse wohl in dieser Richtung einen Fluchtweg anlegen.

Montag, der 9. Dezember, war bewölkt und kalt. Bei klarem Himmel wäre es eisig gewesen.

Mrs. Murphy, Tucker und die murrende Pewter verließen den Stall. Auf den Weiden nutzte Tucker, die schwerer war als die Katzen, Rotwildfährten. Die drei Tiere waren in westlicher Richtung unterwegs zu dem stark strömenden Bach zwischen Harrys und Reverend Herbert Jones' Farm. Weil St. Lukas eine schöne Wohngelegenheit bot, verpachtete Reverend Jones seine alte Heimstatt an Cynthia Cooper. Wie so viele virginische Farmen waren das Schindelhaus und der kleine Stall gebaut, um Jahrhunderte zu überdauern. Der 1811 gelegte Grundstein des Jones-Anwesens hatte zwei Kriegen auf virginischem Gebiet, Schnee- und Hagelstürmen, Hurrikanen, etlichen kleinen Tornados und wie immer auch der sengenden Sommerhitze getrotzt.

Die drei Freundinnen hockten sich auf einen umgestürzten Baumstamm am Bach. Obwohl schneebedeckt, war der Stamm ein bequemer Platz. Ein flaches Ende am Erdboden machte es dem Hund leicht.

Stromaufwärts glitzerten die Kanten des vereisten Biberdamms. Eiszacken säumten auch die Bachränder, was von der eisigen Kälte zeugte.

Ein Atemwölkchen stieg auf, als Mrs. Murphy sprach. *»Biber schleppen so viel Fett mit sich rum. Da kriegen sie bestimmt die Kälte nie richtig zu spüren.«*

»Genau wie Pewter«, ergänzte Tucker herzlos.

So dick Pewter auch war, ihre Reflexe waren blitzschnell. Sie schlug so fest zu, dass der Hund von dem Baumstamm fiel und in den Bach zu rutschen drohte. Das Eis am Ufer knackte, doch der Hündin gelang es, sich mit einem kräftigen Zug hochzuhieven.

Mit entblößten Reißzähnen drohte sie: *»Ich könnte dich am Hals packen.«*

»Haha.« Der graue Fettkloß schloss unbekümmert für einen Moment die Augen.

Mrs. Murphy, die einen Kojoten im Blick hatte, sprang plötzlich von dem Baumstamm und sauste nach Westen.

»Was hat sie bloß?« Pewter machte große Augen. Stets erpicht, möglichst kein Ereignis zu verpassen, stürmte die graue Katze ihrer Freundin nach; Schneeklümpchen flogen von ihren Pfoten.

Die Corgihündin folgte ihnen, wurde jedoch etwas langsamer, als sie auf einen Wildpfad abschwenkte.

Da Tucker nun den scharfen Geruch des Kojoten wahrnahm, bellte sie laut.

Der unbesorgte Räuber sprang fort. Im Maul trug er die Knochen eines intakten Menschenarms vom Ellenbogen abwärts. Am Handgelenk baumelte ein Armband.

Pewter holte die Tigerkatze ein. *»Hast du sie noch alle, dass du 'nem Kojoten nachrennst?«*

»Er hat 'ne Beute. Er interessiert sich nicht für mich.« Mrs. Mur-

phy suchte im Schnee, sah den glänzenden Gegenstand, der ihr aufgefallen war, und ging zu Pewter. *»Ich hab den Arm gesehen, und da ist was runtergerutscht.«*

Pewter klopfte mit der Pfote auf ein goldenes Armband: ein schlichter Reif aus gehämmertem Gold mit einer kleinen Schnalle.

Tucker pflügte sich durch den Schnee. *»Murph, mach so was nie wieder!«* Sie sah das Armband und schnupperte daran. *»Nichts.«*

»Du musst bedenken, es ist von Knochen gerutscht, drum bezweifle ich, dass es da was zu wittern gibt.« Die Tigerkatze inspizierte den hübschen Goldschmuck. *»Sonst nichts dran.«*

»Was könnte da dran sein?« Pewter fand die Sache jetzt so spannend, dass sie sich jegliches Klagen über die Kälte versagte.

»Och, du weißt doch, wie Menschen alles vollschreiben. ›In ewiger Liebe‹ oder Monogrammme, so albernes Zeug. Dies Ding ist aus Gold und schwer. Teuer.«

»Vielleicht ist es deswegen vom Knochen gefallen. Schwer«, meinte Tucker. *»Hab ich mit meinem Gebell gemacht.«*

Die zwei Katzen nahmen es hin. *»Natürlich.«*

Vermutlich hatte die Bewegung das hübsche goldene Armband abrutschen lassen.

»Lassen wir's hier.« Pewters Magen knurrte.

»Nee.« Mrs. Murpy taxierte den Wert. *»Wir verstecken es in der Sattelkammer. Eines Tages könnte es zu etwas nutze sein.«*

»Wir schenken es Mom.« Tucker wusste, dass es Harry gefallen würde. Ihr Mensch liebte schlichte, gut gestaltete Dinge.

»Noch nicht«, sagte Mrs. Murphy. *»Wir verstecken es, dann überlegen wir, wie wir es ihr Weihnachten schenken. Sie wird durchdrehen.«* Die stets praktische Mrs. Murphy war schon auf eine Verwendung für das Ende des 19. Jahrhunderts geschaffene Armband gestoßen.

»Das ist eine gute Idee«, stimmte der Hund zu. *»Sie mag Schmuck. Das hier sieht wertvoll aus.«*

»Dann könnt ihr beide es abwechselnd tragen«, grummmelte Pewter. *»Ich nehm bei dieser Kälte kein Metall in den Mund.«* Sie steuerte den etwa achthundert Meter entfernten Stall an.

Tucker und Mrs. Murphy taten genau das, sich abwechseln. Als sie endlich in der Sattelkammer ankamen, überlegten sie sich Verstecke.

»Ihr könnt es nicht hinter die Satteltruhe legen – dann klauen es die Mäuse.« Von ihrem Beobachtungsposten auf dem Schreibtisch erteilte Pewter gute Ratschläge, denn die Mäuse schleppten alles ab, was sie konnten.

»Wie wär's mit diesem Haufen saubere Satteldecken?« Tucker ging zu den Schafsfelldecken.

»Und wenn sie eine Decke rauszieht?« Mrs. Murphy hörte die Mäuse hinter der Satteltruhe umherhuschen. Sie neigte den Kopf zu der Truhe hin.

Pewter sprang hinauf und ließ mit Schwung die rechte Pfote hinter die Truhe sausen.

Eine Maus duckte sich heran, und ein Mäusechor sang lauthals *»Fettmops, Fettmops«*.

»Ich töte euch. Ich zerquetsche euch den Schädel!«, fauchte Pewter, die auf das, was sie bei sich Fettphobie nannte, stets empfindlich reagierte.

Ein alter mit Samt überzogener Reithelm lag seitlich auf dem Boden, zusammen mit abgetragenen Reitstiefeletten und anderen Gegenständen, die Harry zu reparieren oder zu putzen gedachte.

Mrs. Murphy trug das Armband hin, zog das Helmfutter mit einer ausgefahrenen Kralle etwas vor, warf das Armband hinein und hakte die Kralle wieder aus. Das Armband war verschwunden.

»Das reicht fürs Erste. Merkt euch, wo es ist. Wir können es Heiligabend rausholen.«

»Und wenn sie den Helm aufsetzt?«, fragte Tucker.

»Der Überzug ist total zerfetzt«, entgegnete die Tigerkatze.

»Sie trägt den Helm, der da drüben am Haken hängt. Sie redet

seit einem Jahr davon, den hier neu überziehen zu lassen.« Mrs. Murphy war zuversichtlich, das richtige Versteck gefunden zu haben.

Tucker lächelte. *»Das wird das tollste Weihnachtsgeschenk.«*

»Eine richtige Überraschung«, fügte Pewter an.

9

Tyler Higham schaufelte sein Frühstück in sich hinein, während sein Vater ihm wegen seiner Essgewohnheiten mit missbilligend geblähten Nasenflügeln zusah.

»Mach langsam«, ermahnte er Tyler, als er die die Zeitung zusammenlegte, wobei er ganz vergaß, wie er mit vierzehn gewesen war.

»Dad, ich komm zu spät zur Schule.«

»Ich fahr dich fünfmal die Woche nach St. Anne. Du bist noch nie zu spät gekommen.«

Tyler machte langsamer, schabte aber laut mit dem Besteck über den Teller, um seinen Vater zu ärgern.

Lou griff wieder nach der Zeitung, als seine Frau ihm gegenüber am Tisch sagte: »Lou.«

Er reagierte nicht, weshalb Arden die Stimme hob: »Lou.«

Etwas erschrocken legte er die Zeitung beiseite, ehe er seine Frau ansah. Er spießte die nächste Waffel auf dem Servierteller auf.

»Holst du die Sachen von der Reinigung?«, fragte Arden.

»Klar.« Lou goss Ahornsirup über die Waffeln.

Tyler aß wieder schnell. Arden legte ihm ihre Hand auf den Unterarm. Er guckte böse, aß aber langsamer.

»Du bist hier nicht auf einem Scheunenhof«, sagte sie und seufzte.

Tyler stieß sich vom Tisch ab und ging hinaus.

»Ich komm nicht gegen ihn an«, stöhnte sie.

»Gib ihm sechzehn Jahre.« Lou sah auf die große Küchenuhr.

»Bis er dreißig ist, benimmt er sich vielleicht wie ein Mann. Und nicht wie ein verzogener Bengel.«

»Falls wir dann noch leben.« Arden legte ihre Gabel hin.

Lou stand auf. »Ich weiß nicht, ob das ein Segen wäre oder ein Fluch. Ich sag's dir, wenn ich so weit bin.«

Er ging in die Diele, griff sich die große Kunstmappe neben der Haustür und rief: »Tyler.«

Tyler polterte die Treppe hinunter und knallte beim Verlassen des Hauses die Tür zu. Wobei er sich wohl kaum etwas dachte. Er hielt sich nicht für unkooperativ oder unkommunikativ. Er hielt seine Eltern für unvernünftige, kleinliche Tyrannen.

Arden hörte das Surren, als das elektrische Garagentor aufging, dann das Surren und den Ruck, als es sich schloss. Sie atmete laut aus. Wie so viele Mütter stand sie genau zwischen ihrem Mann und ihrem Sohn. Beide trieben sie zum Wahnsinn.

Sie räumte den Tisch ab und belud die Spülmaschine. Danach ging sie ins Wohnzimmer, um auf ihrem iPad nachzusehen, was für die Lieferungen an St. Cyril noch zu tun war. Die Bäume und das Wohnzimmer waren auf Lous Anordnung ganz in Blau und Silber geschmückt. Das sah festlich aus, aber es war nicht sehr weihnachtlich.

Vater und Sohn fuhren schweigend in Lous Acura MDX. Lou behielt die Straße im Auge. Tyler sah aus dem Beifahrerfenster.

Lou fragte schließlich: »Hausaufgaben gemacht?«

»Jau.«

»Machst du dich gut?«

»Jau«, lautete die wenig überzeugende einsilbige Antwort.

Schweigen folgte, dann legte Lou los: »Wenn du über Petes Tod sprechen willst, ich kann zuhören. Ich weiß, er hat dich in der Fußballmannschaft stark gefördert. Er war ein guter Trainer.«

»Wenn du das sagst.«

»Das Leben kann unfair sein, mein Sohn. Wenn du Sport ein bisschen ernster nähmst, würdest du dich leichter tun. Kämpf dich einfach durchs Training, Kopf runter.«

»Hört sich echt komisch an, Dad, wenn du mir sagst, dass das Leben unfair sein kann.«

»Wieso?«

»Du hackst dauernd auf mir rum. Das ist unfair.«

»Ich will bloß, dass du der Beste bist.« Lou holte Luft. »Ich bin da, wenn du mich brauchst.«

»Machst du dir Sorgen, Dad?«

»Deinetwegen? Du bist schließlich kein kleiner Junge mehr.«

»Nein, deinetwegen. Du wirst alt.«

Lou hob die Stimme. »Mir meinetwegen Sorgen machen?« Sein Gesicht flammte zornesrot auf. Er reihte sich in die Autoschlange für die Schüler-Absetzstelle von St. Anne ein. Tyler wartete nicht, bis Lou in der Schlange vorwärtskroch. Er machte einfach die Tür auf, stieg aus und schlug sie zu. Lou scherte aus der Schlange aus und fuhr zu seiner Werbeagentur.

Unterdessen ging Arden mit einem Lebensmittelkorb auf dem freigeschaufelten Pflasterweg zu Charlene Vavilovs Eingangstür.

Personenwagen, Geländefahrzeuge, ein Fünfzigtausend-Dollar-Transporter säumten die Straße im Vorort Ednam Forest. Im Haus der Vavilovs wimmelte es von Menschen, ein Zeichen der großen Zuneigung, die alle für Charlene empfanden. Und natürlich der Hochachtung vor Pete, der sich für so vieles eingesetzt hatte. Überall waren Blumen, der lange Esszimmertisch stand voll mit Speisen.

Jessica Hexham kümmerte sich um die Leute. Seit Petes Tod hielt sich eine Dame von St. Cyril vom Frühstück bis abends im Haus auf, um Beistand zu leisten, Trost zu spenden, sich als

Freundin zu erweisen. Jessica organisierte die Schichten. Eine Frau bediente die Tür, eine weitere das Telefon, eine war für die Küche zuständig, und drei Frauen waren zum Aufräumen und Saubermachen eingeteilt.

Charlene stand im Wohnzimmer und sprach mit allen. Ihre zwei Söhne flankierten sie. Es war klar ersichtlich, dass Mutter und Söhne einander Trost waren.

Harry, Susan, BoomBoom und Alicia, Miranda Hogendobber, die Sanburnes, die Gesellschaftsgrößen in Crozet, alle halfen mit. Jessica organisierte auch die Damen von St. Lukas. Alles, was getan werden konnte, wurde getan.

Harry und Susan trugen Schüsseln hinaus und kamen mit frisch gefüllten wieder zurück. BoomBoom bediente die Spülmaschine, und Alicia polierte die Gläser, bis sie funkelten. Miranda spülte die Kaffeetassen.

Arden steckte den Kopf in die Küche. »Braucht ihr Hilfe?«

»Uns gehen die Tassen aus. Die Leute schlürfen alle Kaffee und Tee, vermutlich, weil's draußen kalt ist.«

»Ich lauf nach Hause und hol noch zwölf. Bin gleich wieder da. Ich wohn ganz in der Nähe.«

Susan sah erleichtert hoch, sie hatte die Kühlschranktür offen. »Arden, das wäre ein Geschenk des Himmels.«

Die alten Freundinnen in der Küche gönnten sich eine kleine Verschnaufpause.

»Gibt's was Neues von der Pathologie?«, fragte BoomBoom.

»Noch nicht«, antwortete Susan. »Ned sagt, in den Krankenhäusern sind alle überlastet, weil über die Feiertage so viele Leute sterben.«

»Tatsächlich?« Miranda kniete sich hin und sah unter dem Spülbecken nach, ob noch Maschinenspülmittel da war. »Gefunden.«

»Das setze ich auf die Liste«, sagte Alicia. »So oft, wie diese Maschine läuft, reicht das Spülmittel höchstens noch einen Tag.«

Sie schrieb etwas auf einen Block, der neben einer großen Tafel an der Wand befestigt war.

»Einmal das und Selbstmorde«, sagte Susan. »Weihnachten schubst die Menschen regelrecht über die Kante.«

»Pete nicht«, erklärte Alicia.

»Nein. Herzinfarkt oder Schlaganfall vermutlich«, sagte BoomBoom zu ihr.

»Weihnachten wär eine günstige Zeit zum Morden, ohne erwischt zu werden«, bemerkte Harry gelassen. »Bloß so 'n Gedanke. Wär's wirklich, sag ich euch.«

Harry verstummte, als Karen Turner, eine getreue Stütze von St. Cyril, mit einer riesigen, von weißen Lilien und roten Rosen überquellenden Vase hereintaumelte.

»Wasser.«

Alicia nahm der zierlichen Frau die schwere Vase ab. »Du oder die Blumen?«

Karen lächelte. »Blumen! Sind gerade noch mehr abgegeben worden. Interessantes Arrangement.«

Jessica schaute herein. »Verstärkung gebraucht?« Sie bemerkte die Blumen und lächelte. »Was meint ihr, Mädels?«

»Sagenhaft«, lautete die einmütige Antwort.

Jessica strahlte, dann hastete sie hinaus. Sie steckte noch kurz den Kopf herein. »Motrin?«

»Hab ich dabei.« Alicia nahm ihre Handtasche von einem Küchenstuhl. »Bin gleich bei dir.«

»Bestimmt hat Jessica die Blumen geschickt.« Harry stapelte heiße Zimtbrötchen auf ein Tablett. »Sie hat eine unglaubliche Art, ungleiche Sachen zu kombinieren.«

Während die Freundinnen plauderten und werkelten, überlegte Susan im Stillen, wie sie die verlorene Zeit bezüglich der Ablieferung der für St. Cyril gespendeten Lebensmittel aufholen sollten. Hier waren von beiden Kirchen so viele Menschen versammelt, die taten, was sie konnten.

Niemand außer Charlene, den Gesetzeshütern und dem Bestattungsinstitut wusste, dass an Petes Hand zwei Finger fehlten. Sheriff Shaw hatte Charlene gebeten, es vorerst für sich zu behalten, es nicht mal ihren Söhnen zu erzählen.

Für Charlene war der ganze Aufruhr surreal. Pete würde jeden Moment durch die Tür kommen. Doch stattdessen trat Pfarrer O'Connor durch die Haustür, und erst das gab Charlene den Rest.

10

St. Cyril, still und schön, stand zurückgesetzt an der Route 250 und lud allein durch die friedliche Atmosphäre die Gläubigen zur Andacht ein. Wie alle Kirchen und Synagogen in Albemarle County war das im viktorianischen Stil gehaltene Gotteshaus ein lebendiges Zentrum für Gemeindeaktivitäten, und der Priester hatte wie seine Kollegen der verschiedenen Glaubensrichtungen Einblick nicht nur in seine Schäfchen, sondern in die Gemeinde insgesamt.

Ein aufmerksamer Angehöriger der Geistlichkeit erfasste rasch, was in der Gegend wem widerfuhr und oft auch warum. Die eigentliche Frage war: Was kann man da machen?

St. Cyril mit einer sehr gemischten Gemeinde – Reiche, Arme, Weiße, Asiaten, Latinos, Afroamerikaner – bildete da keine Ausnahme. Kleidung, Spielzeug, Küchenutensilien strömten für die weihnachtliche Gabenverteilung herein. Die angesehene Gegend um die westliche Route 250 hatte Anwohner, die reichlich spenden konnten, und viele taten es auch. Mit den Etiketten in der Bekleidung hätte man in den Secondhand-Boutiquen vor Ort hohe Erlöse erzielt. Man könnte sagen, »ja nun, die können's sich leisten«. Aber wer von denen spendet auch freizügig?

Reverend Jones war von Pfarrer O'Connor angerufen worden, der dem alternden Pfarrpriester beistand. Pfarrer David O'Brien arbeitete zunehmend weniger, weshalb Pfarrer O'Connor zurzeit immer mehr Verantwortung übernahm. Weil die Menge an gespendeten Sachen in diesem Jahr so gewaltig war, hatte Susan Tucker dafür gesorgt, dass vor dem 20. Dezember mit der Verteilung begonnen wurde. Pfarrer O'Connor setzte Reverend Jones auch davon in Kenntnis, dass sie infolge von Petes entsetzlichem Tod kostbare Organisationszeit verloren hatten.

Susan hatte sich einen Suburban geliehen, weil darin mehr Sachen transportiert werden konnten als in ihrem oder Harrys Kombi, denn es strömte noch fortwährend Ware herein. Und der Wagen bot Platz für die Tiere, die die zwei Frauen mitnahmen. Sie hatten längst entdeckt, dass es von Vorteil war, wenn die Tiere dabei waren, denn wenn sie Häuser aufsuchten, wo eine ältere Person allein lebte, nahm es ihnen oft die Furcht davor, wer wohl an der Tür sein mochte. Katzen und Hunde waren auch für Kinder aufregend, und es gab viel mehr notleidende Kinder, als den Behörden bekannt war. In ländlichen Gegenden ist Armut oft unsichtbar.

»Schön, dass Sie da sind.« Pfarrer O'Connor strahlte Harry und Susan an, als sie in St. Cyril eintraten. »Wir arbeiten rund um die Uhr, um die vielen Kisten gepackt zu kriegen.«

»Himmelherrgott«, rief Harry, dann erst fiel ihr ein, wo sie sich befand.

»Das sagen Sie am rechten Ort.« Der attraktive Priester lächelte. »Ich habe schon Schlimmeres gesagt.«

Kleidungsstücke, akkurat sortiert und gestapelt, häuften sich auf den Tischen und dem Fußboden; selbst die Durchgänge zwischen den Tischen waren verstopft. Hier in St. Cyril hatten sie sogar mehr davon, als sie in St. Lukas gehabt hatten.

Jan McGee war zum Helfen von Manakin-Sabot hergekommen. Diese Frau konnte alles organisieren. Jessica und Arden hatten die Hilfe gebraucht. Jan kam auf Susan und Harry zu und sagte: »Ist das nicht der Hammer?«

»Oh ja, allerdings.« Susan schlängelte sich durch einen schmalen Gang, um mit Jan zu plaudern, derweil Harry mit Pfarrer O'Connor die Lieferliste durchging.

»Susan, wenn die Straßen abseits der Hauptverkehrsstraßen rutschig sind, pack ein paar Säcke Katzenstreu in den Kofferraum«, riet Jan ihr.

»Das merk ich mir. Wir fahren mit einem Haufen Ladung los. Sorgen mach ich mir erst wegen später, wenn wir alles abgeliefert haben.«

»Katzenstreu«, wiederholte Jan. »Ich bin nicht umsonst in Grundy, Virginia, aufgewachsen.«

Susan lachte, dann bedankte sie sich bei Jan dafür, dass sie in letzter Minute eingesprungen war.

»Du weißt ja, Susan, das bin nicht nur ich. Das sind alle miteinander.« Jan gab immer gern von einem Lob was ab. »In Zeiten wie diesen müssen wir zusammenstehen.«

Während die zwei sich austauschten, faltete Harry ihre Landkarte auseinander. »Die Dybecks sind hier, ja?«

»Haben Sie kein Navi?«, fragte Pfarrer O'Connor.

»Himmlische Führung der technischen Art?«, spöttelte Harry.

»Wozu? Die meiste Zeit schicken einen die Anweisungen auf meilenweite Umwege. Nicht dass ich mich mit den Nebenstraßen nicht auskenne. Ich kenne so gut wie jede Nebenstraße in diesem Bezirk, weiß aber nicht immer, welches Haus wem gehört oder wo es genau ist. Manche sind ganz gut versteckt.«

»Hängt vermutlich davon ab, was sie anpflanzen«, meinte Pfarrer O'Connor kichernd.

»Genau«, stimmte Harry zu.

»Viele Briefkästen tragen weder Namen noch Hausnummern, und manche Leute haben keinen Briefkasten.«

»Die Hausnummer muss auf dem Briefkasten stehen«, sagte

Harry, die ehemalige Posthalterin. »Aber wir sind hier auf dem Land. Ein Beamter dient seinem Volk auch dann, wenn dabei die Vorschriften leicht abgewandelt werden.«

»Zu viele Vorschriften. Jenseits der Zehn Gebote ist alles nur Papierkram.« Pfarrer O'Connor fuhr sich mit der Hand über das sauber rasierte Gesicht. »Okay, nach den Dybecks fahren Sie weiter zu Mrs. Killigan am Fuß der Berge. Sie ist schon älter und hört nicht mehr gut; deshalb müssen Sie mächtig Krach machen.«

Er markierte auf der Karte sämtliche Lieferstellen mit Buntstiften. Pfarrer O'Connor verwendete einen roten Stift, wenn jemand schwerhörig war, blau war für schlechte Augen, schwarz, wenn jemand einen bösartigen Hund hatte, rot und schwarz, wenn jemand boshaft war. Manche Leute neigten zu schlimmen Besäufnissen. Da sollte man wissen, wer. Säufer wurden mit einer roten Wellenlinie markiert. Eine blaue Wellenlinie besagte, jemand war nicht ganz richtig im Kopf.

Pfarrer O'Connor und Jan halfen den Mädels gemeinsam beim Beladen. Weil auch sie Tierfreunde waren, streichelten sie die Katzen, Tucker und Owen, Susans Corgi, Tuckers Bruder.

Bei der letzten Ladung war Pfarrer O'Connor außer Atem. »Puh«, sagte er zu Harry und Susan. »Danke hierfür und weil Sie bei der Silver-Linings-Spendengala waren und weil Sie so viele Extrafuhren übernehmen, während wir für Charlene und ihre Söhne beten und auch die Jungs von Silver Linings trösten.«

»Herr Pfarrer«, erwiderte Harry, »wir tun alle, was wir können.«

»Wie lange soll das denn dauern?«, quengelte Pewter schlechtgelaunt, als Harry und Susan die Türen des Suburban schlossen.

»Wer weiß?«, versetzte der stets lächelnde Owen.

»Lange genug, um dich zur Weißglut zu bringen«, triezte Tucker die graue Kanonenkugel.

»Zwei Sekunden. Du hast genau zwei Sekunden, um dich zu benehmen.« Pewter fuhr die Krallen ihrer rechten Pfote aus.

Da Owen erkannte, dass das Heck des Wagens momentan kaum Platz bot, um sich zu verstecken oder zu bewegen, suchte er die Katze zu beschwichtigen. *»Ach Pewter, Tucker will doch bloß im Mittelpunkt deiner Beachtung stehen.«*

Nach einer Stunde hatten Harry und Susan ein Viertel der Waren abgeliefert. Die Nebenstraßen – manche geräumt, manche nicht – erschwerten das Vorwärtskommen.

Harry blickte auf die Karte. »Wir haben noch eine Lieferung an der Schotterstraße, die östlich und westlich von der Route 240 verläuft und an Beaver Dam vorbeiführt. Der Name ist ohne Farben. Das ist gut.«

»Herrje, da hinten will ich nicht festsitzen, wenn die Straße vereist ist«, sagte Susan.

»Kann ich gut verstehen.« Harry konzentrierte sich, da Susan links abbog, denn sie fuhren nach Norden. »Hier wird nicht immer geräumt, und es ist verdammt kurvig und eng.«

Susan fuhr langsam. Zwischen den kahlen Bäumen hatten sie einen guten Blick auf Mulden und Wiesen. »Jetzt geht es zu Mr. Thompson«, sagte sie. »Habe ihn lange nicht mehr gesehen.«

Sie umrundeten eine scharfe Kurve, und da tauchte zwischen zwei mächtigen Eichen, an denen noch die trockenen braunen Blätter hingen, ein kleines, einstmals getünchtes Holzhaus auf.

Viele Eichen werfen die alten Blätter nicht ab; sie werden vielmehr im Frühjahr von den schwellenden Knospen abgestoßen. Daher rascheln die Eichen vom Spätherbst bis zum Frühling und geben einen kummervollen Ton von sich, den Ton des Winters.

»Susan, halt hier an«, befahl Harry, die manchmal herrisch sein konnte. »Du kannst unmöglich reinfahren. Der Schnee ist zu hoch. Er ist nicht weggeschaufelt. Klar, Mr. Thompson ist alt, und das wäre Schwerstarbeit.«

»Ich kann den Wagen nicht hier mitten auf der Straße stehen lassen.«

»Wieso nicht? Siehst du irgendwelchen Verkehr? Bleib du hier. Ich trage die Kiste.«

»Die ist schwer.« Susan war gereizt.

»Ich bin eine kräftige Farmerin. Wenn dich ein Auto anhupt, fährst du einfach weiter, wendest irgendwo und kommst mich hier abholen, wenn's geht.«

»Na schön, aber das gefällt mir nicht.«

»Von gefallen hab ich nichts gesagt.« Harry stieß die Tür auf und war froh, dass sie Schneestiefel anhatte. Sie öffnete den Laderaum des Wagens und stemmte eine große Kiste heraus.

Stöhnend wuchtete sie sie hoch, drückte sie an sich und schob sich durch den Schnee. Bis zum Eingang war auch kein Weg freigeschaufelt. Tucker, die ihre Pflichten als Harrys Hund stets wahrnahm, sprang heraus und folgte ihr. Bis Harry an die Fliegentür kam, die an einer einzigen Angel hing, lief ihr der Schweiß den Rücken hinunter. Sie stellte ihre Last an der Tür ab und klopfte. Keine Antwort. Sie klopfte ein zweites Mal, heftiger.

Endlich ging die Tür quietschend auf. Ein einst gutaussehender Mann, jetzt unrasiert, lächelte sie an. »Harry Haristeen.«

»Mr. Thompson, St. Cyril wünscht frohe Weihnachten.«

»Kommen Sie rein. Es ist kalt da draußen.«

»Nur ganz kurz, Sir. Susan und ich sind auf Liefertour.«

»Susan Bixby?«

»Tucker.«

»Für mich ist und bleibt sie Bixby.« Er lächelte Harry an. »Esther Mercier und ich haben immer gesagt, ihr zwei wart gute Mathematikschülerinnen. Viele Mädchen waren das nicht.«

»Nett, dass Sie das sagen. Stereometrie und Trigonometrie hatte ich gern. Auf dem College mochte ich keine höhere Mathematik.«

»Höhere Mathematik ist die Trennungslinie. Die Grundrechenarten sind die Praxis, Maße, Gewichte. Aber die höhere Mathematik öffnet die Tür zur Theorie, und einmal gemeistert, ermöglicht sie uns, ferngelenkte Geschosse zu bauen. Was man mit höherer Mathematik bewirken kann, also, ich denke, wir kennen nicht mal die Möglichkeiten.« Er sah zu Tucker hinunter. »Ich habe Hundekekse. Terminator, mein alter Hund, schläft tief und fest. Er hört und sieht nicht mehr so gut. Also schläft er. Er liegt in der Küche beim Holzofen.«

»Danke schön. Tucker braucht keine Leckereien. Sie wird etwas füllig um die Mitte.« Harry hielt inne. »War schön, Sie zu sehen, Mr. Thompson. Ich muss jetzt weiter.«

»Grüßen Sie Susan von mir.«

»Mach ich, Sir.«

Als Harry zurückstapfte, dachte sie über die verheerenden Folgen von Alkoholmissbrauch nach. Mr. Thompson war so ein gutaussehender Mann gewesen, und so gescheit. Jedes Jahr hatte er ein bisschen mehr getrunken, bis er anfing, sich heimlich während der Arbeit ein Gläschen, dann zwei zu genehmigen. Manchmal erschien er nicht zum Unterricht. Als er entlassen wurde, versuchte er es mit schwerer körperlicher Arbeit, wurde aber zu unzuverlässig. So gut seine Gesinnung auch war, liebenswert noch dazu, er konnte nicht vom Suff lassen.

»Mr. Thompson lässt grüßen«, sagte Harry, als sie wieder ins Auto stieg.

»Wie sieht er aus?«

»Wie man's erwarten würde. Wann hast du ihn zuletzt gesehen?«, fragte Harry.

»Im Lebensmittelmarkt. Hab auf dem Rückweg von Boonesville Durst gekriegt. Ich war erschüttert, als ich ihn sah.«

Harry sagte mit einem Blick auf die Karte: »Wenn du irgendwo wenden kannst, mach's. Sonst kommen wir bei Batesville raus.«

»Da unten war mal eine überdachte Brücke. Hat Dad jedenfalls erzählt«, sagte Susan nachdenklich. »Man hat so viele abgerissen.«

»Fragst du dich manchmal, wie's hier in hundert Jahren aussieht?« Harry deutete auf eine geräumte Privatstraße. »Dort kannst du diesen Kreuzer bestimmt wenden.«

»Falls nicht, kannst du hoffentlich schieben.« Susan manövrierte vorsichtig auf der geräumten Privatstraße und setzte halb in die schmale Staatsstraße zurück. »Nein, ich hab kein Jahrhundert vorausgedacht. Ich schaff's nicht mal bis morgen.«

Sie plänkelten weiter, während Susan, die unterdessen das Wendemanöver bewältigt hatte, einen hohen Hügelkamm hinter der Miller-Schule anvisierte.

Zwei Stunden später hatten sie nur noch eine Fuhre übrig, ein kleines Häuschen unweit der Grenze zu Nelson County. Pewter und Mrs. Murphy schliefen in dem Plüschbett, das Susan vorsorglich für Owen in den Wagen gestellt hatte. Die zwei Hunde sahen zu den Fenstern hinaus und beobachteten alles.

Das Häuschen kam in Sicht, als sie auf der alten Seitenstraße um eine Kurve schlitterten. Der von gewaltigen schneebedeckten Buchsbaumgehölzen gesäumte Gehweg war einladend. Die Tür war leuchtend rot gestrichen und zog den Blick durch die Buchsbaumsträucher direkt auf sich.

Sie sahen auf der Liste nach. Da war eine blaue Wellenlinie, und keine von beiden erinnerte sich, was sie bedeutete.

Harry trug eine Kiste mit Lebensmitteln, Susan eine Kiste mit Kleidung.

An der Tür angekommen, stellte Harry den schweren Karton ab, hob den Messingklopfer an und klopfte zweimal laut.

Die Tür wurde so schnell aufgerissen, dass sie alle verblüfft waren, sogar die Hunde.

»Kennen wir uns nicht? Ich bin Mrs. Rice.«

Harry blickte in die strahlend blauen Augen einer älteren Frau, die durchschnittlich groß war und Jeans und einen sauberen Pullover trug. Auf dem Arm hatte sie einen kleinen Hund, der die Besucherinnen misstrauisch beäugte.

»Wir kommen von St. Cyril.«

»Das sagt mir, woher Sie sind, aber nicht wer Sie sind«, erklärte die Frau. »Manchmal ist mein Gedächtnis vernebelt, aber Sie kommen mir bekannt vor.«

Harry stellte sich und Susan und auch die Hunde vor. Die Tür ging auf, sie traten ein und stellten die Kartons ab.

Flo Rice nickte. »Natürlich.«

»Ma'am, der hier ist schwer. Soll ich ihn in die Küche bringen?«, fragte Harry.

»Das wäre nett.« Mrs. Rice wies Harry den Weg zur Küche.

Das Haus war reinlich, aber ziemlich kalt. Ein Kaminfeuer mühte sich, die vorderen Zimmer zu heizen. Als Harry den Karton auf den Küchentisch stellte, nahm sie einen starken Geruch und ein bisschen Wärme wahr, dann bemerkte sie einen kleinen Kerosinofen, der in einen alten Kamin gezwängt war.

Susan blieb im Wohnzimmer zurück und bemühte sich um ein Gespräch.

»Ich bin nicht katholisch«, sagte Mrs. Rice. »Früher war ich's mal. Ich weiß noch, wie ihr immer in den Stall gekommen seid. Mrs. Valencias Stall. Damals war ich praktizierende Katholikin.« Sie verschränkte die Arme. »Ich danke Ihnen und der Kirche. Seit es in der Kirche kein Latein mehr gibt, ist mir das Interesse abhandengekommen.«

»Ja, Ma'am«, antworteten beide, obwohl eigentlich keine von ihnen etwas zu sagen wusste.

»Benzin ist zu teuer.«

»Ja, Ma'am.«

»Alles ist zu teuer.«

»Ja, Ma'am.«

Harry bemerkte an einer Wand ein Kruzifix. Das war aber auch alles, was man Dekoration nennen konnte. Schlichte Wände, schlichte Böden, alte Möbel, aber ein Regal voller Bücher, viele mit schönem Einband.

»Sie beide verstehen kein Latein, nicht? Gibt's in den Schulen auch nicht mehr.«

»Mrs. Rice, wir beide haben auf der Highschool vier Jahre Latein gehabt.« Susan hoffte, dass ihr diese Erwiderung gefiel.

»Gut. Aber heute gibt's in den Schulen kein Latein mehr.«

»Mrs. Rice, ich glaube, dass Privatschulen es möglicherweise anbieten, aber die öffentlichen Schulen vielleicht nicht.«

»Auferlegte Blödheit!« Flo presste die Lippen zusammen.

»Sie haben recht«, sagte Susan. Einverständnis mit der alten Dame zu zeigen war das einzig Mögliche, aber Susan hielt es wirklich für unklug, Latein zu streichen. »Manche Schulen bieten auch kein Deutsch an«, setzte sie hinzu.

Harry hatte die Hand am Türknauf, weil die Hunde draußen bellten. »Ma'am, wir wünschen Ihnen frohe Weihnachten.«

»Wünschen die mir auch frohe Weihnachten?« Ein schwaches Lächeln streifte die Lippen der alten Dame, als sie die Menagerie ins Auge fasste, und sie nahm ihren kleinen Hund wieder hoch.

»Mrs. Rice, mit Sicherheit.« Harry lächelte strahlend.

Die alte Dame öffnete die Tür. »Quo vadis?«, fragte sie.

Das bedeutet »Wo geht ihr hin?« oder, eleganter formuliert, »Wohin des Weges?«.

»Vale.« Die zwei sagten auf Lateinisch Lebewohl.

Ehe Flo die Tür schloss, sagte sie leicht grimmig: »Ich weiß so einiges.«

Auf der Heimfahrt meinte Susan seufzend: »Schrecklich, allein zu leben wie Mr. Thompson oder Mrs. Rice. Ich vermute, die blaue Wellenlinie bedeutet plemplem.«

»Oder Schlimmeres. Bei manchen Leuten liegt es an den

Entscheidungen, die sie getroffen, oder an der Abbiegung, die sie verpasst haben. Sie enden verrückt und allein.«

»Ich glaube, mit manchen Menschen ist einfach zu schwierig auszukommen«, sagte Susan. »Das schickt dann andere in die Irre.« Sie hielt inne. »Ich erinnere mich kaum an sie, als sie im Stall von Mrs. Valencia gearbeitet hat. Damals fand ich sie nicht belämmert.«

Harry zuckte nur die Achseln. »Die Zeit verändert die Menschen.«

11

Charlene Vavilov starrte ins Weite.

Charlene wusste sich zu beschäftigen, doch von Zeit zu Zeit fiel es ihr schwer, sich zu konzentrieren. Ihr Verstand setzte aus, oder ihre Gedanken schweiften ab.

Fair Haristeen schaute am Donnerstag nach einem Patientenbesuch im Osten von Albemarle County bei der Fordhandlung vorbei.

Er stand still an der offenen Tür von Charlenes Büro, dann räusperte er sich.

Die elegante Frau mittleren Alters blinzelte, dann rang sie sich ein Lächeln ab. »Fair, komm rein.«

Er hatte ein kleines Striegelset für Pferde in einem rot-grünen Behältnis mit Tragegriff mitgebracht. Er legte es auf ihren Schreibtisch. »Für Salsa.«

»Oh, das wird ihn freuen.« Charlenes gutmütiger Vollblüter Salsa war ein Patient von Fair. Charlene war mit der Liebe zu Pferden groß geworden, und ihr war auch bewusst, dass Reiten einem in diesem Teil der Welt Vorteile verschaffte. Das hatte sie Peter, ihrem Mann, eingetrichtert, aber er hatte sich vor Pferden gefürchtet. Vor Golf jedoch nicht, und zwischen diesen zwei Sportpolen hatten die Vavilovs die Fordhandlung ausgebaut. Die Anzahl F-250er und F-350er, die Pferdebesitzer kauften, um ihre Gespanne zu ziehen, ließ die Ram- und Silveradoverkäufer vor Neid erblassen. Dodge und Chevrolet bauten gute Transporter, Charlene aber zeigte sich mit einem Ford Kombi, der ihr Gespann zog. Und sie war allezeit bereit, einem anderen Pferdemenschen zu einem finanziellen Vorteil zu verhelfen.

Pete fuhr immer mit einem Thunderbird oder einem neuen Ford-Geländewagen zu den Golfplätzen.

Fair achtete Charlene als Pferdefrau und als Geschäftsfrau. Er hatte auch Peters Werbekampagnen geachtet, die von Lou Higham gestaltet waren. Es war ein hartes Geschäft.

»Sag mir, ob ich irgendwas für Salsa tun kann.« Er hielt inne. »Oder für dich.«

Sie schluckte, schlug die Augen nieder, die feucht wurden. »Fair, ich weiß, es ist dir ernst damit. Ich wollte, es gäbe etwas, das du, das irgendwer tun könnte. Mir bleibt nichts zu tun als zu arbeiten, mich zu beschäftigen.«

»Der Ausstellungsraum strahlt. Und die Deko ist großartig.«

»Hier arbeiten gute Leute. Ich weiß nicht, was ich ohne sie anfangen würde. Deine Frau, Susan, alle meine Freundinnen haben mit angepackt. Arden war nicht zu bremsen. Sie wollte unbedingt im Ausstellungsraum arbeiten. Ich hab zu ihr gesagt: ›Bald ist Weihnachten. Nein, geh und mach deinen Kram.‹ Und Tyler braucht sie. Pete hat sein Möglichstes getan, um Tyler für Sport zu begeistern. Lou ist manchmal sehr streng mit ihm. Da hab ich gesagt: ›Freu dich an deinem Jungen, solange er noch ein Junge ist.‹« Sie lächelte. »Alexander und Jarrad waren auch behilflich. Ich hab ihnen gesagt, ich finde es in Ordnung, wenn sie mit ihren Freunden rumhängen. Aber sie kommen lieber hierher. Jarrad hat Spaß an der Buchhaltung.« Ihre Stimme ließ ihren Stolz auf ihre Söhne erkennen. »Alex mag die Werkstatt. Sie waren eine große Hilfe. Sie werden so schnell erwachsen.«

»Charlene, du und Pete, ihr wart gute Eltern. Und ich weiß nicht, wie ihr durchgehalten habt, besonders als die Ölkrise am schlimmsten war.« Fair konzentrierte sich wohlweislich aufs Geschäft.

Ungeachtet der seltsam fehlenden Finger besagte der Obduktionsbericht, dass Pete an einem Herzinfarkt gestorben war. Froh, über etwas anderes als diese Erkenntnis sprechen zu können, stand Charlene vom Schreibtisch auf und setzte sich neben Fair in einen teuren Barcelona-Sessel aus Leder und Chrom.

»Ford hat schon schreckliche Zeiten durchlaufen«, sagte sie. »Am Ende hatten wir eine weitblickende, mutige Geschäftsführung, und ich glaube, dieses Jahr werden wir einen passablen Gewinn erzielen. Ohne den Rettungsschirm zu beanspruchen, haben wir die harten Jahre überstanden, bevor GM und Chrysler aufholten. Es hat sich für Ford und die Händler, die am Ball geblieben sind, ausgezahlt.«

»Du warst immer couragiert. Wer Salsa reiten kann, wenn er mal wieder schlechte Laune hat, muss mutig sein.« Fair lächelte.

Sie winkte ab. »Weißt du, Salsa ist schon eigenartig.« Sie verschränkte die Hände und neigte sich Fair zu. »Er hat's gewusst. Als ich nach Peters Tod in den Stall kam, hat er's gewusst. Er hat mich abgeschleckt und seinen Kopf an meine Schulter gelegt. Ich hab versucht, ihn jeden Tag ein bisschen zu reiten. Ich würde es nicht allzu vielen Leuten gestehen: Ich liebe dieses Pferd.«

»Er liebt dich.«

Das trieb ihr die Tränen in die Augen. Sie nickte. »Die Liebe ist stärker, als irgendwem von uns klar ist.« Sie atmete tief durch. »Ich bin etwas älter als du, Fair. Irgendwann fängt eine Frau an, sich Gedanken über eine Zukunft ohne ihren Mann zu machen. In neun von zehn Fällen tretet ihr Männer zuerst ab. Aber ich hätte nie gedacht, dass es so schnell passieren würde. Peter hat vor neuen Ideen gestrotzt und war kerngesund. Es kam aus heiterem Himmel.«

Fair nahm ihre Hand. »Ich bedaure, dass du jetzt darüber nachdenken musst.«

Sie drückte seine Hand, dann zog sie ihre weg, um Tränen abzuwischen. »Arden sagt, immer nur eins auf einmal. Ein guter Rat fürs Leben, jederzeit.«

»Die reine Wahrheit«, sagte Fair mit seiner tiefen Stimme.

»Ich habe so viel über Silver Linings nachgedacht. Pete hat gerne mit jungen Menschen gearbeitet. Er hat vor allem nach einem Haus für die Gruppe gesucht. St. Cyril platzt aus allen Nähten. Wir haben jetzt so viele Latinos als Mitglieder. Pete wünschte sich einen entspannten, sicheren Ort für die Jungs. Außerdem braucht St. Cyril den Platz.«

»Tolle Idee. Und den Kombi für die Verlosung zu spenden, das war sehr großzügig.«

»Das haben wir beide wirklich gern gemacht. Wir hatten so viel Glück. Viele von den Jungs haben keins. Pete hat immer gesagt: ›Gebt den Menschen eine Chance. Macht die Tür nicht zu. Macht sie auf.‹«

Fair stimmte mit Petes Philosophie überein. »Die meisten Menschen werden durch die Tür gehen.«

»Ich habe über die Kirche viele von den Neuen kennengelernt. Viele sind Latinos, wie gesagt. Das Klischee vom Apfelpflücker, der nicht Englisch kann, macht mich rasend.«

»Ach Charlene, was wären die Menschen ohne Klischees? Was ist das Klischee von einem Autohändler?«

Das rief erleichtertes Lachen hervor. Hier sprach jemand mit ihr, der nicht mit langem Gesicht von Schließung faselte.

»Meinst du, ich pass da rein?«, meinte sie lächelnd. »Gib mir eine Zigarre, und dann machen wir ein Geschäft.«

»Das ist nicht dein Stil.«

Ihr Sohn Alex steckte den Kopf herein. Fair stand auf und gab ihm die Hand.

»Schön, Sie zu sehen, Doktor Haristeen.«

»Dich auch, Alex. Ich weiß, ihr macht eine schwere Zeit durch. Wir sind alle froh, dass du in den Weihnachtsferien hier im Geschäft arbeitest.«

»Macht mir Spaß, was drüber zu lernen«, erwiderte er auf Fairs mitfühlende Worte, dann sah er seine Mutter an. »Mom, der Schadenssachverständige von der Versicherung ist da, um Dads Explorer anzugucken.«

»Gut.« Sie lächelte. »Wenn er ihn in der Werkstatt haben will, lass ihn reinschleppen.«

»Okay.« Alex ging.

Charlene wandte sich an Fair. »Als Händler einen Anspruch geltend zu machen ist normalerweise ganz einfach. Leute hatten schon bei Probefahrten einen Totalschaden. Trotzdem bin ich da nicht scharf drauf. Der Papierkram ist fast so schlimm wie der Unfall.«

»Das glaub ich gern.« Fairs Stimme war beruhigend. »Zahlst du nicht jeden Tag Zinsen für die Autos auf dem Gelände?«

»Darauf kannst du wetten. Inhaber einer Handlung sein ist kein Zuckerschlecken.«

Als Fair um halb sieben vor dem Stall hielt, war es schon dunkel. Er stellte den Motor ab, blieb im Auto sitzen und sah hinaus auf die gefrorenen Weiden, den nachtdunklen Himmel. Dann zog er den Schlüssel ab. In der Küche begrüßte seine Frau ihn mit einer Umarmung und einem Kuss.

Minuten später waren sie über ihre jeweiligen Tagesabläufe im Bilde.

»Freut mich, dass Charlene gut aussah.« Harry griff nach zwei Tassen. »Grünen Tee?«

»Nein. Ich weiß im Moment noch nicht, was ich mag.«

»Solange du drüber nachdenkst – Susan und ich waren bei Mr. Thompson. Erinnerst du dich an unseren alten Stereo- und Trigonometrielehrer?«

»Klar. Ich dachte, der wäre schon tot.«

»Halbtot. Trinker.« Sie legte den Kopf zurück und schluckte ein imaginäres Gesöff.

»Es gab so ein Gerücht, als wir noch zur Schule gingen. Schade.«

»Er lebt allein mit seinem tauben und fast blinden Hund. Hat einen Holzofen in der Küche. Die ganze Farbe ist vom Haus abgeblättert. Komisch, unsere letzte Lieferung ging auch an eine ältere Person, Miss Rice. Ihr Haus das genaue Gegenteil. Pieksauber.«

»Rice.« Er sann über den Namen nach. »Bisschen sonderbar?«

»*Sonderbar* trifft es nicht.«

»Sie hat bei Diana Valencia gearbeitet, die steinreich war. Miss Rice war in ihrem Stallbüro tätig. Ich hatte gerade erst angefangen. Sie war nett, wie ich mich erinnere. Bisschen frömmlerisch. Später hat sie dann kaum noch mit mir gesprochen. Riesig nett, aber introvertiert. Ich hab nie erfahren, wie die Valencias an ihr Geld gekommen sind.«

»Als Blinker neu entwickelt waren, war die Stromzufuhr das Problem. Bei schlechtem Wetter haben viele nicht funktioniert. Diana Valencia hat die Lösung des Problems gefunden. Das war vor langer Zeit, als Frauen eingeredet wurde, handwerkliche oder technische Tätigkeiten seien nichts für sie.«

»Das wusste ich gar nicht«, sagte Fair und fügte dann hinzu: »Da fällt mir ein, Miss Rice ist Esther Merciers ältere Schwester. Ich erinnere mich, dass ich Miss Mercier einmal im Stall gesehen habe. Es hat was, wenn man in Virginia lebt: Das Gedächtnis lässt nicht nach.«

»Wieso?«, fragte Harry.

»Man braucht es ständig, um sich zu erinnern, wer mit wem verwandt ist.« Er lachte.

»Hast du's dir schon überlegt?« Sie lächelte.

»Ich nehme eine Tasse grünen Tee mit einem Schuss Scotch.«

»Sehr originell.«

Er grinste. »Hast du mich nicht deswegen geheiratet?«

»Es gab noch andere Facetten.« Sie goss heißes Wasser in seine Tasse.

Aufmerksam lauschend kuschelten sich Katzen und Hund in ihre Küchenbetten. Sie hatten überall Betten.

Die Eheleute nippten an ihren Getränken und gingen dabei den morgigen Tagesplan durch.

»Dann fährst du also noch mal raus?«, fragte er.

»Die Reaktion auf Kleidungsbedarf war überwältigend. Heute haben wir Sachen für St. Cyril abgeliefert. St. Lukas quillt über. Morgen sind die nächsten Fuhren fällig.«

»Ich dachte, der 20. Dezember sollte der große Tag sein.«

»An dem Tag wird es viel zu tun geben, aber wir müssen einen Teil der Lebensmittelkonserven und der Kleidung wegschaffen. Wir können unmöglich alles an einem einzigen Tag abliefern. Zudem haben wir durch Petes Tod ein paar Tage verloren. Die meisten Frauen von St. Cyril waren bei den Vavilovs. Wir auch.«

»Ich hab einige alte, aber gute Pullover. Ich könnte meine Schubladen durchforsten.«

»Schatz, wir haben mehr als genug, außerdem sind alle unsere Anziehsachen voller Katzenhaare.«

»Ohne die ist kein Outfit komplett«, verkündete Pewter laut.

12

U*nd wenn ich aus dem Auto flitze?«* Auf dem Rücksitz des nun fast leeren Volvos erwog Pewter boshaft diese Möglichkeit. Es war ein sehr, sehr langer Tag gewesen, an dem ihr Mensch haltbare Lebensmittel ausgegeben und sich in anderer Leute Angelegenheiten gemischt hatte.

»Ich würde dir nachjagen«, gelobte Tucker feierlich.

»Haha.« Pewter schlug mit dem Schwanz.

Nase an Nase drohte Mrs. Murphy ihrer Artgenossin: *»Du läufst nirgendhin. Wir sind fast durch mit dieser Fuhre, und ich will nach Hause.«* Darauf wandte die Tigerkatze sich an Tucker: *»Dass du sie nicht provozierst.«* Mit hängenden Ohren plumpste Tucker auf den Rücksitz des Volvo Kombis.

Harry hatte seit elf Uhr, das war die Zeit, wenn sie normalerweise mit der Farmarbeit fertig war, Lebensmittel und Kleidung allein abgeliefert. Als ihr nur noch eine einzige Lieferung blieb, sah sie durch die Windschutzscheibe nach oben und streichelte dann Mrs. Murphy, die sich auf dem Beifahrersitz niedergelassen hatte.

Die Straße wand sich zu den Blue Ridge Mountains hin. Der Himmel dräute dunkelgrau. Harry bog links ab auf eine weitere zugeschneite Lehmstraße, folgte dem Hang, bog dann rechts ab in eine enge Zufahrt, die immerhin geräumt war. Gegen halb vier hatte sie alles erledigt.

Um halb vier arbeitete Arden Higham in dem kleinen Büro von St. Cyril. Freitag war ihr regelmäßiger Buchhaltungstag. Mit dem bevorstehenden Jahresende nahmen die Anforderungen zu, und Arden wollte mit allem Schritt halten.

Jessica Hexham hatte dieselbe Idee. Sie kam herein und sagte: »Da draußen geht's zu wie im Zoo. Ich werde bis Mitternacht an den Kirchenbüchern sitzen.«

»Herrgott, das will ich nicht hoffen. Wenn du bis Mitternacht hier bist, bin ich bis zwei Uhr morgens hier. Du bist schneller als ich.« Sie zwirbelte einen Bleistift zwischen den Fingern. »Viel Verkehr?«

»Ja, und es schneit wieder. Wann nimmt das ein Ende? Letzten Winter hatten wir kaum Schnee, und jetzt bergeweise.« Jessica schüttelte den Kopf.

Ardens Handy klingelte. »Hallo.«

»Mom, wo ist Dad?«, fragte ihr Sohn Tyler. »Ich warte schon eine Dreiviertelstunde.«

»Hast du ihn angerufen?« fragte sie und warf Jessica einen Blick zu.

»Klar hab ich ihn angerufen.«

»Ich bin bei dir, sobald ich kann. Jessica ist gerade gekommen, sie sagt, der Verkehr macht Probleme.«

Arden klappte das Handy zu und sagte zu Jessica: »Ich muss los. Lou hat Tyler nicht abgeholt. Und er hat sich nicht auf Tylers Anrufe gemeldet. Das sieht Lou gar nicht ähnlich. Sicher wird er irgendwo aufgehalten, wo sein Handy kein Netz hat.«

»Manchmal fällt der Dienst auch bei so einem Wetter aus.« Jessica setzte sich.

»Ja. Ich muss wohl leider morgen wieder herkommen.«

»Fahr vorsichtig. Man weiß nie, was die anderen Fahrer tun.«

»Ein wahres Wort.« Arden raffte Mütze, Mantel, Schal zusammen.

»Seit Petes Tod ist Lou vergesslich geworden.«

»Tja, so was wirkt sich unterschiedlich auf die Menschen aus«, meinte Jessica mitfühlend. »Ich glaube, für Männer ist es schwerer – der Tod eines Freundes, eines geliebten Menschen. Sie werden nicht damit fertig.«

»Lou und Tyler rauben mir eh schon den letzten Nerv. Lou kriegt es nicht in seinen Dickschädel, dass Tyler nicht sportlich ist ...« Bei diesem Gedanken brach sie ab und wickelte sich ihren handgestrickten Schal um den Hals. »Die Feiertage machen mich sowieso fix und fertig. Am liebsten würde ich Einladungen zu meinem Nervenzusammenbruch verschicken.«

»Durchhalten, Mädel.« Jessica lächelte sie an.

»Mach ich.« Während Arden aus dem Büro schlurfte, schaute sie auf den großen Wandkalender.

Freitag, der Dreizehnte.

Nach Erledigung ihrer Lieferungen ging Harry in den Stall, just als die ersten Schneeflocken herabwirbelten.

»Gerade rechtzeitig.« Drei Tiere und ein Mensch überprüften jede einzelne Box, füllten die Wassereimer, zwei Stück pro Box, dann zog Harry ihren Schal enger, ging hinten aus dem Stall heraus und holte die Pferde von den Weiden. Die Nacht kam so früh, und dies würde eine kalte und lange Nacht werden. Drinnen im Stall blieb es meistens warm genug, so dass das Wasser in den Eimern nicht gefror. Jedes Pferd hatte eine seiner Größe angepasste Decke. Jedoch kam Harry nicht dahinter, wie sie verhindern könnte, dass die Pferde sich gegenseitig die Gurte von den Decken rissen. Pferde liebten dieses Spiel, das oft mit Scheinkämpfen, Herumrennen und Quieken einherging. Und wenn sie schnaubten, wieherten und mit den Lippen schmatzten, taten sie dies mit Verve, obwohl sie im Grunde ruhige Tiere waren.

Eine halbe Stunde später war jedes Pferd in einer dick ausgekleideten Box mit sauberem Wasser und einer extra Portion Heu, um ihm etwas zu tun zu geben. Die große Fütterung gab es am Morgen. Wenn eins ein wenig Unterstützung dabei brauchte, das Gewicht zu halten, fütterte Harry auch abends Getreide.

Bis sie Shortro versorgt hatte, der immer zuletzt hereingeholt wurde und es höflich hinnahm, bedeckte schon eine frische dünne weiße Schicht den vorhandenen Schnee.

Harry trat in die geheizte Sattelkammer, nahm ihren Schal

ab und hängte ihn über einen Sattel. Ihre Jacke von Carhartt Detroit legte sie auf einen Sattelständer und ließ sich dann auf den Schreibtischstuhl sinken.

»Ich bin müde.«

»Tiefdruck«, klärte Tucker sie auf. Das Wetter ermüdete auch die Corgihündin.

Pewter schlief schon auf den Satteldecken bei dem alten Reithelm. Mrs. Murphy, die sich neben sie gekuschelt hatte, döste langsam ein. Die Wanduhr zeigte zehn vor sechs. Die Sonne war untergegangen, es dunkelte. Plattgesicht, eine riesengroße Ohreule, rührte sich in der Kuppel über dem Heuboden. Die Kletternatter Matilda überwinterte da oben in ihrem eigenen Heuballen, und auch Simon, das Opossum, erwachte. Er spürte den kommenden Schnee und sah wiederholt nach seinen Schätzen, denn er hortete alles von Bonbonpapierchen bis zu kaputtem Zaumzeug. Er tapste an die Heubodenkante, um zu sehen, was Harry in der Sattelkammer machte. Gewöhnlich ließ sie Leckereien für ihn da. Seinen wachen Augen entging nichts, auch nicht die einzelne Maus, die hinter den für die morgige Fütterung in der Stallgasse aufgestapelten Heuballen hervorhuschte.

»Sie ist da drin«, warnte Simon, aber wann beherzigen Mäuse von Opossums erteilte Ratschläge?

»Sie tut mir nichts.« Das Kerlchen verhielt bei einem kleinen Loch, das an der äußeren Ecke der Sattelkammer von Mäusen geschaffen worden war. Sie hatten ihre Gänge zwischen sämtlichen Boxen. Geschickt hinter einer Truhe in der Sattelkammer versteckt war wieder eine kleine Öffnung. Alle Mäuse konnten kommen und gehen, wie es ihnen gefiel. Mäuse müssen die berühmte Kanalisation von Paris ersonnen haben. Denn wer könnte besser Tunnel graben?

»Die Katzen sind hier«, warnte Simon.

Die Maus sah zu ihm auf und erwiderte schlicht: *»Die taugen nichts«* und verschwand im Loch.

Harry merkte nicht, dass ein kleiner pelziger Kerl unter dem Schreibtisch an ihren Stiefeln vorbeilief, an der anderen Seite auftauchte, die schlafenden Katzen betrachtete und dann zur Rückseite der Satteltruhe huschte.

Während Harry die Lieferliste dieses Tages durchsah, kam ihr der Gedanke, dass sie, abgesehen von ihren drei Haustieren, allein war. Doch auf einer Farm ist man nie ganz allein. Zumindest ist immer eine Spinne kaum einen Meter von einem entfernt.

Tucker hob den Kopf, gab ein leises Bellen von sich. *»Coop ist da.«*

Das weckte Pewter auf. *»Ruhe bitte.«*

»Es ist mein Job, alle Menschen oder Tiere zu melden, die dieses Grundstück betreten.«

»Jaja.«

Harry hörte den Motor aus- und das Stalltor aufgehen. Sie verließ die Sattelkammer. »Verdammt, es ist noch kälter geworden«, sagte sie.

Cooper trat ein und setzte sich. »Heute Nacht soll es eisig werden. Vielleicht gibt's dreißig Zentimeter Schnee.«

»Alles in Ordnung bei dir drüben?«, fragte Harry sicherheitshalber, denn Cooper war kein Landmensch, lernte es aber mit der Zeit.

»Ich hab für alle Fälle das Aggregat in Betrieb genommen. Die Kamine nützen mir auch. Andauernd nehm ich mir vor, im Keller eine Holzheizung wie deine zu installieren, aber ich komm nie dazu.«

»Spart dir einen ganzen Batzen Geld.« Harry wechselte das Thema. »Ich kann eine Kanne Tee machen.«

Eine vorhandene Kochplatte wurde selten benutzt, funktionierte aber.

Cooper antwortete: »Nein danke. Harry, kennst du die Highams?«

»Gesellschaftlich. Sie spielt mit uns Karten. Warum?«

»Arden Higham hat besorgt gemeldet, dass Lou, ihr Mann, den Sohn nicht von der Schule abgeholt hat. Er hat auch nicht auf Anrufe reagiert. Sie hat seine Freunde und Mitarbeiter angerufen, die hatten nichts von ihm gehört. Er hat das Büro zeitig verlassen, um einiges zu erledigen, und hat gesagt, er wolle Tyler abholen und nicht ins Büro zurückkommen. Sie hat uns gebeten, nach ihm zu suchen.«

»Wie nach einem Vermissten«?

»Bislang benutzt niemand diesen Ausdruck. Der Mann ist erst seit wenigen Stunden verschwunden, und es ist Weihnachtszeit, und es schneit.«

»Genau.«

»Schon mal was von Problemen zu Hause gehört?«

Harry schüttelte den Kopf. »Wie gesagt, ich kenne diese Leute nur gesellschaftlich, und wie es aussieht, ist alles in Ordnung. Der Junge ist in einer schwierigen Phase und ein rechtes Computergenie. Ich kann mir nicht vorstellen, dass Lou ihn und Arden einfach verlassen hat. Er hat vermutlich sein Handy verloren oder hängt irgendwo fest.«

»Ja.«

»Bist du beunruhigt? Weißt du was, was ich nicht weiß?«

Cooper zog sie auf: »Ich weiß eine Menge, was du nicht weißt. Ich bin aber nicht beunruhigt. Noch nicht.«

»Ruf mich an, wenn ich helfen kann.« Harry fühlte, dass etwas über ihren Fuß huschte. Sie schaute rechtzeitig hinunter, um einen Schwanz verschwinden zu sehen. »Eine Maus.«

Cooper stand auf, entnahm ihrer hinteren Hosentasche ein gefaltetes gelbes Blatt, das sie vor Harry auf den Schreibtisch legte. »Eine Weihnachtsmaus. Hier. Lies meine Notizen und sag mir, was du denkst.«

Harry überflog die Seite. »Peter Vavilov. Vermögend. Aggressiv. Hier beheimatet. Ende der Achtziger Highschool-Spitzensportler. Gemeindefunktionär. Mitglied bei vielen gemeinnützigen Einrichtungen wie Silver Linings, Rotes Kreuz,

Krebsfonds, MS-Stiftung und so weiter. Kirche: St. Cyril. Verheiratet. Zwei Söhne. Allgemein beliebt.«

»Ist das so richtig?« Coop zog die Augenbrauen hoch.

»Genau. Er war ein guter Spendensammler.« Dann las Harry weiter. »Keine Liebschaften. Hat sich vor allem um Sport und Jugendliche gekümmert.«

»Keine hübschen jungen Dinger nebenbei?«

Harry überlegte kurz. »Ich habe Peter kaum mal mit einer Frau gesehen außer mit Charlene oder Frauen auf Spendengalas. Habe nie diesbezügliches Gerede über Pete gehört.«

»Fällt dir sonst irgendwas ein?«

»Sag mir zuerst, warum du geschrieben hast, dass er aggressiv war.«

Cooper schlug die Beine übereinander. »Wenn ich Leute befragt habe, ist immer wieder dieses Wort gefallen. Er war *aggressiv* wie ein Footballspieler. Er war *aggressiv* bei der Fordwerbung, konkurrierte mit anderen Autohäusern, insbesondere anderen Fordvertretungen wie in Richmond. Fällt dir eine alte Feindschaft ein?«, fragte die Polizistin. »Vielleicht jemand, der ihn gehasst hat?«

»Nein.« Harry spürte ein Kribbeln im Nacken. »Ich denke, Pete ist an einem Herzinfarkt gestorben. Wozu diese Fragen?«

»Neugierig.« Cooper sah zu den zwei Katzen. »So friedlich. Hey, der Helm da hat schon bessere Tage gesehen.« Sie stand auf und nahm den Reithelm in die Hand.

Tucker bellte: *»Leg ihn hin. Den willst du doch gar nicht haben.«*

Die Katzen öffneten die Augen. Mrs. Murphy setzte sich auf.

Pewter, die unterdessen auch auf den Beinen war, griff nach dem Helm, aber zu spät. Cooper drehte ihn um, und das Armband fiel heraus.

»Gutes Versteck für deinen Schmuck. Wer käme auf die Idee, hier zu suchen?« Die große blonde Frau bückte sich, hob das goldene Objekt auf und gab es Harry.

»Oh nein!«, jammerte Mrs. Murphy. *»Aus ist es mit unserem Weihnachtsgeschenk.«*

»Ich hab das Armband nicht dahin getan«, sagte Harry verwundert. »Es gehört mir nicht.« Sie betrachtete das gut gearbeitete Stück. »Echt hübsch. Echt teuer. Kommt mir irgendwie bekannt vor.«

Über Harry gebeugt, bemerkte Cooper: »Meine Großmutter hatte so ein ähnliches. Damals, als viele Frauen Spangenringe und Spangenarmbänder trugen oder welche mit einem schlichten goldenen Knoten.«

»Daher kommt es mir wohl bekannt vor. Wie ist es bloß in meinen alten Helm geraten?«

»Könnte es nicht im Futter gesteckt haben?«

»Coop, das hätte ich doch gefühlt. Bringt Glück, so ein gefundener Schatz.«

»Das Stück wär dir sicherlich da drin aufgefallen. Na ja, jetzt gehört es dir.«

»Ich werd's saubermachen und tragen.«

»Was machen wir jetzt?«, fragte Pewter.

Tucker seufzte. *»Das Übliche. Hoffen, dass Fair ein Geschenk kauft und unsere Namen drauf setzt.«*

Als Cooper gegangen war, dachte Harry über die zahlreichen Fragen ihrer Freundin nach. Irgendwas stimmte da ganz eindeutig nicht.

13

Draußen schneite es unaufhörlich. Mrs. Murphy saß bei Simon, dem Opossum, auf dem Heuboden. Obwohl es Samstagmorgen war, blieb der Himmel dunkel. Die Pferde schliefen in ihren Boxen. Tomahawk, der alte graue Vollblüter, lag schnarchend auf der Seite, seine Decke machte es ihm behaglich. Die anderen schliefen im Stehen. Als Harry das Stalltor öffnete, machten sie die Augen auf, wieherten *»hallo«* und schlugen an ihre Boxen. Das Süßfutter, das in ihre Eimer gekippt wurde, machte jeden Morgen aufregend.

Die zwei befreundeten Tiere saßen nebeneinander, Simon auf dem Hinterteil, derweil er mit einem kaputten Stirnriemen von einem Zügel spielte.

»Riecht gut, nicht?«

»Sicher.« Die Katze hatte einen Sinn für seine ausgefallenen Schätze.

»Ich wollte, es gäbe Decken für Opossums.« Simons dunkle Augen glitzerten. *»Ich kann mich in meinem Nest richtig warmhalten, aber raus geh ich nicht.«*

»Musst du zum Glück ja nicht. In diesem Stall fällt genug Süßfutter runter, um einen Haufen Opossums zu ernähren«, erklärte die Katze.

»Ich würde eh nicht rausgehen. Ein Kojote kommt oft vorbei, besonders jetzt, wo's verschneit und kalt ist.«

»Männlich? Mittelgroß? Ziemlich jung?«

»Du hast ihn auch gesehen?« Der graue Kerl schwang seinen Rattenschwanz um seine Füße.

»Vor einer Woche das erste Mal. Er rannte über die fernen Weiden. Hatte einen Menschenarm im Maul. Nur Knochen. Er hat die Knochen nicht fallen gelassen, aber ein paar kleine sind abgebrochen, und da ist ein Armband runtergerutscht.«

»Der Kojote hätte sich nur umdrehen müssen. Er hätte dich blitzschnell töten können. Und manchmal kommt er hier rein«, setzte Simon düster hinzu.

»Ah, daher also der Geruch. Tucker hat davon gesprochen, aber wir waren uns nicht ganz sicher, und es kommt nicht oft vor. Diese Wittrung.« Mrs. Murphy dachte darüber nach. *»Wir hatten noch nie Kojoten hier.«*

»Jetzt sind sie da. Ich muss sehr vorsichtig sein. Die töten und fressen alles.«

»Versucht er dich zu kriegen?«

»Nein. Er frisst alles, was in der Stallgasse runterfällt. Er kann nicht in die Boxen rein, drum kann er meine Ausbeute nicht fressen. Alles, was Tucker fallen lässt, nimmt er auch. Er kommt nur, wenn die Hintertür offen ist, drum ist er bei bitterer Kälte nicht hier.«

»Hast du mal mit ihm gesprochen?«, fragte die Tigerkatze.

»Nein, ich beobachte ihn nur. Er wird ganz nah herankommen, bis es Frühling wird. Wild ist jetzt schwer zu finden, aber er muss ein geschickter Jäger sein, denn er ist nicht knochig.«

»Schlau.« Die Katze schloss halb die Augen. *»Nicht so schlau wie ein Fuchs, trotzdem schlau.«*

»Hat Pewter sich je mit dem Fuchs auf der Westweide ausgesöhnt?« Simon hatte von Pewter alles über die Flut von Kränkungen erfahren, die sie vorigen Herbst erlitten hatte.

»Pewter hat sich nicht mal mit Tucker ausgesöhnt.« Mrs. Murphy lachte.

Simon, der ebenfalls lachte, sagte: *»Ob gut oder schlecht, Pewter muss immer im Mittelpunkt stehen.«*

»Unsere ureigene Diva.«

Als sie später wieder im Haus und inzwischen alles hellwach war, berichtete Mrs. Murphy ihren zwei Gefährtinnen, was Simon gesehen hatte.

»Tucker, durchwühl nach dem Frühstück den Müll, nimm alles, was gut riecht, wie Eierschalen oder eine Packung, wo Fleisch drin war, vor allem, wenn sie Würstchen macht. Dieser Geruch hält sich gut.«

»Sie kriegt die Krise.« Tucker war nicht überzeugt.

»Dann mach's nicht, wenn sie im Haus ist.« Pewter wollte weiter zuhören, was Mrs. Murphy noch meinte.

»Ich hol's trotzdem, weil ihr den Müllkübel nicht umkippen könnt. Ich kann's.«

Die drei Tiere beäugten den zylinderförmigen Abfallkübel mit dem Schwingdeckel.

»Stimmt«, bestätigte Mrs. Murphy.

Harry stellte ihnen das Frühstück hin, was das Gespräch stocken ließ. Und sie briet wahrhaftig Würstchen für sich und Fair, mit Eiern und Maisbrot. Als der Tisch abgeräumt war, gingen die zwei in den Stall.

»Okay, jetzt! Kipp ihn um«, drängte Mrs. Murphy den Hund.

Tucker sperrte sich. *»Du hast mir noch nicht gesagt, warum ich das tun soll.«*

»Wir nehmen das beste Zeug und legen es hinter das rückwärtige Stalltor, ein Stückchen seitlich davon. Es wird den Kojoten anlocken. Ich will mit ihm reden.«

»Murphy, er kann es von weitem nicht riechen. Es ist zu kalt.« Tucker saß reglos da.

»Kann er wohl, weil er nah an den Stall kommt. Ihr Kaniden habt in dieser Hinsicht erstaunliche Fähigkeiten.«

»Ich weiß nicht«, zögerte Tucker.

»Was soll's!« Pewter stellte sich auf die Hinterbeine, langte hoch, hakte ihre Krallen unter den Schwingdeckel und hängte sich dran.

Mrs. Murphy sprang hinauf und half Pewter. Der Abfallkübel geriet ins Wanken.

»Wird sowieso mir angehängt!«, rief der Hund weinerlich.

Mrs. Murphy hob die Stimme. *»Genau. Also hilf uns.«*

Tucker trottete zögernd hinzu, stellte sich auf die Hinterbeine, um den Kübel umzustoßen. Er fiel krachend um, der Deckel sprang herunter.

»Pewter, du nimmst die Würstchenverpackung. Tucker, du und ich tragen die Eierschalen. Ich kann wohl zwei packen.«

Die drei zwängten sich durch die Tiertürchen in der Küchentür und der verglasten Verandatür. Diese Schätze über den frisch gefallenen Schnee zu befördern war nicht so schwer, weil der Schnee darunter fest geworden war.

»Hier.« Mrs. Murphy warf ihre Schalen links von dem großen hinteren Stalltor ab.

Ihre zwei Freundinnen taten dasselbe.

»Ich seh echt nicht, wozu.« Tucker zweifelte wieder an Murphys Plan.

»Vertrau mir«, mahnte die Katze, das Fell geplustert, um die Kälte abzuwehren.

An diesem Abend, dem 14. Dezember, war der Himmel klar. Drei Tage vor Vollmond liefen die Tiere zum Stall und schlüpften durch das Tiertürchen in dem großen Stalltor. Tucker musste sich geradezu durchquetschen.

Die zwei Katzen kletterten die Leiter zum Heuboden hoch. Tucker wartete unterdessen in der mollig warmen Sattelkammer. Klugerweise öffneten die Katzen die kleine Heubodenpforte nur einen Spalt. Gewöhnlich ließ Harry sie auf, sofern es nicht sehr kalt war, weil sie Luft über dem gelagerten Heu zirkulieren lassen wollte. Die Pferde brauchten auch reine Luft. Einen zu engen Stall zu bauen war der typische Fehler von jemandem, der nicht mit Pferden aufgewachsen war, was in der Folge zu Atemproblemen führte. Fair wurde andauernd damit konfrontiert. Oft kam er sich vor, als leite er einen Anfängerkurs in Pferdepflege.

Simon hatte sich in sein Nest gekuschelt, eine reinliche tiefe Höhlung in einem Heuballen.

»Da kommt er«, flüsterte Mrs. Murphy Pewter zu. *»Geh Tucker holen.«*

Von dem Geheimauftrag begeistert, kletterte Pewter rückwärts die Leiter hinunter, sauste in die Sattelkammer, weckte die Corgihündin, die darauf schnurstracks zur Hintertür lief, um zu horchen, derweil Pewter die Heubodenleiter wieder hinaufkletterte.

Den Kojoten fest im Blick, hörte Mrs. Murphy auf das Knacken der Eierschalen. Sie schätzte den jungen Burschen auf gut zwanzig Kilo, einiges mehr, als er wiegen würde, wenn er in Wyoming oder Utah wäre, irgendwo im Westen.

»Kojote«, rief sie nach unten.

Er schluckte eine zermalmte Eierschale hinunter und sah hinauf. *»Wer bist du?«*

»Dasselbe könnte ich dich fragen. Du bist auf meiner Farm.«

»Odin«, bekam sie zur Antwort.

»Mrs. Murphy.«

»Pewter«, meldete die graue Katze mit erhobener Stimme.

»Wer ist der Hund hinter der Tür?« Odin konnte den Corgi wittern.

»Tucker. Sie kann so nicht raus. Sie lauscht«, sagte die Tigerkatze. *»Wir sind die, die letzte Woche hinter dir hergejagt sind, als du den knochigen Menschenarm geschleppt hast.«*

»Wie hast du deinen Schwanz verloren?«, rief Odin spöttisch durch das geschlossene Stalltor.

Aufgebracht bellte Tucker zurück: *»Ich hab ihn nicht verloren. Wir sind zum Viehhüten gezüchtet, und wir haben keinen Schwanz.«*

Da Odin sich in Sicherheit wusste, fragte er: *»Ihr drei wohnt dann wohl bei den Menschen in dem weißen Haus? Die seh ich manchmal, wenn ich zum Jagen hier bin. Sie sehen mich nie.«*

»Sei froh«, mahnte Tucker.

Mrs. Murphy kam zur Sache. *»Kannst du uns sagen, wo du den Arm gefunden hast?«*

»Oben in dem großen Walnusshain, nicht sehr weit von hier. Bei dem schlimmen Sturm ist ein Baum umgestürzt. Die Knochen waren unter dem Baum begraben. Jetzt ist das Skelett mit den Wurzeln verheddert. Leicht zu finden. Ohne Fleisch, aber Knochen sind gut für euch.« Odin stellte sich auf die Hinterbeine, legte die Vorderpfoten an das Stalltor. *»Ist schon sehr, sehr lange dort.«*

»Als Tucker und ich hinter dir hergejagt sind, ist ein Armband runtergefallen.« Mrs. Murphy lehnte sich weiter aus der Heubodenpforte, machte einen Spalt auf, und ein Schwall kalte Luft überfiel sie. *»Hast du sonst noch was bemerkt, etwa eine Uhr?«*

»Vielleicht gibt's da so Sachen, aber ich hab nicht nachgeguckt. Ich wollte bloß Knochen zum Nagen.«

»Wenn du das Skelett in Ruhe lässt, legen wir dir bessere Knochen und andere Sachen hier hinten hin«, versprach Mrs. Murphy. *»Wir wollen das Skelett sehen.«*

»Der Schnee liegt höher da oben. Jetzt kann man nicht hin. Ich geh nicht dran, aber wozu wollt ihr olle Knochen sehen?« Odin fand das äußerst merkwürdig.

»Ein Mensch, außerhalb von einem Friedhof begraben.« Mrs. Murphy machte eine Pause. *»Bedeutet immer Unheil.«*

»Nicht für dich«, sagte der graubepelzte Kerl.

»Nein, aber ich lebe bei zwei Menschen. Knochen regen sie auf. Wir wollen nicht, dass sie sich sorgen«, eröffnete Mrs. Murphy ihm, und Tucker drückte ihr Ohr fester an das untere Stalltor.

Odin überlegte ein Weilchen. *»Ich versteh's zwar nicht, aber wenn ihr mir Essen bringt, verspreche ich, dass ich was ewig Totes nicht störe.«*

»Abgemacht«, erwiderte Mrs. Murphy geschwind.

»Abgemacht«, plapperte Pewter nach.

»Abgemacht«, stimmte auch Tucker ein.

Als Odin fortsprang, schoben die zwei Katzen die Heubodenpforte auf.

»Gott sei Dank. Die Luft schneidet wie ein Messer«, seufzte Simon und sagte dann: *»Ich an eurer Stelle wäre vorsichtig.«*

»Sind wir«, versprachen die zwei Katzen und kletterten die Heubodenleiter wieder hinunter, um sich mit Tucker zusammenzutun, die auf sie wartete.

Die drei rannten ins Haus, begierig auf die Küchenwärme.

Tucker schauderte kurz. *»Mrs. Murphy, das nimmt ein böses Ende.«*

»Wer immer da draußen ist, hat es schon hinter sich«, versetzte die Tigerkatze.

14

Adventliche Musik, dazu die Gewänder und der Kirchenschmuck entzückten Harry jedes Jahr wieder aufs Neue und versetzten sie in Festtagsstimmung. Sie freute sich auf diese Jahreszeit, genau wie Lucy Fur, Eloquenz und Cazenovia.

Die Kerzen, Girlanden in den Gängen, der herrliche Duft nach Weihnachten und der gigantische Baum in Reverend Jones' Amtszimmer waren alles, was eine Katze sich wünschen konnte, aber die Überfülle an Sachen im Gemeinschaftsraum machte das diesjährige Weihnachtsfest zum schönsten aller Zeiten.

Eloquenz erforschte sämtliche Spielzeugkisten und zog alles heraus, was sich bewegte oder quietschte. Lucy Fur und Cazenovia hingegen vergruben sich lieber tief in Decken, Pullovern, sogar in einigen besonders flauschigen Handtüchern.

Nach einer erneut gelungenen Predigt an diesem Sonntag, dem 15. Dezember, verpackten Reverend Jones, die Katzen und die für die Gaben an die Armen zuständigen Damen nach dem Gottesdienst Spielsachen. Decken und Handtücher wurden mit rotem und grünem Bastband verschnürt und in durchsichtige Plastikbeutel gesteckt.

Die Tür des Gemeinschaftsraums schwang auf, und die Damen von St. Cyril kamen herein.

Jessica Hexham ging zu Reverend Jones. »Hat es sich schon herumgesprochen? Lou Higham wird vermisst.«

»Nein«, antwortete Reverend Jones.

Jessica sprach lauter. »Arden ist am Boden zerstört. Sie sagt, Lou wird seit Freitagnachmittag vermisst.«

Harry, die Sakkos zusammenlegte, sah auf. Sie erwähnte nicht, dass Cooper Freitagnachmittag im Stall vorbeigeschaut hatte, und auch nicht, dass die Polizistin Samstag gerufen worden war, um bei der Suche zu helfen.

BoomBoom fragte verwundert: »Warum ist das nicht in den Nachrichten?«

Jessica schüttelte den Kopf. »Weiß ich nicht, aber es kommt bestimmt noch.«

Reverend Jones legte seinen Arm um Jessica. »Geben Sie uns Bescheid, wenn Sie hören, ob wir Arden irgendwie helfen können.«

Mit einem Blick auf die vielen Kisten im Raum sagte Jessica: »Wir können auf alle Fälle ihre Lieferfuhren übernehmen, bis wir was anderes hören. Es ist ja so verstörend«, sagte sie zu den anderen. »Aber es wird mit Sicherheit eine gute Erklärung dafür geben.«

»Meine Damen«, rief Susan den Frauen von St. Cyril zu, die schwatzend durch die Tür strömten, »gehen wir die Liste durch, und dann können Sie entscheiden, wer was übernimmt.«

Die Katholikinnen Susan und BoomBoom saßen an einem langen Tisch in einer Ecke. Die stets gut organisierte Susan hatte Straßenkarten nach Pfarrer O'Connors einzigartigem Code hinsichtlich Trunksucht und so weiter farbig markiert.

»Bringt meine Spielsachen nicht weg.« Eloquenz schob einen flaumigen Ball auf dem Boden herum.

»Mach ihn richtig schmutzig, dann lassen sie ihn hier«, empfahl Lucy Fur.

»Gute Idee.« Die wuschelige Katze ließ den Ball flugs durch nasse Fußabdrücke kullern.

Harry packte weiter in der Hoffnung, mehr Sakkos in die Kisten stopfen zu können, wo noch welche fehlten.

Die Tür ging wieder auf, und Esther Mercier Toth spazierte herein. »Mädels, ich habe mich verspätet. Al und ich haben uns darüber gestritten, wer den Explorer kriegt. Am Ende haben wir eine Münze geworfen.«

»Das heißt, Sie haben gewonnen.« Jessica lächelte die ältere Frau an, die sie kaum kannte.

Bevor Esther sich der Hilfstruppe der St.-Cyril-Damen anschloss, blieb sie bei Harry stehen. »Danke, dass Sie Flo besucht haben. Ich kümmere mich um sie. Ich weiß nicht, wie ihr Name auf Pfarrer O'Connors Liste kam, aber Flo kann jetzt ein schönes Weihnachtsfest genießen.« Sie hielt inne, überlegte kurz. »Wie war sie?«

»Äh.« Harry überlegte, wie sie den Besuch so angenehm wie möglich schildern könnte.

»Sagen Sie nichts mehr.« Esther lächelte. »Aber sie war nicht boshaft, nein?«

»Nein, Miss Mercier, pardon, Mrs. Toth.«

Hierauf mussten sie beide lächeln.

»Alte Gewohnheiten.« Die ehemalige Mathematiklehrerin lächelte. »Flo, viel klüger als ich, ist wirklich ein guter Mensch. Man muss nur verstehen, mit ihr umzugehen, wissen Sie, was ich meine?«

»Ich denke schon. Ihr Haus ist makellos, ein bisschen kalt, aber sehr sauber. Und diese Bibliothek!«

»Ja, sie war immer eine Leseratte.«

Als Esther zu den anderen trat, fiel Harry ein, dass Esther das mit Lou nicht gehört hatte. Nach und nach verbreitete sich die Nachricht unter den freiwilligen Helferinnen.

Esther gesellte sich zu ihnen, die sich alle Notizen auf eigenen Straßenkarten machten. Auf ein Navi kann man ja nicht schreiben.

Harry legte weiterhin Sakkos zusammen und überlegte dabei, auf welch verschiedene Art die Menschen mit Schmerz, Enttäuschung und zerstörten Träumen umgehen. Die meisten fühlen sich fürchterlich, vergießen Tränen, Freunde gehen mit ihnen hinaus oder reden mit ihnen. Nach und nach fangen sie sich wieder. Manche springen direkt in ihr früheres Dasein zurück. Andere erholen sich nie. Vielleicht gehörte Flo in diese Gattung.

Harry meinte, in die mittlere Gattung zu gehören. Als ihr

auffiel, dass die Frauen Kisten trugen, ließ sie von ihrem Tun ab und fing auch damit an, Kiste um Kiste zu schleppen.

Als die Frauen wieder drinnen waren, setzten sie ihre Arbeit plaudernd fort.

BoomBoom verschloss eine Kiste. »Lou soll bloß eine gute Geschichte parat haben, wenn er zur Tür reinkommt.«

»Er kann immer auf Gedächtnisschwund plädieren.« Esther hob eine leichte Kiste hoch, um sie in ihr Auto zu tragen.

»Falls er am Leben ist«, entfuhr es Harry.

»Harry, das ist gemein. Es gibt alle möglichen Gründe, warum er nicht angerufen hat oder nicht durchgekommen ist.« Esther war zur Tür gelangt.

»Sie haben ja recht.« Als Esther draußen war, sagte Harry zu Susan, BoomBoom und Reverend Jones: »Seit Freitagnachmittag? Da ist doch was faul.«

»Vielleicht hatte er einen Unfall, und niemand weiß, wer er ist?«, mutmaßte Reverend Jones. »Hatte aus irgendeinem Grund keine Papiere bei sich.«

»Er musste bei jemand anderem mitfahren und alles im eigenen Auto zurücklassen«, sagte Harry. »Könnte doch sein.«

»Ja nun, wenn er in einen Unfall verwickelt war, wer ist gefahren?« Susans Augenbrauen schossen aufwärts.

Die Tür ging auf, und Miranda kam herein. Der Gottesdienst in ihrer Kirche war gerade zu Ende, und sie wollte den anderen hier helfen. Außerdem war sie gern mit ihren jüngeren Freundinnen zusammen.

»Schön, Sie zu sehen, Miranda«, sagte der Reverend. »Da Sie nun hier sind, kann ich gehen. Die Mädels sind äh – halt Mädels.« Er war froh, das Thema wechseln zu können.

Das brachte sie alle zum Lachen, nur die Katzen protestierten.

»Geh nicht. Noch nicht.« Eloquenz hatte den unterdessen durchnässten Ball tatsächlich gerettet.

»Kommt, ihr Kätzchen.« Er kniete nieder und hob Cazenovia hoch. »Kommt jetzt.«

»Was ich für Opfer bringe!« Eloquenz zockelte hinterdrein, Lucy Fur ebenso.

BoomBoom berichtete Miranda von Lou und auch von Esthers Gespräch mit Harry.

»Flo Rice hat es mit der Kirche vom Heiligen Licht versucht, aber das war nichts für sie«, sagte Miranda. »Sie hat Zustände gekriegt, als ihre katholische Kirche auf Latein verzichtete.« Miranda interessierte sich mehr für Flo als für Lou, den sie nicht kannte.

Die Kirche vom Heiligen Licht, eine evangelische Kirche, war Mirandas Kirche. Sie sang dort im Chor. Ihre herrliche Stimme holte Leute zum Gottesdienst, nur um sie zu hören. Sie bildete sich kein bisschen auf diese Begabung ein.

»Ich kannte Flo, als sie jung war«, sagte Miranda. »Wir haben verschiedene Schulen besucht, aber Charlottesville, der Bezirk, alles viel kleiner damals, da kannte jeder jeden. Dachte man jedenfalls.«

Susan ging gleich darauf ein. »War sie sonderbar?«

»Keineswegs. Sie war lebhaft, klug und beliebt. Natürlich hatte sie in Esther eine starke Konkurrentin. Sie haben sich wegen allem gestritten, aber so ist das eben bei Schwestern.«

»Jetzt ist sie nicht lebhaft und beliebt«, sagte Susan.

»Sie hat sich gewandelt.« Miranda benutzte einen alten Ausdruck für eine große Veränderung im Verhalten.

»Wissen Sie, warum?«, fragte Harry ihre frühere Arbeitskollegin, eine gute Freundin von Harrys Eltern.

»Nein, so eng war ich nie mit den Merciers. Ich habe nur gehört, dass sie bissig wurde, ziemlich reizbar – oh wann? Vor fünfundzwanzig Jahren? Manche Leute meinten, ihre Mutter hat sie an der Kandare gehalten, und als Mildred Mercier 1990 starb, hat Flo deren zähmenden Einfluss verloren. Ich weiß nicht. Sie hat ihre Freundinnen beleidigt, ihren Chef. Solche Sachen. Ich habe nie erfahren, warum.«

»Meinen Sie, so etwas könnte Louis Higham passiert sein?«

»Harry, wie kommst du nur von einer äußerst seltsamen älteren Dame auf Lou Higham, den Individualisten?« Susan warf die Hände hoch. »Dabei wissen wir überhaupt nicht, ob ihm was zugestoßen ist.«

»Woher wissen wir, dass er sich nicht gewandelt hat?«, fragte Harry. »Die Leute verheimlichen so was, ihre Familien schotten sie ab. Das ist nicht so weit hergeholt. Niemand weiß, was hinter verschlossenen Türen vorgeht.«

Alle im Raum starrten Harry an, dann bemerkte BoomBoom: »Da ist was dran.«

15

Am Montag, dem 16. Dezember, suchte Deputy Cooper die Fordhandlung Vavilov auf. Sheriff Rick Shaw hatte einen anderen Beamten mit der Suche nach Lou beauftragt, so dass Cooper sich wieder dem Fall Vavilov widmen konnte. Laut Gerichtsmedizin war Pete an einem Herzinfarkt gestorben, Cooper und Rick wollten aber wissen, was es mit Peter Vavilovs fehlenden Fingern auf sich hatte. Beide waren lange genug im Polizeidienst, um sich angesichts dieser eigentümlichen Verstümmelung, hinter der ein gewaltiger Hass zu stehen schien, sehr unbehaglich zu fühlen.

Als sie auf dem Parkplatz wieder mal Vavilovs Ford Explorer sah, wurde Cooper bewusst, dass sie den Wagen nicht hinreichend untersucht hatte. Der Versicherungsbeauftragte hatte ihn überprüft und für reparierbar befunden. Eine Stoßstange musste erneuert, die Fahrertür und der vordere linke Kotflügel mussten instand gesetzt werden, doch alles in allem hatte sich der Wagen als sehr robust erwiesen.

Wolken schoben sich über die Berge, das Licht wurde schwächer. Mit einer leistungsstarken Taschenlampe untersuchte Cooper das Äußere. Sie hatte mit größeren Schäden gerechnet, aber wegen des dicht fallenden Schnees hatte sie den Explorer neulich abends nur undeutlich gesehen. Nachdem die Meldung eingegangen war, hatten sie eine Stunde gebraucht, um zur Unfallstelle zu gelangen. Die Schneepflüge waren nicht gegen die Massen angekommen.

Zufrieden mit ihren Notizen über das Wagenäußere, öffnete Cooper die Fahrertür. Kein Sitz war aufgerissen, das Armaturenbrett nicht beschädigt, die Windschutzscheibe war ganz geblieben. Das Fenster auf der Fahrerseite hatte einen Sprung. Vorgebeugt, das Hinterteil in der kalten Luft, richtete Cooper die Taschenlampe zuerst auf die Rückseite, dann auf den vorderen Teil des Fahrersitzes. Ein kleiner, etwa ein Zentimeter breiter Fleck neben der Kopfstütze fiel ihr ins Auge, den sie allerdings nicht identifizieren konnte.

Sie schloss die Tür, ging um den Wagen herum, stieg ein, setzte sich auf den Beifahrersitz und schaltete beide Sitzheizungen ein. Sie richtete die Lampe wieder auf den kleinen Fleck. Sie war Polizistin, seit sie das College abgeschlossen hatte. Mit siebenunddreißig wusste Cooper sehr gut, dass jeder Fleck mögliche Hinweise liefern konnte. Dieser zentimetergroße Fleck war farblos, vielleicht etwas fettig. Wäre sie Tucker gewesen, hätte ihre Nase die Reste eines nicht leicht zu identifizierenden Geruchs, aber einen Hauch von etwas Erkennbarem gewittert.

Sie drehte sich um und beleuchtete den hinteren Bereich des Explorers. Dann stieg sie vorne aus und hinten ein. Nichts. Nicht mal ein Kaugummipapier.

Sie schrieb in ihr Notizbuch, brach ab, lehnte sich zurück und verfluchte sich. Sie hätte den Wagen an der Unfallstelle gründlich untersuchen sollen. Das grässliche Wetter, der Abtransport der Leiche, das Wissen, dass sie und Rick Charlene aufsuchen mussten: All diese dringenden Angelegenheiten hatten ihr Urteilsvermögen getrübt.

Sie zwängte sich in die Lücke zwischen den vorderen Schalensitzen und richtete den Lichtstrahl auf den Beifahrersitz, suchte nach irgendwas, einem Faden, etwas Wolle von einem Pullover. Falls da ein Hinweis war, entging er ihr, aber die Spurensicherung würde ihn finden. Sie musste die Leute herholen.

Cooper ließ sich auf den Rücksitz fallen, fasste sich an die Stirn. Dann stieg sie aus und in ihren Streifenwagen. Die Fahrzeuge, an denen gearbeitet oder die abgeschleppt werden mussten, standen auf einem tiefer gelegenen Platz hinter der Autohandlung. Hier standen auch reihenweise noch nicht hergerichtete Autos. Der tiefer gelegene Parkplatz der Vavilovs war geräumt worden, aber schon war alles wieder mit einer dünnen Schneeschicht überzogen.

Cooper fuhr die Steigung zum Büro hinauf und beruhigte sich wieder. Es war sinnlos, sich ihr Urteilsvermögen durch die Wut auf sich selbst noch weiter vernebeln zu lassen. Sie parkte seitlich, ging in den großen Ausstellungsraum und lächelte der Empfangsdame zu.

»Könnte ich Mrs. Vavilov einen Moment sprechen? Ich weiß, sie hat zu tun. Es geht ganz schnell.«

Die junge Dame, die sich für ihren Job, Kunden zu empfangen, hübsch angezogen hatte, griff zum Telefon. Sie sprach kurz mit Charlene, dann sah sie Deputy Cooper an. »Sie können reingehen.«

Charlene stand auf, als die uniformierte Beamtin hereinkam. Sie konnte Cooper gut leiden. »Deputy, bitte setzen Sie sich.«

»Mrs. Vavilov, ich werde Ihre Zeit nicht lange beanspruchen. Ich wollte Sie nur bitten, Petes Explorer hierzubehalten.«

»Natürlich. Kann ich Ihnen sonst noch behilflich sein? Möchten Sie die Rechnung darüber sehen oder Informationen über das Vierradpotential? Sogar ein Allradfahrzeug rutscht von der Schnellstraße.«

»Nein, vielen Dank. Ich möchte, dass die Spurensicherung sich den Geländewagen vornimmt.«

Ein besorgter Blick verdüsterte Charlenes Gesicht. »Natürlich. Gibt es was – nun, vielleicht können Sie es mir nicht sagen.«

»Ich finde, wir sollten genauer hinschauen. Entschuldigen Sie, dass ich das vor Weihnachten mache.«

Charlene sah auf ihre teuren, aber bequemen Schuhe hinunter. »Die Feiertage spielen wirklich keine Rolle.«

»Noch einmal, Mrs. Vavilov. Ich entschuldige mich.«

»Sie tun, was nötig ist. Soll ich den Explorer zum Polizeirevier bringen lassen?«

»Oh nein. Lassen Sie ihn einfach auf dem tieferen Parkplatz stehen. Wir möchten keine Aufmerksamkeit erregen.«

»Danke dafür.« Charlene streckte die Hand aus.

Cooper drückte ihr die Hand, dann ging sie. Sie hasste sich noch mehr dafür, dass sie nachlässig gewesen war. Wieder im Revier, suchte sie Rick in seinem Büro auf und berichtete ihm, was sie festgestellt hatte.

Der Sheriff zog eine Zigarette aus seiner Brusttasche, steckte sie in den Mund, zündete sie aber nicht an. Man raucht nicht in einem öffentlichen Gebäude, aber der Nikotingeschmack beruhigte ihn.

»Verdammt.«

»Verzeihung, Chef«, sagte Cooper und setzte sich ihm gegenüber an den Schreibtisch.

»Verflucht, ist mir auch entgangen. Es war ein saumäßiger Abend und, nun ja …« Er wedelte mit der Zigarette, die er sich inzwischen aus dem Mund gerupft hatte.

»Schicken wir einen Trupp an die Unfallstelle, mit Harken oder so was, um den Straßenrand abzusuchen«, empfahl Cooper. »Man kann nie wissen.«

»Genau.« Er steckte die Zigarette wieder in den Mund.

»Männer wie Pete sind sehr wohl in der Lage, unrechtmäßig Profit zu machen. Ich behaupte nicht, dass er's getan hat, aber wir sollten es im Sinn behalten.«

»Überteuerte Reparaturen können den Verdienst eines Händlers in die Höhe treiben«, grummelte Rick. »Allerdings hab ich nie von einer diesbezüglichen Beschwerde gehört.«

»Schmuggler könnten auf riesigen Traktoranhängern neue Autos nach hier befördern. Chef, es ist mir egal, was auf seinem Totenschein steht. Ich nehme einen natürlichen Tod nicht hin.«

Rick stand auf und streckte sich; von der vielen Sitzerei an seinem mit Papieren übersäten Schreibtisch bekam er Rückenschmerzen. »Seine Frau hat keinem von den fehlenden Fingern erzählt.«

»Nein«, setzte Cooper rasch hinzu. »Wir haben ihr gesagt, sie soll's nicht erzählen.«

Rick lächelte, ließ die Knöchel knacken, noch mit der Zigarette im Mund, dann setzte er sich wieder. »Richtig, aber hat sie dazu noch mehr Fragen gestellt?«

Cooper verschränkte die Hände auf einem Knie. »Ich glaube, sie will nicht daran denken.«

Rick seufzte. »Mag sein, aber wir müssen drüber nachdenken.«

Er zwirbelte die Zigarette zwischen den Fingern und wechselte das Thema. »Ich hab nichts dagegen, zum Rauchen rauszugehen, wenn es kalt ist, aber an einem Tag wie heute ist es grauenhaft.«

»Stimmt.« Wie seine Frau hatte sie den Versuch, ihn zum Aufhören zu bewegen, längst aufgegeben.

»Ich bin froh, dass Sie dort hingegangen sind. Sie sind eine gute Polizistin.«

Weil Rick seine Mitarbeiter im Allgemeinen nicht mit Komplimenten überschüttete, erwiderte Cooper einfach: »Danke.«

»Denken Sie manchmal über die Natur des Verbrechens nach?«, fragte Rick und spielte dabei mit seiner Zigarette. »Ich bin neuerdings ein bisschen philosophisch und habe viel hierüber nachgedacht. In jeder Kultur, in jeder Epoche gibt es

Leute, die außerhalb des Gesetzes leben, andere leben im Rahmen des Gesetzes, brechen es aber, untergraben es. Es wird immer Menschen geben, die auf Profit aus sind, und es wird immer Menschen geben, die aus Wut, Rache, Habgier oder anderen Motiven morden.«

»Richtig.«

»Aber was hier in Virginia ein Verbrechen ist, ist nicht unbedingt ein Verbrechen in – sagen wir Pakistan oder vielleicht einem Land, das unserer Eigenart näher steht, vielleicht Schweden?«

»Ich denke darüber nach, besonders über unsere Drogengesetze.«

»Unsere Gesetze über Sex. In einigen der ursprünglichen dreizehn Kolonien gelten noch Gesetze, die verbieten, dass jemand seine Frau sonntags öffentlich küsst. Verrückt.«

»Wir sind hier in Virginia. Wir beschränken uns auf von der Regierung angeordnete Überprüfungen von Frauen, die legal abtreiben wollen.«

»Wir sind das Gespött des Landes. Im Nachtfernsehen machen sie Witze über uns.« Er schüttelte verständnislos den Kopf. »Kinderprostitution und anderer Kindesmissbrauch, so was regt mich auf. Menschen über unsere Grenzen schmuggeln und ohne Bezahlung arbeiten lassen, das regt mich auf. Jeder reagiert auf einen Massenmörder. Kann ich verstehen. Ich reagiere auch drauf, aber, Coop, es sind die heimlichen Verbrechen, die mich so ärgern: die heimlichen Verbrechen, begangen von sogenannten ehrbaren Menschen, wie etwa sich ein Hausmädchen aus Asien halten, das nicht Englisch spricht, und es nicht bezahlen. Ist vielleicht nicht so packend wie Mord, aber diese Art Ausbeutung bringt mich zur Raserei.«

»Das verstehe ich.«

Rick, ein Mensch, der selten einen Ausbruch hatte, sagte, inzwischen ruhiger geworden: »Ich bin ziemlich konservativ. Ich glaube, die meisten Gesetzeshüter sind so. Ich glaube, es gibt Recht und Unrecht, und vielleicht sind Recht und Unrecht in Kambodscha anders als bei uns, aber ich weiß, was Recht und Unrecht in Amerika ist. Was ich aber nicht weiß, warum bestehen wir auf etwas, das nicht funktioniert?«

»Zum Beispiel?«, fragte Cooper. Der Sheriff war jetzt richtig in Fahrt. Am besten einfach zurücklehnen und zuhören.

»Zum Beispiel denken, das Böse kann man fortreden. Sicher, man kann das Böse verstehen. Vielleicht kann man den Beweggrund von jemand verstehen, der Böses tut. Aber so kann man es nicht aufhalten. Nur durch Handeln ist es aufzuhalten.«

»Und da steigen wir ein, ja?« Sie lächelte matt.

»Ja, aber in letzter Zeit kommt mir der Gedanke, dass wir mit unserem Tun in Wirklichkeit Menschen vor den Versäumnissen unserer Gesellschaft beschützen.«

Cooper wusste darauf keine Antwort, aber die Niedergeschlagenheit ihres Chefs verfolgte sie, als sie von der Arbeit nach Hause fuhr. Sie beschloss, bei Harrys Farm anzuhalten. Der Hund, die Katzen, die Pferde, Harry und Fair bewirkten immer, dass sie sich besser fühlte, obwohl sie Harry manchmal wegen der gefährlichen Risiken, die ihre Nachbarin zuweilen einging, einfach versohlen könnte.

Tucker bellte, und Harry sah auf, als Cooper durch die Küchentür kam.

»Genau zur rechten Zeit.«

»Was?« Die große Frau lächelte und rieb sich kräftig die Hände. Sie war ohne Mantel vom Auto herübergespurtet.

»Hühnersuppe mit Mais. Ich hab einen Riesentopf gemacht. Ist ganz frisch.«

Cooper atmete tief ein und lächelte.

Harry wies auf einen Stuhl. »Setz dich und sei mein Versuchskaninchen. Du kannst mir sagen, ob ich mehr Huhn, mehr Ei oder mehr frische Petersilie nehmen muss. Mehr Reis muss wohl nicht dran.«

»Mir wird's schmecken.«

Tucker roch das Aroma. *»Schnapp dir die Packung, wo das Huhn drin war, das kleine saugfähige Papier ist noch da.«* Die durch ihr Gespräch abgelenkten Menschen achteten nicht auf Mrs. Murphy, die sich das Plastik mit ihren Reißzähnen schnappte, von der Anrichte sprang und nach draußen lief. Sie legte es an das hintere Stalltor.

Die drei Tiere kamen wieder herein und hinterließen nasse Pfotenabdrücke auf dem Kernholzboden.

»Wir brauchen noch Eierschalen. Sie hat heute Morgen Eier gebraten, und sie tut Eier in die Suppe«, bemerkte Pewter.

»Wir müssen warten, bis sie aus der Küche sind«, sagte Mrs. Murphy.

Cooper tauchte ihren Löffel wieder in ihre Schale. »Die ist perfekt.«

»Nicht zu salzig?«, fragte Harry.

»Nein, du weißt doch, ich vertrage nicht viel Salz. Die Petersilie verstärkt den Geschmack.«

»Es ist das Rezept meiner Mutter. Sie war wie Miranda, konnte aus nichts was zaubern.«

Als sie mit Essen fertig waren, zogen die zwei Frauen sich ins Wohnzimmer zurück und setzten sich ans Feuer. Die Tiere nutzten die Gelegenheit, um flugs Eierschalen hervorzukramen. Als sie den Abfallkübel umkippten, sauste Harry in die Küche, aber die hinterlistigen Teufel waren schon längst verschwunden. Sie richtete den Abfallkübel auf und wischte Kaffeesatz vom Fußboden.

Cooper kniete sich hin und half dabei.

»Ich weiß nicht, was mit ihnen los ist«, jammerte Harry. »Das zweite Mal in zwei Tagen. Ist ja nicht so, dass sie Hunger hätten.«

Als sie den schwachen Kaffeefleck sah, an dem Harry mit einem nassen Papierhandtuch schrubbte, entfuhr es Cooper: »Harry, ich hab einen kleinen Fleck an der Kopfstütze von Pete Vavilovs Fahrersitz gefunden. Den hatte ich an der Unfallstelle übersehen.« Sie fing sich. »Ich schimpfe die ganze Zeit mit dir, weil du deine Nase in unsere Fälle steckst, und eben hab ich einfach was geplappert, was ich besser für mich behalten hätte. Ich ärgere mich bloß über mich, weil ich das übersehen habe. Aber willst du noch etwas wirklich Seltsames hören? Sein Zeige- und sein Mittelfinger fehlten.«

Harry riss Cooper das nasse Papiertuch aus der Hand, knüllte es mit ihrem eigenen zusammen und warf den Klumpen in den Abfallkübel, dessen Deckel hin- und herschaukelte.

»Mach dich nicht kaputt. Muss doch Weihnachten nicht sein.«

»Behalt's aber für dich.«

»Klar, mach ich.« Harry wartete, dann sagte sie überzeugt: »Es kommt mir vor, als ob Pete nicht allein in dem Explorer war.«

16

Nach freien Stellplätzen suchende Autos kreisten vergebens auf den großen Parkplätzen der Charlottesviller Einkaufszentren umher. Der zu Haufen zusammengeschobene Schnee nahm wertvollen Parkraum ein.

Gemüter gerieten in Rage.

Auf der Suche nach erschwinglichen Last-Minute-Geschenken gelang es Harry und Susan, in dem großen Seminole Square Center einen Parkplatz zu finden. Die Bürobedarfshandlung Office Depot zog sie an, weil sie hier allerlei Nützliches kaufen konnten. Die zwei schoben ihren Einkaufswagen durch die Gänge und hielten Ausschau nach Kleinigkeiten für Weihnachtsstrümpfe. Andere Kunden verweilten in der Elektronik-Abteilung und kauften viel teurer ein als die zwei. Nachdem sie rote und grüne Papierklemmen, bunte Büroklammern, Schreibblöcke mit Glitzerhüllen und jede Menge Geschenkband besorgt hatten, stellten sie sich an der langen Schlange an.

»Guck noch mal auf deinen Zettel«, empfahl Susan ihrer Freundin.

Harry zog den Einkaufszettel aus der Gesäßtasche ihrer Jeans und las ihn vor.

Susan verglich mit den Dingen im Wagen. »Das wär dann wohl alles. Wenn wir draußen sind, müssen wir gleich zur Dover-Sattlerei.«

»Susan, der Laden ist bestimmt brechend voll.«

»Hör mal, halt's einfach aus, weil wir Huföl, Sattelseife, Bandagen, alle möglichen kleinen Geschenke für BoomBoom, Alicia, Big Mim und Little Mim mitnehmen können. Du weißt ja, Bandagen gehen immer dann zu Ende, wenn man sie dringend braucht.« Susan sprach von den praktischen dünnen selbsthaftenden Bandagen.

»Okay«, stöhnte Harry. Sie standen eine Ewigkeit in der Schlange. Nachdem Susan bezahlt hatte, fragte die Kassiererin, ob sie den Beleg an ihren Computer geschickt haben wolle.

»Nein, danke.«

Sie verließen das große fensterlose Geschäft; Harry trug eine Tüte, Susan die andere. »Wozu solltest du den Beleg an deinen Computer geschickt kriegen wollen?«, fragte Harry.

»Viele Leute machen so ihre Abrechnungen.«

Harry war entsetzt. »Sobald deine Information draußen ist, kann jeder sie klauen.«

»Harry, sie ist auf jeden Fall draußen. Leute verschicken Fotos von ihrem Intimbereich, bevor sie zur ersten Verabredung gehen.«

Absolut entrüstet stieß Harry hervor: »Das hast du dir ausgedacht.«

»Hab ich nicht. Ich hab zwei Twens.«

»Deine Kinder werden doch nicht …« Harrys Stimme verklang.

»Sie haben's mir gezeigt.« Susan hob die Augenbrauen. »Danny hat mich zu sich reingerufen, als er letztes Mal zu Hause war. ›Mom, guck dir das an.‹ Ich bin fast gestorben. Er hat geschworen, er hat nie Fotos von sich verschickt, konnte sich aber nicht beherrschen, hinzugucken. Da konnte ich mich auch nicht beherrschen, einen Blick auf das Mädchen zu werfen. Sie war hübsch, aber eindeutig hirnlos.«

»Wenn das einer vom Repräsentantenhaus in New York getan hat, wieso wundere ich mich dann?«

»Weil du, Süße, auf deine Art ganz lieb und naiv bist. Es gibt kein Schamgefühl mehr. Frauen verschicken Bilder von ihrem Busen und allem sonst.«

»Guter Gott«, ächzte Harry, als sie zu Susans Audi kamen.

Sie warfen die Einkäufe vom Office Depot hinten in den Kombi, dann zog Susan eine Vinylplane über die Waren. Die kalte Luft kondensierte den Atem.

»Wir gehen am besten zu Fuß zu Dover rüber.«

»Gut«, stimmte Harry zu. »Wir kriegen eh keinen Parkplatz.«

Besonders auf den Verkehr achtend, weil die Weihnachtseinkäufer so unaufmerksam und einige obendrein noch angetrunken waren, überquerten die zwei Frauen die Autostraße des Einkaufszentrums und liefen rasch zu dem Parkplatz vor der Dover-Sattlerei.

Ehe sie das Geschäft erreichten, hörten sie links von sich eine laute Stimme.

»Sag mir nicht dauernd, was ich zu tun habe!« Auf dem Gehweg drohte Flo Rice ihrer Schwester Esther Mercier mit dem Finger.

»Reg dich ab.« Esther verschränkte die Arme. Ihre Mütze hatte sie der Kälte wegen über die Ohren gezogen. »Du regst dich sofort ab, sonst geh ich nicht mit dir zu Dover.«

»Ich bin die ältere von uns beiden«, schmollte Flo. »Mir steht es zu, dir zu sagen, was du zu tun hast. Lass du mich in Ruhe. Ich hab's nicht nötig, dass du mir überallhin nachläufst.«

»Flo, ich laufe dir nicht nach. Ich habe dich hierhin begleitet. Du wolltest die Weihnachtsdekorationen und die Geschäfte sehen. Jetzt sind wir hier, aber du musst dich benehmen. Und während du darüber nachdenkst, still zu sein, warum hast du deinen Namen auf die Bedürftigenliste von St. Cyril gesetzt? Al und ich sorgen für dich.«

»Du hältst mich von allen Leuten fern.«

»Flo, du musst dich nur in dein Auto setzen und alte Freunde besuchen. Cletus Thompson wohnt gar nicht weit von dir.«

»Ich mag ihn, wenn er nicht betrunken ist, aber das ist selten der Fall.«

»Schon gut, schon gut.« Esther hatte es satt.

»Und ich fahre mit dem uralten Toyota nirgendwo hin. Der lässt mich arm aussehen.«

»Flo, du *bist* arm.«

»Du hast dir Mutters ganzes Geld gekrallt.« Flo schubste ihre Schwester, nicht fest, aber fest genug, dass Esther zurückweichen musste.

»Verdammt, Flo, hab ich nicht.« Esther blickte um sich, um zu sehen, ob jemand mithörte. Sie erspähte Harry und Susan nicht, die sich bei den abgestellten Einkaufswagen aufhielten. »Du kannst nicht mit Geld umgehen. Mach mir das nicht zum Vorwurf. Und es gibt Leute, die dich gern sehen würden. Aber dass du deinen Namen auf eine Armenliste gesetzt hast, Flo, das war richtig peinlich.«

Harry und Susan rührten sich nicht. Sie wollten nicht auf sich aufmerksam machen.

Aber Flo suchte den überfüllten Parkplatz ab in der Hoffnung, Verbündete zu finden. »Hallo Sie!« Sie zeigte direkt auf die zwei Freundinnen.

»Was jetzt?«, flüsterte Susan.

»Wir gehen hin und tun so, als hätten wir nichts gehört.« Mit einem breiten Lächeln trat Harry zu ihnen. »Frohe Weihnachten, Esther. Frohe Weihnachten, Miss Rice.«

Susan tat es ihr nach.

»Sie haben sich nicht an mich erinnert, als Sie neulich bei mir waren, aber ich habe Sie erkannt. Ich habe Sie manchmal bei Reitturnieren gesehen, als ich bei Mrs. Valencia gearbeitet habe. Ich war nett zu Ihnen. Sie haben sich nicht an mich erinnert.« Flo zeigte auf Harry.

»Wir waren jung.« Harry versuchte zu lächeln.

»Ich sehe heute anders aus. Ich bin älter, und sie« – Flo zeigte auf ihre Schwester – »behandelt mich schlecht. Sie hält mich von den Leuten fern.«

Esther, einem Wutausbruch nah, sagte mit zusammengebissenen Zähnen: »Flo, es reicht.«

Susan trat zwischen Flo und Esther. Sie lenkte Flo ab, derweil Harry Esther ein kleines Stück von ihrer überlauten Schwester wegzog.

»Esther, können wir was für Sie tun?«, fragte Harry.

Esther verzog vor Erleichterung das Gesicht. »Ich weiß nicht, was ich machen soll. Es lief ganz gut zwischen uns. Flo wollte Weihnachtsstimmung erleben und …« Sie konnte ihren Satz nicht beenden.

»Miss Mercier, sollen Susan und ich nicht versuchen, sie in Ihr Auto zu bekommen? Mrs. Toth, meine ich.«

Esthers Augen wurden feucht. »Ich fürchte, sie springt hinaus, wenn ich losfahre.«

»Versuchen wir's.« Harry überlegte sich Alternativen, falls Esthers Prophezeiung wahr würde.

Sollte es zum Schlimmsten kommen, könnten sie und Susan Flo nach Hause fahren.

Susan, die total erledigt war, nachdem sie Flo weitgehend beruhigt hatte, war froh, als die anderen Frauen auf sie zukamen.

»Miss Rice.« Harry setzte ihre munterste Stimme ein. »Es wird bald dunkel, der Verkehr ist schrecklich, wir möchten auch nach Hause. Sind halt viel zu viele Leute unterwegs. Vielleicht sollten Sie Miss Esther überreden, auch aufzubrechen.«

Ein strenger Blick ging über Flos Gesicht. »Ach, sie ist nicht zufrieden, bevor sie nicht massenhaft Geld ausgegeben hat.«

»Ich gebe gar nichts aus, das verspreche ich.« Esther brachte ein Lächeln zustande. »Harry hat recht, es wird grässlich. Wenn wir jetzt fahren, kommen wir zu einer vernünftigen Zeit nach Hause. Wenn wir warten, stecken wir im Stau.«

»Ich weiß nicht.« Dann setzte Flo eine entschlossene Miene auf. »Sprich mir nie wieder von Cletus Thompson.«

Esther ging auf dem Parkplatz voran zu ihrem Auto. »Tu ich nicht. Wir reden, worüber du willst.« Sie rutschte ans Steuer.

Harry öffnete die Beifahrertür, Susan fasste Flo sanft am Arm und half ihr hinein. Ehe die schwierige Flo den Kopf drinnen hatte, flüsterte sie laut: »Sie hält mich von allen fern. Glauben Sie ihr kein Wort.«

17

An diesem Abend – es war immer noch kalt, die Wolken hingen tief – kam Fair eine Stunde nach Sonnenuntergang nach Hause, früh für seine Verhältnisse. Oft war er nach der Arbeit so abgespannt, dass er sich einfach nur an den Küchentisch setzte. Harry wusste in der Regel, wann er nach Hause kommen würde. Er rief meist vorher an, daher stand das Abendessen oft schon auf dem Tisch, wenn er hereinkam.

Es machte Harry nichts aus, allein Essen zuzubereiten, ob für ihren Mann, die Pferde, die Katzen oder den Hund. Sie war zwar keine so überragende Köchin wie Miranda, beherrschte aber die Grundlagen, und die benötigte man in der Winterzeit. Beim Essen sprachen sie über ihren Tag.

»Hast du den Wetterbericht gesehen?« Fair schnitt ein Stück Schweinekotelett ab.

»Kalt. Temperatur unter null, vielleicht sogar bis nach Weihnachten. Ungewöhnlich.«

»Für uns.« Er lächelte. »Stell dir vor, in Minnesota zu leben.«

»Ich weiß nicht, wie die Nordstaaten das hinkriegen. Allein die Strom- und Heizkosten würden einen ruinieren.« Harry bezahlte die monatlichen Rechnungen, und die stiegen im Winter sprunghaft an.

»Vermutlich planen sie voraus.« Er überlegte einen Augenblick: »Doch wie kann man für die Rache von Mutter Natur vorausplanen? Sogar mit ausgeklügelten Wetterberichten liegt man oft falsch, herrje, was für ein Schlamassel.«

Sie wechselte das Thema. »Der Vorfall auf dem Parkplatz geht mir nicht aus dem Kopf. Niemand wurde tätlich, es wurde nichts Übersteigertes gesagt, aber wie redet man vernünftig mit jemand, der unvernünftig ist? Flo Rice war wie ein vergreistes Kind.«

Fair verschränkte die Hände im Schoß und lehnte sich etwas zurück. »Man kann mit Unvernünftigen nicht vernünftig reden. Man versucht, mit ihnen zurechtzukommen. Einem Pferd verabreiche ich ein Beruhigungsmittel, wenn ich nah genug herankann. Mit einem Menschen kann man das nicht machen, es sei denn im Krankenaus oder in einem Heim. Vielleicht nicht mal dann.«

»Weißt du, Schatz, das macht mir am meisten Angst, dass ich wirr im Kopf werden könnte.«

Er lächelte die Frau an, die er Zeit seines Lebens gekannt hatte. »Harry, niemand in deiner Familie hatte je Demenz oder Alzheimer. Du wirst nicht die Erste sein. Du könntest mich dahin treiben, aber du bleibst gesund.«

»Das wirst du mir büßen.« Sie tat, als wollte sie ihn mit ihrer Gabel erstechen.

»Haha, ich bin stärker.«

»Du musst ja manchmal schlafen.«

Das brachte beide zum Lachen, dann meinte Fair: »Etwas an dem, was du berichtet hast, finde ich aber verwunderlich. Dass Esther ihre Schwester fragt, warum sie sich in die Bedürftigenliste von St. Cyril eingetragen hat. Und du hast Flo sagen gehört, sie wird von den Leuten ferngehalten? Vielleicht hat sie deshalb ihren Namen auf die Liste geschummelt.«

»Sie hat es nicht wörtlich so ausgedrückt, aber das war die Aussage. Flo besucht St. Cyril nicht mehr. Sie sagt, sie hat die Kirche aufgegeben, als die auf Latein in der Messe verzichtete. Darüber hat sie sich ausgelassen, als Susan und ich ihr Lebensmittel und Kleidung vorbeigebracht haben.«

»Merkwürdig. Wer weiß, welche Leitungen in ihrem Gehirn über Kreuz sind.«

»Daran hab ich auch gedacht, Fair, und dann bin ich auf was Historisches gekommen. Ich habe gelesen, dass Martha Mitchell, die Frau von Nixons Justizminister, die Wahrheit gesagt hat und die Medien sie als durchgeknallte Säuferin bezeichnet haben.«

»So was passiert jeden Tag, vor allem jetzt. Aber ich habe nicht den Eindruck, dass Flo etwas von Bedeutung weiß. Ich sehe keinen Grund, sie von den Leuten fernzuhalten. Wenn Esther sie mitgenommen hat, um sich Weihnachtsschmuck anzusehen, dann ist es offenbar nicht so, dass sie sie versteckt hält.«

»Und Flo hat ein Auto, aber irgendetwas an dem Wirbel auf dem Parkplatz beunruhigt mich, nur weiß ich nicht, was.«

»Harry, mitzukriegen, wie jemand den Durchblick verliert, ist beängstigend.«

»Du hast recht, wie immer.«

»Oh, wie sie flunkern kann!«, rief Pewter auf dem Fußboden.

»Das heißt nicht flunkern, sondern den Ehemann manipulieren«, entgegnete Tucker klug.

»Lieber ihn manipulieren als sie.« Mrs. Murphy schubste Pewter einen kleinen gelben Ball mit Klappern drin zu.

»Ha.« Pewter schlug ihn durch die Küche.

Die Menschen sahen zu, wie die Katzen den Ball und einander jagten.

»Ich beneide sie oft.« Harry bewunderte das kätzische Vergnügen.

»Ich auch«, sagte Fair.

»Immer noch nichts Neues zu Lou?«, fragte sie.

»Nein. Er wird wirklich vermisst.«

»Ich möchte Arden eigentlich mein Mitgefühl ausdrücken, sehen, ob ich was tun kann, aber ich glaube, ich wäre nur im Weg.«

»Lieber warten, bis wir was wissen.«

Harry schauderte einen Moment, dann sagte sie: »Da ist wohl jemand über mein Grab gelaufen.«

»Lass uns nicht über Gräber sprechen.«

Als ihre Menschen sich später einen Film ansahen, holten die Katzen das Schweinefleischpapier und die Kotelettknochen. Harry hatte sie noch nicht in den Abfall geworfen, sondern in einen Ziplocbeutel gesteckt und den ins Spülbecken geworfen. Sie hatte vor, die verlockend riechenden Sachen später zu entsorgen, denn sie war es leid, umgeworfene Abfallkübel aufzuräumen.

Die Tiere brachten das Futter an den verabredeten Ort und schlüpften in den Stall. Er war nicht richtig warm, aber warm genug, und sie warteten.

Odin trabte ungefähr eine Stunde später über die hinteren Weiden, froh über die Reste.

Mrs. Murphy, mit Pewter neben sich, rief vom Heuboden zu dem Kojoten hinunter: *»Wie geht's?«*

»Gut.«

»Wenn ich den alten Farmweg im Walnusshain raufgehe, wie weit ist es bis zu den Knochen?«, fragte Mrs. Murphy.

Odin schluckte ein Stück Maisbrot hinunter, dann sagte er: *»Wenn du etwa den halben Weg hoch bist, kommt wieder ein schmaler Pfad, ein Wildpfad, der die alte Straße quert. Auf dem gehst du nach links, höchstens vierhundert Meter. Dann siehst du den entwurzelten Baum. Kannst ihn nicht verpassen.«* Er wartete und lächelte dann. *»Ich kann dich hinbringen.«*

»Odin, das ist sehr nett, aber du würdest mich im Nu fressen.« Mrs. Murphy sah nach unten.

»Und mich um meinen Abendschmaus bringen?« Er grinste und zeigte dabei scharfe Reißzähne.

»Vielleicht, vielleicht auch nicht.« Die Tigerkatze grinste zurück. *»Aber ich geh kein Risiko ein.«*

Als der Kojote fort war, zockelte Tucker, die am hinteren Stalltor lauschte, bis zur Heubodenleiter hinein.

Pewter kletterte als Erste rückwärts hinunter, gefolgt von Mrs. Murphy.

»Hält Odin dich für blöd?«, knurrte Tucker.

»Nein, aber man kann dem Kerl den Versuch nicht verübeln«, entgegnete die Tigerkatze. *»Wenn das Wetter umschlagen, der Schnee teils schmelzen oder auftauen würde, könnten wir tagsüber da rauf. Nachts geht es nicht.«*

»Wir können im Dunkeln sehen.« Pewter blähte die Brust.

»Ja, schon, Odin kommt im Dunkeln auch ganz gut klar.« Mrs. Murphy wusste, dass Hunde nachts recht gut sehen konnten – nicht so gut wie Katzen, aber immerhin.

»Auch wenn Odin nicht dort ist, sind vielleicht andere Jäger da. Da oben wohnt eine Bärin.« Pewter erinnerte sich an das große Tier, seit sie in einem Sommer einen unangenehmen Wortwechsel hatten.

»Die Bärin tut uns nichts.« Tucker kannte sich mit Bären aus. *»Ich meine, solange wir sie nicht herausfordern, aber wo ein Kojote*

ist, da sind bestimmt noch mehr, und auf Rotluchse bin ich auch nicht scharf.«

»Augen, Ohren und Nasen von dreien sind besser als von nur einem«, erklärte die Tigerkatze.

»Was du nicht sagst«, entgegnete die Corgihündin nonchalant.

18

Am nächsten Morgen, Mittwoch, kam Jessica um acht Uhr mit Jan McGee nach St. Cyril. Auf dem Parkplatz standen schon einige Pkws, Geländewagen und Transporter, da die hilfsbereiten Damen zeitig mit der Verteilung der Gaben an die Bedürftigen begannen.

Jessica und Jan sahen Harry einparken und warteten auf sie. »Eine Menge zu erledigen.« Jessica lächelte. »Ich bin hergekommen, um die Bücher in Ordnung zu bringen und einiges zu organisieren. Ich muss Freitag noch mal her. Und am Monatsende, Jahresende«, sagte sie. »Wir werden alle gebraucht, um die Sachen bis Weihnachten verteilt zu kriegen. Ein gutes Zeichen, finde ich, aber ein Haufen Arbeit.«

Harry hielt den zwei Frauen die Tür auf.

»Ein gutes Zeichen.« Jessica winkte, da sie an dem Raum vorbeigingen, wo die Damen arbeiteten. »Wir könnten ein paar positive Nachrichten gebrauchen. Ich habe Arden und Tyler gestern besucht.« Sie senkte die Stimme. »Erkennbar ein Riesenstress. Tyler möchte Arden trösten, aber« – sie hob die Hände – »er weiß nicht wie, wo sein Dad vermisst wird. Viel Zorn und Sorge, könnt ihr euch vorstellen.«

Jan sagte ruhig: »Wichtig ist, Arden davon abzuhalten, zu viel zu phantasieren.«

Jessica nickte. »Da hast du recht.«

»Meine alte Kirche in Grundy ist irgendwann abgebrannt. Die Theorien der Leute über die Ursache reichten von schadhaften Stromkabeln, einem verärgerten Kirchgänger bis hin zur Rache von Moslems an Christen. Viel zu viel Phantasie.« Die stets sachliche Jan kannte viele andere, die nicht sachlich waren.

»Jan, du kennst die Clique im Gemeinschaftsraum«, sagte Jessica. »Vielleicht kannst du die Unterhaltung von dem Drama ablenken.«

»Jan kann alles«, pries Harry die Frau, die wieder einmal eine Stunde von Manakin-Sabot hergefahren war, um zu helfen.

Harry und Jan begaben sich in den großen Raum, Jessica ging weiter den Flur entlang. Trotz allem war sie entschlossen, sich die Bücher vorzunehmen.

Als Jessica die Tür zu der kleinen Kammer öffnete, in der es nicht richtig warm war, zog sie den Mantel aus, behielt aber den Schal um. Sobald Pfarrer O'Connor käme, würde er die Tür zu seinem Amtszimmer öffnen, das immer warm war, und die Wärme würde hereinströmen.

Jessica setzte sich an den schweren alten Schreibtisch, zog das Kontobuch hervor, betrachtete es einen Moment und griff dann nach einem scharfen Bleistift, ohne hinzuschauen.

Der Stift fühlte sich sehr kalt an, als sie sich über die Bücher beugte. Noch ehe sie ihn aufs Papier setzte, merkte sie, dass das kein Bleistift war. Es war ein menschlicher Zeigefinger.

Jessica stieß einen Schrei aus.

Die Damen hörten es und rannten in die Kammer – Harry, die schnellste, vorneweg. Susan, eben eingetroffen, war auch bei der Gruppe.

Jessica stand auf und zeigte auf den Finger.

Harry trat hinzu, ohne ihn aufzuheben. Die anderen Frauen stellten sich dazu. Man muss ihnen zugutehalten, dass keine

ohnmächtig wurde oder sich übergab, aber alle waren ziemlich betroffen.

Susan übernahm das Kommando. »Ich rufe den Sheriff. Meine Damen, wir sollten alle diesen Raum verlassen. Jessica, du kommst mit uns.«

»Ich bleibe hier.« Harrys Ton war entschieden. »Jemand muss das Beweisstück bewachen.«

»Meinst du, jemand kommt wegen dem zurück – ich meine, wegen beiden?« Jessica sah jetzt, dass noch ein Finger in dem großen Becher mit den Bleistiften und Kugelschreibern war.

»Wir gehen kein Risiko ein«, sagte Harry. »Ihr bleibt alle im großen Raum. Der Sheriff und seine Leute werden uns Fragen stellen wollen.«

»Wieso, wir waren das nicht!« Anita Buckly, die Vorsitzende der Hilfstruppe, schrie es beinahe.

»Natürlich nicht.« Harry bemühte sich, alle zu beruhigen, da die Menschen Erschütterungen unterschiedlich verkraften. »Aber jemand könnte etwas gesehen haben, das belanglos zu sein scheint, es aber nicht ist.«

»Das ist ein makabrer Scherz.« Jessica fuhr sich mit der Hand an den Hals.

»Mag sein, aber wir dürfen nichts durcheinanderbringen, und der Sheriff oder ein Polizist wird alles möglichst frei von Fingerabdrücken haben wollen.« Harry sprach wie eine Expertin für polizeiliche Ermittlungen, die sie vielleicht auch war.

Zum Glück trafen Rick Shaw und Cynthia Cooper nach zwanzig Minuten ein. Pfarrer O'Connor, der unterdessen in seinem Amtszimmer war, empfing sie. Harry hatte den jungen Priester über den Vorfall unterrichtet. Pfarrer O'Connor hatte Pfarrer O'Brien angerufen, und der alte Priester wollte zur Kirche fahren, aber Pfarrer O'Connor meinte, er solle auf den Sheriff warten. Rick sagte, er werde den Priester später in seinem Alterssitz aufsuchen.

Die zwei Gesetzeshüter inspizierten die Finger, ohne sie anzufassen.

»Die haben auf Eis gelegen«, mutmaßte Harry.

»Oder im Schnee gesteckt.« Cooper sah sich im Raum um.

»Hier war niemand außer Jessica«, murmelte Pfarrer O'Connor.

»Genau genommen, Herr Pfarrer, sind massenhaft Leute hier durchgekommen«, sagte der Sheriff. »Die Damen verpacken Geschenke. Irgendwer hätte sich rein- und rausschleichen können, hier ist ja viel Betrieb. Jemand, der durch den Flur geht, fällt womöglich nicht auf.«

»Oder jemand war früh da.« Cooper sah zu dem erschütterten Priester hinüber. »Ihre Privaträume liegen nicht in diesem Gebäude, oder?«

»Das kleine Haus da hinten.«

»Herr Pfarrer, Sie können gehen«, sagte Rick. »Wir melden uns, wenn wir Sie brauchen.« Er beabsichtigte, so viel wie möglich zu erledigen, bevor noch mehr Leute nach St. Cyril kamen.

»Mein Amtszimmer ist gleich hier.« Pfarrer O'Connor trat durch die Tür ins Nebenzimmer. »Wenn Sie gestatten, möchte ich gern mit den Damen sprechen. Vielleicht kann ich Jessica und den anderen beistehen.«

»Gut« war alles, was Rick sagte, da er schon wie wild Notizen kritzelte. »Coop, wir brauchen die Spurensicherung und vielleicht einen Finanzsachverständigen.«

»Ehe ich telefoniere, müssen wir unbedingt Fotos machen.« Sie zog ihr Handy hervor und schoss Bilder vom Schreibtisch, von der Stellung des Stuhls, von der Kammer, wie sie war, als die Finger gefunden wurden.

Inzwischen betrachtete Rick alles.

»Möchten Sie, dass ich gehe?«, fragte Harry.

»Hmmm. Ja. Sie haben nichts angefasst?«, fragte Rick geradeheraus.

»Nein, wie ich schon sagte, ich habe die anderen in den großen Raum geschickt und bin hiergeblieben, damit niemand den Schauplatz durcheinanderbrachte, mich selbst eingeschlossen. Ich bin durch diese Tür« – sie wies auf die Flurtür – »ins Büro und zum Schreibtisch gegangen, als ich Jessica schreien hörte. Die Damen sind hierhergerannt. Wir standen vor dem Schreibtisch. Sobald sie draußen waren, habe ich mich nicht mehr gerührt.«

»Coop, rufen Sie jemanden her, der die Finger abholt. Wir brauchen auch jemanden, der diese Bücher durchgeht.« Er sah Cooper an. »Es muss eine Bedeutung haben, dass sie in einem Stiftebecher im Buchhalterbüro waren.

19

Weißlich, ähnlich wie Gefrierbrand«, beschrieb Harry ihrem Mann den Zustand der Finger.

Sie hatte ihn angerufen, sobald Sheriff Shaw und Deputy Cooper sie gehen ließen. Danach war sie zu Big Mims Stall gefahren, um sich dort mit Fair zu treffen.

Paul Diaz, der Stallmeister der wohlhabenden Frau, ein gutaussehender Mann Mitte dreißig, hielt für Fair eine Stute.

»Da kriegt das Wort ›Fingerzeig‹ eine ganz andere Bedeutung.« Fair klopfte die Zuchtstute Dinah aufs Hinterteil. Paul lachte, wogegen Harry es sich verkniff. »Fair!«, protestierte sie.

»Schatz, es ist einfach zu grotesk. Kann man ruhig drüber lachen.« Er wandte sich an den schwarzhaarigen Paul und winkte zu der Stute hin. »Alles gut mit ihr. Hat Big Mim vor, sie im Januar fohlen zu lassen?«

Er nickte und ergänzte: »Sie denkt nicht daran, das Fohlen

zum Rennpferd auszubilden. Ihr liegt mehr an einem Jagdpferd.«

»Dinah hat ganz sicher die Anlagen für Hindernisrennen im Blut.« Harry kannte das Tier. »Aber soll sie trotzdem unters Licht und alles, damit sie im Januar bereit ist?«

»Oder Anfang Februar. Es ist für Vollblüter von Vorteil, im neuen Jahr möglichst nah am Januar geboren zu werden. Der Dezember ist gar nicht günstig.« Fair legte dar, was Rennleuten geläufig war.

»Wohl eher nicht.« Harry setzte sich auf eine Satteltruhe.

Alle Vollblütergeburtstage werden im Jockey Club auf den 1. Januar datiert, ohne Rücksicht auf den Monat, in dem das Tier gefohlt wurde. Ein im Juli geborenes Vollblutpferd wird trotzdem als am 1. Januar geboren registriert. Somit wird der Bursche oder das Stütchen gegen reifere Pferde antreten müssen, die früher im Jahr gefohlt wurden. Das Problem war, dass Stuten allgemein im Frühjahr paarungsbereit waren, genau wie die meisten anderen Säugetiere. Der Zeitpunkt musste hormonell gesteuert werden. Das war zeitraubend, teuer, aber notwendig.

Ein weiteres Problem bei Vollblütern sind Regeln, die verlangen, dass der Hengst die Stute deckt. Künstliche Befruchtung ist nicht erlaubt. Das heißt, Stuten müssen in den Staat transportiert werden, wo der Hengst steht. Für Virginier war das gewöhnlich Kentucky, obwohl West Virginia und Pennsylvania dank einer Gesetzgebung, die den Pferdedollar einheimsen wollte, heute einige gute Hengste stehen haben. Das bedauernswerte Maryland, das einst führend war, hatte es versiebt. Die Leute flüchteten aus diesem schönen Staat und nahmen ihre Pferde mit. Die Politik hat ein gigantisches Gewerbe vernichtet. Andere Staaten haben aufgemerkt.

Die drei Menschen in Mims Stall, die in solchen Dingen bewandert waren und Pferde liebten, wollten, dass diese Stute die Chance auf einen überragenden Hengst bekam.

Während sie plauderten, ließ Harry sich gegen die Wand

sacken und schlang die Arme um sich, denn es war ein kalter Tag. »Ist euch schon mal der Gedanke gekommen, dass wir bei der Pferdezucht sorgfältiger sind als bei der eigenen Fortpflanzung?«

»Ja«, antwortete Paul.

»Ist scheint's ungerecht, oder?« Harry setzte ihren Gedankengang fort. »Wenn wir bei uns so verantwortungsbewusst wären wie bei Vollblutpferden, gäbe es viel weniger hungrige, missbrauchte Kinder.«

»Ich rechne es Silver Linings hoch an, dass sie sich um Jungen mit Problemen kümmern.« Fair schrieb seine Befunde auf ein Metallklemmbrett. »Wenn man vernachlässigte Kinder sieht, das trifft einen hart.«

Nachdem Paul die Stute in ihre Box gebracht hatte, fragte er: »Was wird jetzt aus Silver Linings, wo Pete tot ist? Hat er nicht einen Haufen Geld in die Gruppe gesteckt?«

»Hat er«, antwortete Fair. »Man hofft, dass andere Leute das Heft in die Hand nehmen. Max de Jarnette war spendabel, Trainer Toth mobilisiert seine Freunde in der National Football League. Wenn er hier mit einem großen Namen aufwarten kann, Mann, das wird eine große Hilfe.«

»Sie sind nicht Mitglied, oder?«, fragte Paul.

»Nein, Harry und ich gehen zu den Spendengalas, aber man kann nicht alles machen, und ich bin an so vielen Pferde- und Tierwohlfahrten beteiligt, einschließlich dem Reiten für heimgekehrte Veteranen. Ich habe einfach nicht die Zeit.«

Paul lächelte. »Das Reitprogramm ist super.«

»Okay, dies ist der Plan für Dinah. Sie kommt unter die Lampen. Ich werde regelmäßig nach ihr sehen, und ab da machen wir weiter.«

Fair und Harry gingen hinaus zu ihren jeweiligen Autos. Harrys Handy klingelte.

»Ein Moment, Herzchen.« Sie zog es aus ihrer Tasche. »Hallo, Coop.«

»Wo bist du?«

»Bei Big Mim.«

»Bleib, wo du bist. Ich bin in fünf Minuten da.«

Harry klappte das Handy zu und informierte Fair.

»Ich muss weiter zum nächsten Besuch.« Fair küsste sie auf die Wange.

»Ich sag ihr nichts von dem Witz, den du über Finger gemacht hast.«

»Gute Idee. Ich dürfte gegen sechs zu Hause sein. Vielleicht sogar früher.«

Beim Wegfahren winkte Fair Cooper zu, die angefahren kam.

»Was hab ich angestellt?«, fragte Harry, als die schlanke Polizistin ausstieg.

»Nichts.« Cooper sah sich um. »Hey, setz dich in meinen Dienstwagen. Wir haben Lou Higham gefunden. Ihm fehlen Zeige- und Mittelfinger an der rechten Hand.«

20

Eine Frau, die ihren Golden Retriever ausführte, hatte Lou Higham gefunden. Der Hund war weggelaufen und wollte nicht zu ihr zurückkommen. Da Jack ansonsten ein ungewöhnlich braver Geselle war, stapfte Frauchen durch tiefen Schnee und folgte ihrem Hund. Sein unaufhörliches Gebell führte sie zu Lou Highams Leiche.

Lou war nicht weit von zu Hause gestorben. Sein Auto war von einer Böschung gerutscht und in eine enge Schlucht geschlittert. Der unentwegt fallende Schnee hatte den Wagen zugedeckt. Die Reifenspuren abseits der Straße waren ebenfalls zugeschneit.

Lou, über dem Lenkrad zusammengesunken, war dank der

Kälte gut konserviert, obwohl er schon fünf Tage vermisst wurde. Die Schwere seines Kopfes hatte den Hals etwas gedehnt. Die Lippen waren zurückgezogen, das Zahnfleisch war weiß. Die rechte Hand wies zwei gefrorene blutige Stümpfe auf. Zeige- und Mittelfinger fehlten.

In der Becherablage klemmte ein Plastikbecher mit Trinkschlitz.

Lous verzerrtes Gesicht zeugte davon, dass er unter Schmerzen gestorben war.

Die Fernsehnachrichten vermeldeten das Ende der Suche nach Lou Higham. Sie brachten keine Einzelheiten wie die verstümmelte Hand oder die angsterfüllte Miene.

Jessica Hexham verständigte sogleich die Lieferdamen von St. Cyril, ihr Mann rief die Männer von Silver Linings an. Wie schon bei Petes Tod geschehen, rief jeder erwachsene Mann fünf Jungen der Gruppe an.

Jessica telefonierte auch mit Pfarrer O'Connor.

Als die Leute zu Arden kamen, um ihr beizustehen, sahen sie erstaunt, dass Charlene, Jarrad und Alex schon da waren.

Charlene erklärte schlicht: »Wir wissen, wie sich das anfühlt.«

Am nächsten Morgen, dem 19. Dezember, stellten Fair und Harry sich auf ihren Tag ein. Am Vorabend hatte Harry die gestrigen Ereignisse für Fair zusammengefasst.

»Was ich noch fragen wollte«, sagte er jetzt, »wie geht's Tyler?«

»Tyler ist komplett durch den Wind«, antwortete Harry.

Fair sagte mitfühlend: »Mit dem Tod des Vaters fertigzuwerden ist hart, besonders in diesem Alter. Außerdem ist er kein einfaches Kind. Ich hoffe, er kann das alles hinter sich bringen, ohne mit Psychopharmaka vollgestopft zu werden.«

»Arden hat jetzt genug durchzustehen«, entgegnete Harry. »Aber echt, Fair, vielleicht ist eine vorübergehende Behandlung mit Beruhigungsmitteln gar nicht verkehrt.«

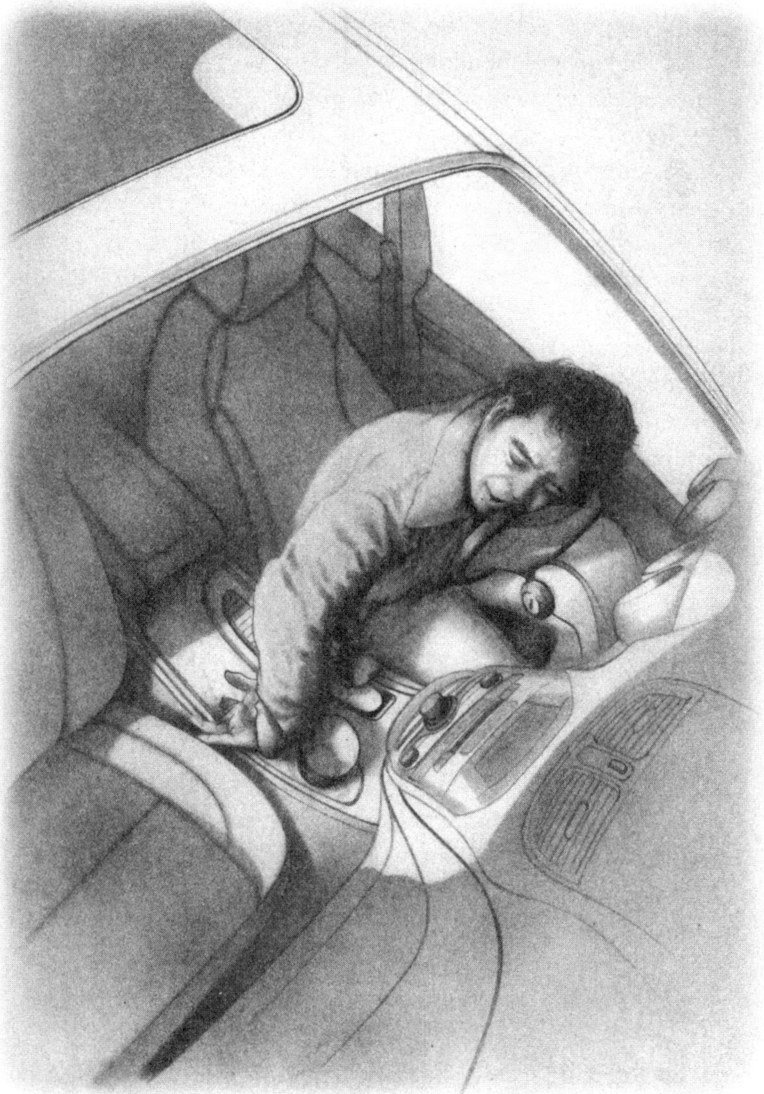

»Schatz, ich bin sehr dagegen, Medikamente für unfertige Gehirne und Körper zu verschreiben. Aber wer hört schon auf einen Tierarzt?« Dann fügte er an: »Seien wir dankbar für das Glück, das uns geschenkt ist.«

»Ich bin ein Glücksgeschenk. Ein großes.« Pewter rieb sich an Fairs Bein.

Mrs. Murphy zog eine Grimasse. *»Ich glaub, ich muss kotzen.«*

»Haarballen«, triezte Pewter ihre Freundin. Mrs. Murphy stürzte sich auf die dicke graue Katze, die zur Seite sprang. Sie rannten auf und davon. Tucker saß reglos da. Dann hörten alle ein Krachen.

»Verdammte Bande.« Harry rannte dahin, von wo der Lärm gekommen war. »Fair, hilf mir mal.«

Fair lief ins Wohnzimmer, wo Teile einer Lampe auf dem Teppich verstreut lagen. Der Weihnachtsbaum schwankte wie bei starkem Wind. Eine sehr dicke Katze hing an der Spitze und beugte den Stamm, während Mrs. Murphy weiter unten, die Krallen in der Fichte versenkt, mit einer Pfote ausholte. Zerbrechliche Christbaumkugeln schaukelten wild hin und her.

Fair griff geschwind zwischen die Zweige und packte den Stamm.

»Raus da mit euch«, befahl Harry.

»Sie muss zuerst runter!«, rief Pewter, die Augen geweitet.

»Ha! Ich mach Hackfleisch aus deinem fetten Hintern.« Mrs. Murphy senkte die Krallen in das große Zielobjekt.

»Sie bringt mich um!«, jammerte Pewter, die ewige Melodramatikerin.

»Halt den Baum fest. Ich glaub, ich hab die Lösung.« Harry sauste in die Küche, öffnete einen Schrank und kam zurück. Sie drückte den Deckel einer kleinen Dose mit Katzenminze auf. Die hielt sie so weit hoch, wie sie nur konnte. Das Kämpfen endete. Mrs. Murphy kletterte hinunter und sprang ab, Fichtennadeln rieselten auf den Teppich.

Harry zerrieb abseits des Weihnachtsbaumes Katzenminze mit den Fingern.

»Olle Pottsau!«, brüllte Pewter auf ihrem Hochsitz.

»Du kannst den ganzen Tag da oben bleiben.« Mrs. Murphy wälzte sich in ihrem Kraut *»Das Zeug ist gut.«*

»Ich hasse sie«, zeterte Pewter beim Herunterklettern. Fair hielt den Baum fest, an dem noch viel Katze hing. *»Ich hasse sie mehr als alles auf der Welt!«*

Als sie absprang, fiel eine glänzende grüne Kugel mit ihr aus dem Baum. Harry fing sie auf.

»Gut gehalten.« Jetzt ließ Fair den Baum los, nachdem er sich vergewissert hatte, dass er sicher stand.

»Die sind plemplem«, sagte Harry. »Guck mal, meine Porzellanlampe. Die hatte ich richtig gern.«

Fair kniete sich neben sie, um die Scherben aufzulesen. »Wenn ich bloß eine Sekunde lang wüsste, was einer Katze durch den Kopf geht, würde ich es wohl mit der Angst kriegen.«

»Das ist eine Beleidigung«, nuschelte Pewter, deren Augen glasig blickten. Beide Katzen wälzten sich jetzt in der Katzenminze, schnurrten und schlugen zum Spaß aufeinander ein.

Vorsichtig legte Harry die Lampenscherben in einen Pappkarton, schloss den Deckel und stellte ihn nach draußen auf die Veranda.

»Jetzt weiß ich, was ich dir zu Weihnachten schenken kann«, sagte Fair.

»Soll das heißen, ich krieg meine Perlenkette von Keller und George nicht?« Seit Jahren schaute sich Harry eine schimmernde Perlenkette mit neun Millimeter großen Perlen an.

»Wenn ich im Lotto gewinne, kriegst du deine Perlen.« Er lächelte sie an, aber er wollte sie ihr kaufen.

Eines Tages.

»Schatz, zu Weihnachten wünsche ich mir, dass wir beide weiterhin gesund bleiben, lachen, Freude an der Arbeit haben und Zeit für unsere Freunde. Der Rest ist Tinnef.«

»So ist es. Eh ich's vergesse, morgen ist der zwanzigste Dezember – der große Liefertag. Besprich dich mit Susan und sag mir noch heute Abend, wie viele von den Ehemännern ihr braucht. Ich weiß, die Kirchendamen hatten unerwartete Mühen und haben zeitig geliefert, aber ich rechne damit, dass morgen alles übersteigen wird.«

»Wird es. Susan hat großartig gearbeitet.«

»Tut sie immer.« Wie alle schätzte Fair Susans Organisationstalent.

Er küsste seine Frau auf die Wange. »Danke. Ich schau vorbei. Sieht nach einem guten Tag aus.«

»So fangen sie immer an.« Sie sah ihn aus der Tür gehen und dachte daran, wie Arden und Charlene ihre Männer das letzte Mal gesehen hatten, ohne im Traum daran zu denken, dass sie sie nie mehr durch die Tür kommen sehen würden.

Sobald beide Menschen fort waren, sagte Mrs. Murphy, die nach der Katzenminzesause zur Vernunft kam: *»Es ist heller Tag. Lasst uns versuchen, die Knochen zu finden. Uns kann nichts passieren. Kojoten jagen meistens nachts, und der Schnee ist fest. Lasst uns losgehen, ehe es wieder schneit.«*

»Ich geh bei der Kälte nicht raus«, sagte Pewter. *»Und Menschenknochen sind mir schnuppe. Wir haben nichts davon.«*

»Das denkst auch nur du«, entgegnete Tucker.

»Du wirst doch nicht hingehen und total verdreckte vertrocknete Knochen kauen. Dafür hast du ein zu gutes Leben.« Die graue Katze hatte nicht unrecht.

»Ich geh, ob ihr mitkommt oder nicht«, sagte Mrs. Murphy. *»Das Armband ist wertvoll, und es hat der Person gehört, die da oben ist.«* Damit schob sie sich durch das Tiertürchen in der Küche, gefolgt von Tucker. Pewter rührte sich mit Bedacht nicht vom Fleck.

Auf dem Feldweg, in dessen Furchen der Schnee hart und fest geworden war, sprangen die zwei vorbei an den hinteren

Weiden, den Sonnenblumenfeldern, dem Viertelmorgen mit den Weinstöcken. Dahinter grenzte eine weitere einzelne, weitläufige Weide an den Wald.

Der Schnee knirschte, als sie über die Weiden trabten, links von ihnen strömte der Bach. Dieser steinige Wasserlauf mit seinem Biberdamm trennte Harrys Land von der Farm, die Deputy Cooper gepachtet hatte.

Die Temperatur schien sich im Laufe des Tages bei null Grad halten zu wollen. Die Sonne lugte zaghaft durch eine leichte Wolkendecke, die sich zu verdichten schien. Die Tiere konnten riechen, dass ein Unwetter heranzog.

Ab und zu geriet eine in eine Schneewehe, die unter der verkrusteten Oberfläche nicht zu erkennen war. Erst zappelten sie, dann strampelten sie sich frei.

Sie gelangten an den Waldrand am Fuß des Osthangs der Berge. Tucker setzte sich kurz hin. *»Verschnaufpause.«*

Mrs. Murphy ließ sich neben ihr nieder. *»Odin sagt, den alten Feldweg rauf, und wo der Wildpfad kreuzt, links abbiegen.«*

»Ein Gutes hat das Traben und jetzt das Klettern, es hält uns warm.«

»Genau.«

Sie begannen den Aufstieg, der anfangs nicht allzu steil war. Weiter oben hatte man Serpentinen in die Berghänge gekerbt, um das Gefälle auszugleichen. Die Tiere schnauften beim Weitergehen. In etwa achthundert Meter Höhe stießen sie auf den Wildpfad.

»Der liegt höher, als der Kojote gesagt hat«, stellte Tucker fest.

»Schwierig, Entfernungen in so einem Gelände abzuschätzen. Alles dauert länger.« Die Katze holte Luft. *»Der große alte Walnusshain, die schwarzen Rinden, die sich gegen den Schnee abheben, das ist schon fast gespenstisch.«*

Die vereinzelten Stechpalmen warteten mit einem satten, von leuchtend roten Beeren durchsetzten schimmernden Dunkelgrün auf. Auf dem Wildpfad ging es nach links und dann

weiter auf einer Fläche, die etwa zwei Footballfelder lang war. Jetzt sahen sie den entwurzelten Baum.

Dort angekommen, setzten sie sich beide. Wurzeln durchdrangen den Brustkorb des Skeletts, eine Wurzel wand sich durch einen klaffenden Kiefer. Die vom Alter gebleichten Knochen hoben sich aus der Erde, schwebten in der Luft. Der linke Arm fehlte vom Ellenbogen abwärts.

Tucker hob den Kopf und schnupperte. *»Kojote!«*

»Tucker, steig in die Grube von dem entwurzelten Baum. Die dicken Wurzeln schützen dich vor dem Kerl. Wir können nicht vor ihm weglaufen. Ich kletter auf den Baum.«

Pfoten knirschten auf dem Schnee, und Odin erschien. Er lächelte, die Reißzähne stachen hervor. *»Mrs. Murphy und der Hund.«*

»Tucker.«

»Du kannst rauskommen. Ich fress dich nicht.«

»Glaub ich nicht«, knurrte Tucker, *»Kojoten fressen alles.«*

Das Wildtier saß in der Hocke und guckte jetzt zu Mrs. Murphy hoch. *»Du bist gerade außer Reichweite. Dich fress ich auch nicht.«*

Mrs. Murphy rührte sich nicht. *»Das würde ich gern glauben.«*

»Hm-mm.« Auch er rührte sich nicht.

»Wie viele Kojoten leben sonst noch hier oben?« Tucker schob die Nase durch die schneebedeckten Wurzeln.

»Zwei Familien. Eine am Rand der Hochwiese. Eine an der Felsnadel.«

Odin meinte die vorspringende Felszunge unweit des Bergrückens. *»Ich kann euch zur Farm begleiten und alle anderen von euch fernhalten. Allerdings glaub ich nicht, dass sie hier unten sind.«*

»Odin, du krallst dir in kürzester Zeit meinen Hals«, rief Mrs. Murphy hinunter.

Der Kojote legte sich nieder, den Kopf auf den Pfoten. *»Du wirst stark frieren. Mein Fell ist dicker als deins, weil ich nie wo bin, wo's richtig warm ist.«*

Die drei Tiere blieben dort, als Wolken heranzogen und der

Wind auffrischte. Stunden vergingen. Tucker wurde ganz steif, und Mrs. Murphy zitterte. Odin betrachtete die zwei mit seinen gelben Glitzeraugen.

Als das wenige vorhandene Licht wechselte, schien das Skelett zu lächeln, dann verblasste das Licht, und die Wolken färbten sich preußischblau.

Weit entfernt hörte Mrs. Murphy Harrys Transporter. Ihr ungewöhnlich gutes Gehör würde einen Menschen in Erstaunen setzen.

»Tucker, Mom ist zu Hause. Fang an zu bellen.«

Tucker bellte drauflos.

Harry beachtete es kaum, denn das Gebell war weit weg.Sie ging ins Haus, wo auf dem Küchentisch Päckchen bereitlagen. Sie zog den Mantel aus, und da sie nur Pewter sah, nahm sie an, dass die zwei anderen schliefen.

»Mom, Murphy und Tucker sind oben auf dem Berg«, sagte Pewter.

»Du bist geschwätzig.«

»Es ist ernst«, kreischte die Katze.

Eine halbe Stunde verging, dann sah Harry endlich in allen Zimmern nach. Keine Katze, kein Hund. Sie warf ihren Mantel über, ging in den Stall. Da waren sie auch nicht. Genau jetzt kam Fair angefahren, und gerade als sie ihm berichtete, hörten sie ihren Corgi bellen.

»Tucker?«, meinte Fair erstaunt und erstarrte, als er Odin heulen hörte.

Harry sprang ans Steuer, Fair auf den Beifahrersitz des Transporters.

»Warte mal kurz«, sagte Fair, stieg geschwind aus, öffnete die Tür seines großen Tierarztwagens und stieg dann wieder ein. Ein 22er Revolver lag auf seinem Schoß. Schrotpatronen konnten Tiere abschrecken.

Harry fuhr hinter dem Stall auf dem Feldweg bis zum Waldrand. Sie hielt an, ließ ihr Fenster herunter.

Sie lauschten angespannt. Wieder hörten sie Tucker bellen. Odin heulte auch, viel näher jetzt.

»Das Schätzchen mag zwar alt sein, hat aber Vierradantrieb. Kann's losgehen?« Sie sah ihren Mann an.

»Ja, ich hab keine Angst, dass mein Körper herumgestoßen wird. Bloß dass mein Kopf ans Dach stößt.«

»Los geht's.« Sie hatte die Rädchen an den alten Radkappen gedreht, um beim Heimkommen durch den Schnee fahren zu können.

Jetzt schaltete sie in den niedrigsten Gang – die Reifen waren Winterreifen –, gab Gas, und das Heck scherte aus. Sie erklommen den Berghang auf der alten Straße, die mehr Furchen hatte als der Feldweg.

Jedes Mal, wenn ein Rad in eine Furche rutschte, ließ Harry den Motor aufheulen, um freizukommen. Der arme Fair flog jedes Mal hoch, obwohl er angeschnallt war. Am Ende legte er eine Hand auf seinen Kopf.

Sie kamen an eine kleine Wendeschleife.

»Am besten wendest du hier, Gang rein, Motor aus. Wir können nicht riskieren, noch höher raufzufahren, gerade jetzt.« Fair entdeckte Schneeflocken in den Scheinwerferstrahlen.

Sie tat wie geheißen, zog auch die Handbremse. Die Wendeschleife war einigermaßen eben, doch Harry fürchtete, dass der Wagen, obwohl er geparkt war, auf dem Schnee rutschen könnte. Denn er würde etwas nachgeben, wenn sie ausstiegen. Beide auf dem Land aufgewachsen, wussten sie, dass dumme Sachen passieren können.

Harry schaltete die Scheinwerfer aus und zog sich den Schal enger um den Hals. Fair stieg aus, schob den Revolver in seinen Gürtel und zog seine Handschuhe an.

Tucker war deutlich nah und links von ihnen, daher gingen sie durch die Walnussbäume, streiften ein paar Stechpalmen, stolperten über unebene Stellen, die unter dem Schnee verborgen waren.

»Wir sind hier!«, gellte Mrs. Murphy.

»Los, kommt«, jaulte Tucker, da sie die rechts und links schwenkenden Taschenlampen sah.

Odin heulte einmal auf, ehe er ins Dunkel entschwand, und rief über die Schulter: *»Ich hätte euch nicht gefressen. Mein Schrei ist lauter als eurer. Wir sehen uns morgen beim Stall.«*

Kein Tier wusste, ob Odin zu trauen war oder nicht. Tucker ging kein Risiko ein. Sie trat nicht in Erscheinung, bevor Harry und Fair zu ihnen gelangten. Die zwei Tiere hatten das Skelett ganz vergessen.

Harry, jetzt nah genug, so dass Tucker sie und Fair roch, konnte wegen der Dunkelheit nicht viel sehen.

Fair neben ihr leuchtete direkt dahin, wo Tucker noch bellte. Die Augen des Hundes glühten im Lampenlicht. Fair schwenkte das Licht nach oben. Da war Mrs. Murphy, deren Augen ebenfalls leuchteten.

»Was zum …« Harry erstarrte.

Fair konzentrierte sich jetzt auf den makabren Anblick.

Beide standen nur da, als die Katze rückwärts vom Baum kletterte und der Hund, dem Wurzelwerk entsteigend, einen losen, klappernden Beinknochen streifte.

Mrs. Murphy krallte sich an Harrys Hosenbein. Harry bückte sich und hob sie hoch.

Tucker lief zu Fair, der jetzt mit der Taschenlampe das ganze Skelett anstrahlte.

»Mir ist ganz kalt«, winselte der Hund, auf dessen Nase eine Schneeflocke landete.

»Mir auch.« Mrs. Murphy schmiegte ihr Gesicht an Harrys.

Schon ziemlich weit entfernt, schmetterte Odin ein Geheul, das die unheimliche Atmosphäre noch verstärkte.

»Gehen wir zurück zum Auto«, sagte Fair.

Es schneite jetzt dichter, und der Schnee fiel mit einem leisen Platschen auf kahle Äste.

Alle gelangten ins Auto. Harry ließ den Motor an. Der bei

der Hinfahrt schon aufgewärmten Heizung entströmte wohlige Wärme. »Hast du dein Handy dabei?«, fragte Harry ihren Mann.

Er zog es aus der Innentasche seines Mantels und wählte Coopers Nummer. »Kein Empfang hier oben.«

»Wir sind hier in einem Funkloch, einer toten Ecke.« Harry manövrierte den Wagen die Gebirgsstraße wieder hinunter.

»Buchstäblich«, scherzte Fair.

Daheim auf der Farm klappte Harry ihr Handy auf. Es schneite stärker. »Ich krieg keine Verbindung. Ich ruf vom Festnetzapparat an.«

Mrs. Murphy und Tucker, in der Küche angekommen, berichteten Pewter alles.

»Da siehst du, was du verpasst hast«, prahlte Tucker.

»Mir den Hintern abfrieren, das hab ich verpasst. Ihr könnt beide froh sein, dass ihr noch lebt. Wenn Odin nun andere Kojoten gerufen hätte? Die hätten dich ausgebuddelt. Und du, Murphy, du hättest tagelang festgesessen. Und wärst vielleicht nicht mehr am Leben.«

Während die Tiere erörterten, ob Odin vertrauenswürdig war, wählte Harry Cooper an, da ging das Licht aus und das Telefon funktionierte nicht mehr.

Fair nahm eine Taschenlampe aus der Schublade beim Spülbecken. »Da ist bestimmt jemand von der Straße abgekommen und hat einen Mast gerammt.«

»Ich komm mit.«

Tucker, Mrs. Murphy und Pewter strebten zur Tür.

»Hiergeblieben«, befahl Harry.

»Mist«, schmollte Pewter.

Mrs. Murphy und Tucker, jetzt schachmatt vor Erschöpfung, krochen in ihre Vliesbetten.

Diesmal saß Fair am Steuer. Er traute den schlechten Fahrbedingungen nicht recht.

Sie kamen binnen fünfzehn Minuten zu Coopers Haus, wozu sie normalerweise fünf Minuten brauchten. Im Wohnzimmerfenster leuchtete ein kleiner Lichtpunkt, aus dem Schornstein quoll Rauch, der dann verflachte.

Sie stiegen aus, gingen zu Coopers Hintertür und klopften. Nach wenigen Minuten machte Cooper – eine Taschenlampe in der Hand, so wie Harry und Fair – die Tür auf.

»Kommt rein. Ist das Übliche.«

»Coop, ich wollte dich vom Handy anrufen, hab aber kein Netz gekriegt.«

»Kommt ins Wohnzimmer. Das Feuer tut gut. Und gut ist auch, dass der Strom eben erst ausgefallen ist, da ist es drinnen noch nicht kalt.«

»Verdammte, ihr wisst schon.« Harry und Fair folgten ihrer Nachbarin ins Wohnzimmer.

»Coop, es geht um Folgendes«, sagte Fair. »Wir haben im Walnusshain ein Skelett gefunden.«

Die blonde Frau rutschte auf die Stuhlkante. »In welchem Zustand?«

»Ausgebleicht, von Baumwurzeln durchwachsen«, berichtete Harry sachlich.

»Der linke Arm fehlt vom Ellenbogen abwärts, aber der könnte in der Erde stecken«, sagte Fair. »Das Skelett hängt zum größten Teil in der Luft«, fügte er an.

Sie schilderten, wie sie das Geheul von Tucker und dem Kojoten gehört hatten, berichteten von ihrem Schrecken, als sie die Gebeine sahen.

»Der Schnee wird die Sache erschweren.« Cooper sah auf ihrem Smartphone nach dem Wetterbericht. »Großenteils leichter Schneefall, zwischendurch heftig, lässt dann morgen Nachmittag nach.« Sie schaute ihre zwei Freunde an. »Und morgen ist der große Liefertag. Ich bin für unsere Abteilung zuständig. Alle, die keinen Dienst haben, helfen mit. Aber nachdem Lou gefunden wurde, weiß ich nicht genau, wer morgen dienstfrei hat.«

»Großartiger Gedanke, aber es ist vier Tage vor Weihnachten.« Fair war im Begriff, die Füße auf den Polsterhocker zu stellen, besann sich aber.

»Nur keine Zurückhaltung. Macht mir nichts aus, ob deine Stiefel nass sind.« Cooper hielt sich selbst auch nicht zurück. »Ich bin bei St. Lukas. Unsere Abteilung hat die zwei Kirchen gut unter sich aufgeteilt. Für diejenigen, die einer Kirche angehören, ist es sinnvoll, an dem Tag bei den Lieferungen zu helfen. Morgen wird ein sehr langer Tag, und ohne euch zwei können wir unmöglich da oben hin.«

Fair nickte. »Richtig. Ein Navi ist keine Hilfe.«

»Das Wetter auch nicht«, sagte Harry. »Die Gebirgsstraße ist tückisch, auch wenn sie trocken ist. Außerdem kommt man nicht an die Serpentinen ran.«

»Warum nicht?«

»Umgestürzte Bäume.« Harry kannte die Berge. »Die Herbststürme, und jetzt die Schneemassen. Da müssen ja Bäume die Serpentinen blockieren. Die sind näher am Gipfel, kriegen mehr Wind ab.«

»Gut, dass man aus mehreren Richtungen freie Zufahrt hat, falls es Probleme gibt«, meinte Cooper umsichtig. »Aber fürs Erste können wir da nichts machen.«

»Der Mörder kommt vermutlich in absehbarer Zeit nicht zurück«, stellte Harry nüchtern fest. »Ich meine, es muss ein Mordopfer sein. Man begräbt Menschen nicht an Baumwurzeln.«

»Ich liebe ungeklärte Fälle.« Cooper atmete den Hartholzduft ein. »Die geben mir zu denken.«

»Ihr habt heute viel mehr Hilfsmittel«, sagte Fair. »DNA zum Beispiel.«

»DNA ist hilfreich, aber wir müssen einen lebenden Verwandten der verstorbenen Person finden, um ganz sicherzugehen. Und wenn eine Leiche lange begraben war und nicht identifiziert werden kann, hat man ein Problem.«

»Zahnarztunterlagen?«, fragte Fair.

»Wir versenden die Information, Bilder von Zähnen und Kiefer, und hoffen, dass die ansässigen Zahnärzte ihre Unterlagen durchsehen. Und dass der einstige Zahnarzt des Opfers nicht pensioniert oder gestorben ist. Auch heute gibt es in jedem Leichenhaus in jeder Stadt herrenlose Leichen. Niemand weiß, wer sie sind. Einige von denen sind höchstwahrscheinlich ermordet worden.«

»Egal, wie schlimm es hier ist, stellt euch vor, ihr hättet vor Jahren in Argentinien gelebt – die vielen Menschen, die sich einfach in Luft aufgelöst haben«, sagte Harry. »Nie gefunden, und keinerlei Unterlagen.« Sie fand das unglaublich traurig.

Ein Flackern, und das Licht ging wieder an. Der Kühlschrank summte.

»Das war ja nicht lange weg.« Fair grinste.

»Stimmt«, bestätigte Cooper. »Ich ruf den Chef an. Nach dem morgigen Liefertag fahren wir da rauf, sofern das Wetter mitspielt. Es ist wichtig, aber nicht dringend. Wir kommen da rauf, allerdings nur mit eurer Hilfe.«

»Das Skelett läuft ja nicht weg«, stellte Harry fest.

21

Am 20. Dezember schneite es noch, aber mäßig. Der stürmische Wind erforderte jedoch aufmerksames Fahren, zumal auf den Nebenstraßen. Weil die Schneepflüge zuerst die Fernstraßen, dann die staatlichen Schnellstraßen wie die Route 29 räumten, türmte sich auf den Nebenstraßen oft der

Schnee. Niemand, der alle Tassen im Schrank hatte, war mit was anderem als einem Geländewagen unterwegs.

Morgens um halb acht reihte sich vor allen Kirchen Auto an Auto, unter ihnen oft ein Dienstfahrzeug der Polizei, um Kartons, Nahrungsmittel und Spielsachen abzuholen.

An der Tür zum Gemeinschaftsraum von St. Lukas hakte Susan Personen und Kartons ab, die sie zur Lieferung heraustrugen. An jedem Tisch überprüfte auch jemand, wer welche Kiste mitnahm. Susan hatte allenfalls überorganisiert, aber sie war entschlossen, niemand Bedürftigen zu übersehen. Trotz der vorzeitigen Lieferungen war allen klar, dass es heute bis Sonnenuntergang dauern würde. Sie hofften, nicht viel länger, aber man wusste ja nie.

Susan hatte sich mit ihren Partnerinnen in den anderen Kirchen besprochen. Die Leitung der Kampagne ihres Mannes für die Wahl ins Abgeordnetenhaus feuerte ihre ohnehin schon überragenden Fähigkeiten an. So schwierig das auch war, an diesem Tag galt es ebenfalls eine Menge zu bewältigen, und das unter Zeitdruck.

Harry half tatkräftig dabei, für einige Damen die Kisten herauszutragen. Fair tat dasselbe, zusammen mit Brian Hexham, der sein Büro geschlossen hatte, um hier auszuhelfen.

Die anwesenden Geistlichen – Priester, Pastoren, Rabbi – staunten über den Einsatz und darüber, wie viele Gemeindemitglieder Büros geschlossen oder sich den Tag frei genommen hatten, und taten, was sie konnten, um den Armen zu helfen. Allen war bewusst, dass dies eine schwere Zeit war, und allen war auch bewusst, dass ein einziger Tag im Jahr dem Problem nicht mal ansatzweise abhelfen kann. Deshalb arbeiteten sie mit vollem Herzen und frustriertem Gemüt.

»Harry«, sprach Susan, als ihre liebste Freundin für die nächste Ladung wieder in den Begegnungsraum kam, »geh in den Flur und hol das extra Hunde- und Katzenfutter und alle Tierleckereien rein.«

»Haben wir schon alles aufgeladen, was wir hier drin haben?« Harry zog die Augenbrauen hoch.

»Ja.« Susan zeigte ihr die Klemmtafel, darauf schaute Harry zu dem hinteren Tisch.

»Okay. Jeder muss ein Weihnachtsgeschenk kriegen.«

Gegen neun war alles auf dem Weg – bis auf die letzten Ladungen, die Harry und Susan übernahmen. Fair war schon mit einer kompletten Fuhre Pferdekekse für die Pferde in Rehakliniken und Ruhesitzen losgefahren, von denen viele auf ein Zuhause warteten. Im Winter bestand wenig Hoffnung. Er trug auch mehrere Kisten für das Almost-Home-Tierheim in Nelson County und für den fabelhaften Tierschutzverein von Albemarle County.

Harry saß im Audi neben Susan auf dem Beifahrersitz, die Liste auf dem Schoß.

»Erster Halt hinter der Millerschule, und dann können wir uns die Dick Woods Road und die vielen kleinen Seitenstraßen hochmühen. Und dann …«

»Harry, ich hab die Liste erstellt.«

»Sicher.« Harry erkannte, dass Susan wochenlang Krisen bewältigt hatte, mit jedem Tag schwierigere als tags zuvor, und gleich schlechte Laune kriegen würde.

»Ich hab die Energieriegel dabei, die du so gern isst. Magst du einen mit Schokolade?«

»Immer her mit Schokolade.« Susan streckte die Hand aus.

Harry entnahm der kleinen Kühltasche zu ihren Füßen einen Riegel, wickelte ihn halb aus und gab ihn Susan. Danach ließ sie alles vom Stapel, was abends zuvor geschehen war. »Ich wollte dich gestern Abend noch anrufen, aber ich weiß ja, dass du viel zu tun hast, und es war spät geworden. Du weißt, ich erzähl dir alles«, beendete Harry den Bericht.

»Meistens.« Susan lächelte. »Es ist weiß Gott grotesk. Wenn der Sheriff demnächst da oben ist, ruf mich an, ich komm rauf, weil es mein Grund und Boden ist.«

Susans verstorbener Onkel, der sich in ein Kloster zurückgezogen hatte, hatte ihr die riesengroße Fläche am Berghang vermacht, die an Harrys Land grenzte. Mit dem Unterschied, dass Susans Seite über den großen Schwarznussbestand mitsamt weiteren Hartholzgewächsen verfügte. Ein Schwarznussbaum konnte tausende Dollars einbringen. Der Marktwert schwankte, aber ein einziger Baum konnte beträchtlich zum Stand des Bankkontos beisteuern. Harry verwaltete das Nutzholz, und das tat sie gern. Bei allem, was mit Nutzholz, Farmarbeit oder Tierhaltung zu tun hatte, schwelgte Harry in ihrem Element.

»Ein Menschenskelett in der Luft hängen zu sehen, durch das Wurzeln wachsen, ist grässlich, aber gleichzeitig denke ich, der Leichnam wurde einem guten Zweck zugeführt«, sagte Harry sachlich.

»Was meinst du damit?«

»Was nützt es, Menschen in eine Kiste zu legen, wo die Zersetzung nicht die Erde anreichert oder sie, wenn man sie in die Natur rausbringt, von wilden Tieren gefressen werden können? Die reine Verschwendung.«

Die Spannung verflüchtigte sich, und Susan lachte. »Harry, du bist einmalig.«

Harry lachte auch. »Na ja …«

Sie plauderten weiter über alles Mögliche, den Tod der zwei Männer, das Skelett, die Finger im Stiftebecher, die laufenden Rechnungen im Zusammenhang mit dem Abgeordnetenhaus, wer in Richmond ein Idiot war und wer nicht.

Nach Ablieferung einer Kiste sprang Susan in den Audi, Harry machte den Kofferraum zu, und sie fuhren zu ihrer allerletzten Adresse. Susan kehrte zu einem unendlichen Klatschvorrat zurück, zum großen Teil über Sex. »Ned sagt, die meisten Männer in Richmond betrügen wie verrückt und lügen wie gedruckt. Je rechtschaffener sie sich geben, desto größer die Zuhälterei – seine Worte.«

»Echt?«

»Ja. Ich denke, wenn eine junge Frau es zu was bringen will, muss sie im Büro eines Politikers oder Lobbyisten arbeiten. Sie schläft sich dort schneller nach ganz oben als in Hollywood.«

»Wie dumm war ich doch, im Postamt arbeiten zu gehen, als ich den College-Abschluss hatte.« Harry schlug sich mit der flachen Hand an die Stirn.

»Aber Süße, es ist noch Zeit.«

Wieder unterwegs, plauderten sie über Untreue, Internetpornos und Menschen, die Fotos von ihren Genitalien posten.

»Ach weißt du, das ist keine gute Idee.« Harry wischte sich Tränen aus den Augen, weil sie so lachen musste. In letzter Zeit war so viel schiefgegangen, und das Lachen hob jetzt die Stimmung.

»Letzter Halt?« Harry drehte sich um und prüfte erneut den Laderaum des Luxusgefährts.

»Stimmt.«

Die jungen Leute, die einen Baum schmückten, den sie selbst geschlagen hatten, baten die zwei ins Haus. Harry hob ein Kleinkind hoch, das auf dem Fußboden herumkrabbelte. Die zwei mochten zwar bisher nicht viel vom Leben gehabt haben, waren aber glücklich miteinander, glücklich mit dem Kind. Beim Weggehen küssten Susan und Harry das Kind und umarmten die Eltern.

Als sie wieder im Auto saßen, seufzte Susan. »Ich fand's schön, als die Kinder klein waren.«

»Babys sind meistens hässlich – ja wirklich, aber deine zwei waren's nicht.«

»Alle Babys sind hübsch.« Susan verlangsamte, weil sie auf einer alten Nebenstraße bergab fuhren.

»Hey, du bist nicht mit Ned auf Wahlkampftour«, zog Harry sie auf.

Nach einer Pause räumte Susan ein: »Ist dir schon mal aufgefallen, dass manche Babys aussehen wie alte Männer oder alte Frauen? Man ahnt nicht, wie sie mit vierzehn aussehen werden, aber man hat eine Ahnung, wie sie mit siebzig aussehen werden, außer sie lassen sich liften.«

»Ist bei Fohlen genauso. Es gibt eine kurze Zeitspanne, da weiß man, wie sie in ihrer Blüte aussehen werden. Das vergeht dann. Pferde durchlaufen dieselben täppischen Phasen wie Menschen. Sieh doch, wie ihr Rücken sich krümmt, wenn sie richtig alt werden.«

»So ist es. Hey, wir sind bei St. Cyril. Lass mich da kurz reinschauen. Hier.« Sie drückte Harry ihr Handy in die Hand. »Guckst du mal, ob ich Nachrichten habe?«

»Wäre dann nicht dieser Ton gekommen? Das Nachrichtenpiepen?«

»Schon, aber die letzten Tage hat das Telefon nicht richtig funktioniert. Dauernd geht mir der Saft aus, dann lade ich's im Auto auf.«

»Gestern Abend konnte ich Cooper nicht mit dem Handy anrufen. Meistens funktionieren sie ja, außer im Funkloch. Berge sind wunderbar, aber für Elektronik sind sie die Hölle.«

Susan fuhr auf den freigeschaufelten Platz von St. Cyril, auf dem Autos parkten, einige ankamen und andere wegfuhren. Die Sonne war untergangen.

Die zwei Frauen gingen in die Kirche.

Charlene Vavilov, ihre Söhne und deren Teamkameraden von Football und Baseball trugen die letzten Kisten heraus.

Susan rief ihnen zu: »Soll ich helfen?«

Charlene hatte Mühe, die von einem Windstoß erfasste Tür zu schließen. »Das wär's. Wir sind fertig.«

»Wir auch«, sagte Susan. »Sobald ich wieder bei St. Lukas bin, ruf ich alle an, um zu hören, wie's läuft, aber ich hab keinerlei Nachrichten auf dem Telefon, drum muss es okay sein. Übrigens, danke für deine Hilfe, trotz allem, was kürzlich passiert ist.«

»Arden war aufgelöst.«

»Die Ärmste.« Susan gebrauchte eine Floskel, meinte es aber ernst.

»Susan, das mit den Weihnachtsfuhren war eine super Leistung von dir, und ich muss sagen, das Sheriffrevier war phantastisch.« Charlene hörte sich müde an.

»Oh ja. Es wird jedes Jahr mehr.«

»Das ist ein gutes Zeichen und ein schlechtes«, bemerkte Charlene.

Im Flur war eine laute Stimme zu hören, die näher kam. Harry und Susan sahen einander an, dann Charlene.

Flo Rice stürmte herein. Esther folgte ihr, völlig außer Atem.

»Wo sind die Finger?«, brüllte Flo. »Ich will die Finger sehen. Waren sie knochig, oder hatten sie Fleisch dran?«

»Flo, das reicht.« Wutschnaubend trat Esther neben ihre Schwester. »Die Finger sind weg.«

»Du lügst! Hier sind zwei Finger. Das stand in der Zeitung.« Flo schob trotzig die Unterlippe vor.

Charlene sagte beschwichtigend: »Flo, Sie haben recht. Hier waren Finger, aber der Sheriff hat sie mitgenommen.«

Flo dachte darüber nach, denn sie war eher geneigt, Charlene zu glauben.

Esther übergab Charlene einen Umschlag. Leise sagte sie: »Ein kleiner Beitrag. Es tut mir leid, dass wir bei den Lieferungen nicht helfen konnten.«

Die Mäntel ausgezogen, die Ärmel hochgekrempelt, und schon waren Harry und Susan bereit, aufzuräumen und sich dann nach St. Lukas zu begeben, um dort dasselbe zu tun.

Charlene meinte: »Mädels, bemüht euch nicht. Die Jungs sind gleich wieder da, und glaubt mir, sie arbeiten härter und schneller als wir.«

Das brachte alle zum Lächeln, außer Flo, die von Harry gebannt zu sein schien. »Woher haben Sie das?« Sie packte Harrys Handgelenk, an dem sie das gefundene Armband trug.

»Ah.« Harry versuchte vergeblich, Flos Hand sanft zu entfernen.

»Geben Sie es her!«

»Flo, was ist los mit dir? Du kannst anderen Leuten ihren Schmuck nicht wegnehmen.« Esther löste die Hand ihrer Schwester von Harrys Arm. »Das ist ein altes Stück. Entzückend.«

»Ich will's haben. Es gehört mir!«, kreischte Flo.

»Flo, so ein Armband hast du nie gehabt.« Esther war unnachgiebig. »Hör augenblicklich auf damit.« Esther bugsierte Flo unter den Augen der Frauen energisch hinaus.

»Geben Sie's her! Geben Sie's her!«, brüllte Flo.

Noch nachdem die Tür sich hinter ihnen geschlossen hatte, konnten die anderen Flo hören, während sie von Esther den Flur entlanggeschoben wurde. Die drei schwiegen, dann sagte Charlene: »So ein Jammer. So ein Riesenjammer!«

22

Die seit Jahrtausenden mit Feierlichkeiten begangene längste Nacht des Jahres bewahrt ihre urtümliche Kraft. Alle Tiere sehen das Schwinden des Lichts, aber nur das Tier namens Mensch ersinnt Lichtfeste, um es von sich fernzuhalten.

Harry und Fair saßen mit Geschenkpapier, Bändern und zwei Scheren am sauber abgewischten Küchentisch und verpackten Geschenke.

Die Pferde waren versorgt. Alle waren zur Nacht drinnen, mit frischem Wasser, sogar für Simon gab es Leckereien auf dem Heuboden, und Harry und Fair konnten sich auf Weihnachtspflichten konzentrieren. Sie schnitten Papier zu, ringelten Bänder, gestalteten große Schleifen.

»Deine Mutter war gut in so was.« Fair betrachtete eine altertümliche Wasserwaage. Er meinte, das Werkzeug werde Blair gefallen, einem jungen Freund.

Blair war mit Little Mim verheiratet und vor kurzem Vater geworden. Sie wurden mit Babygeschenken überschüttet. Fair hatte deshalb etwas für Blair persönlich finden wollen.

»Schatz, die Kanten der Wasserwaage sind ein bisschen scharf. Du brauchst dickeres Papier.«

»Oh.« Fair zeigte auf einen dicken rot eingefärbten Bogen. »Das da.«

Harry nahm den Bogen in die Hand. »Ja, aber pass an den Ecken auf.«

»Ist das nicht Frauenarbeit?«, frotzelte er.

»Nicht für diese Frau.« Sie nahm einen Scherenhebel und zog ihn an dem Band von der großen Spule entlang.

Die graue Katze rannte damit los, wobei sie das Band abwickelte.

»Hey! Hey!« Harry lief der Katze nach, die das Band fallen ließ und weiterrannte.

»Sie ist plemplem.« Tucker war davon überzeugt und gab ihr Urteil viel zu oft ab.

»Harry hat mal gesagt, dass es Weihnachten mit Geisteskranken schlimmer wird. Mehr Leute werden depressiv. Massenhaft Stress. Mehr Suff.« Mrs. Murphy, die auch von den Bändern und dem Einwickelpapier fasziniert war, hielt sich vorerst zurück.

»Das hört sich nicht direkt nach Feiertagen an«, sagte Tucker. Die gutmütige Hündin nagte an ihrem Spielknochen.

»Samstag. Weißt du noch, wie wir auf Samstage hingelebt haben?« Harry stand auf, um einen besseren Blickwinkel beim Binden einer Schleife zu haben.

»Meistens hab ich mich von der Bolzerei auf dem Footballfeld erholt.«

»Gut gemacht.« Sie reichte ihm grünes Band. »Passt besser zu dem Papier.«

»Oh.« Er nahm das Band und wechselte das Thema. »Manchmal denke ich über die Wochentage nach, die nach Göttern benannt sind, meistens nach nordischen Göttern. Sicher, der Samstag geht auf Saturn zurück, und der ist ein eigenartiger Bursche, ob er sich nun Saturn nennt oder den griechischen Namen Kronos benutzt. Ich frag mich, warum wurde er geehrt und nicht, sagen wir, Poseidon oder Neptun? Dann denke ich an Jupiter oder Zeus. Ist schon ein bisschen verwirrend.«

»Ja, wir haben Thor- und Odintag.« Sie zwirbelte eine große kunstvolle Schleife. »Saturn ist eine eigenartige Wahl, aber auch eine Mahnung. Er erteilt harte Lektionen, die wir wohl lernen müssen.«

»Hm-m-m, es hat mir Spaß gemacht, als wir die Sagen gelesen haben. Weniger Spaß hatte ich, als wir die Dichtung des zwanzigsten Jahrhunderts lesen mussten.«

»Fair, wir haben etwa vier Gedichte gelesen.«

»Und keins hat mir gefallen.« Er lächelte.

Harry stand wieder auf und trat an das Küchenfenster über dem Spülbecken. »Mann, ist das dunkel. Kein Wunder, dass es die Saturnalien gab, dann Weihnachten, die Wintersonnenwende – alles Feste aus vorchristlicher Zeit. Weil wir sie nicht abschaffen können, vereinnahmen wir sie.«

»Und vieles mehr.« Er hatte Blairs Geschenk fertig verpackt. »Was meinst du?«

»Er wird es in die Hand nehmen und gespannt sein, was es ist, zumal wenn er es schräg hält und die Wasserwaagenmarkierung fühlt, das Röhrchen mit Flüssigkeit.«

»Meinst du, sie wird ihm gefallen?«

»Klar gefällt sie ihm, sind ja schließlich keine Babyschühchen. Das Baby ist zu klein und weiß nichts von Weihnachten. Drum beschenkt man die Eltern. Das beste Geschenk wäre allerdings, wenn sie eine Nacht durchschlafen könnten.«

In der Ferne hörten sie Odins langgezogenes schrilles Heulen.

Harry hörte einen anderen Kojoten antworten. »Wie viele mögen da draußen sein, was meinst du?«

»Wenn man einen sieht, dann weiß man, dass irgendwo eine Familie ist. Sie haben sich hier eingenistet. Die werden wir nie mehr los.«

Fair griff nach einem Navi, das Reverend Jones für sein Auto zugedacht war.

»Fair, in dem neuen Transporter, den die Kirche ihm gekauft hat, ist ein Monitor am Armaturenbrett.«

»Ich weiß, aber das hier kann er mitnehmen, wenn er beim Angeln ist.« Fair griff nach Glanzpapier in Grün metallic. »Schatz, du hast das Gerät vorgeschlagen, weil er so viel herumschweift, wenn er angeln geht.«

»Oh ja, kann sein, dass der Vorschlag von mir war. Ich weiß nicht, Fair. Es ist so viel passiert. Ich bin vergesslich geworden. Zerstreut. Ich hab vergessen, dir zu sagen, dass Rick, Cooper und noch ein paar Leute vom Revier Montag auf den Berg fahren und sich unser Skelett angucken wollen. Dieses letzte Wochenende haben sie alle für Einkäufe gebraucht.« Sie sah zum Himmel hoch, dann hinüber zu der Chinesenhutlampe an der Kante des Stalldachs. Die Heubodenpforte darunter war dicht geschlossen, genau wie sämtliche Stalltore. »Es schneit wieder. Das war nicht im Wetterbericht.«

Fair stand auf und trat neben sie. »Wer kann schon das Wetter an Berghängen oder auf Berggipfeln vorhersagen?«

»Ich sage vorher, dass wir eingenebelt werden«, erwiderte Harry.

Pewter zockelte wieder in die Küche und sprang auf den Tisch. Mrs. Murphy leistete ihr Gesellschaft. Tucker verzog sich wohlweislich in ihr Bett. Diesen Katzen war in der Umgebung von Papier oder Bändern nicht zu trauen. Sie waren von Papier besessen.

Während die Katzen sondierten, womit sie spielen wollten, betrachteten die Menschen den im Schein der Chinesenhutlampe schimmernden Schnee. Er fiel nicht heftig, aber ein paar Flocken rieselten herab.

Odin heulte wieder.

Die drei Tiere sahen einander an. Die Katzen sprangen auf die Küchenanrichte. Auch sie spähten aus dem Fenster.

Odin heulte: *»Gefahr!«*

23

Am letzten Sonntag im Advent, einem besonderen Sonntag in dieser herrlichen Zeit, wurden in St. Lukas eine spezielle Liturgie und besondere Choräle und Gewänder eingesetzt, genau wie in den Hochkirchen, und zwar der katholischen und der episkopalischen Kirche. Die Baptisten und Evangelikalen feierten vermutlich am meisten, aber natürlich ohne Gewänder oder Ausschmückungen. Die griechisch-orthodoxe Kirche an der Route 250 würde weitere zwei Wochen nicht feiern, weil sie noch nach dem julianischen Kalender rechnete.

Nach dem Gottesdienst ließen Harry, Susan, BoomBoom, Alicia sowie diverse Ehemänner und Helfer sich im Begegnungsraum nieder, der jetzt aufgeräumt und sauber war. Auf einem Tisch standen noch ein paar verspätete Spendenkartons.

»Was machen wir mit denen?« Harry steckte die Nase hinein.

Susan, die alles durchgesehen und die Spenden organisiert hatte, erwiderte: »Die bring ich morgen weg. Cooper hat mir noch ein paar Namen gegeben.«

»Haben die anderen Kirchen auch verspätete Kartons gekriegt – Lebensmittel und so was?«, fragte Harry.

Susan nickte. »Cooper hat allen Zusatznamen gegeben, je nachdem, wo die Kirche oder Pfarrgemeinde ist. Sie und das Sheriffrevier haben uns fabelhaft unterstützt.«

Fair bückte sich, um die drei Katzen zu streicheln, und sagte mit seiner tiefen Stimme: »Coop war besonders fleißig.«

BoomBoom hob Lucy Fur hoch, die der Meinung war, dass sie jede extra Zuwendung verdiente. »Ich glaube, man kann jede Gemeinde nach ihrer Polizei beurteilen«, sagte BoomBoom.

»Warum sagst du das?«, wollte Fair wissen.

»Wenn das Sheriffrevier oder die Polizeikräfte korrupt sind, ich schwöre, dann ist die ganze Justiz in dem Bezirk im Eimer. Und glaub mir, es gibt Ortschaften in Virginia, die haben noch Lehnsherren.« BoomBoom gab Lucy Fur ein Küsschen.

Cazenovia und Eloquenz erkundeten die Kartons, da der Begegnungsraum ihnen bisher verschlossen gewesen war.

»Nix für uns zum Zerfetzen«, murmelte Eloquenz enttäuscht.

»Oder zum Futtern.« Cazenovia schnellte aus dem Karton.

»Ich nehme an, nicht nur in Virginia«, sagte Alicia. »Es muss im ganzen Land Lehnsherren geben. Der sprichwörtliche Hecht im Karpfenteich.«

»Der großes Leid in diesen Teich bringt«, erklärte BoomBoom.

»Andererseits sind solche Ortschaften vielleicht gut geführt, wenn auch undemokratisch«, stellte Harry fest. »Tatsächlich sind sie gut geführt, weil sie nicht demokratisch sind.«

»Aha, unsere Aufklärungsdiktatorin.« Susan bewog Eloquenz, den Karton zu verlassen. Susan klatschte einmal in die Hände. »Das war's. Wir sind durch.« Sie zeigte auf Harry. »Mussolini und ich nehmen das in die Hand. Ihr habt so viel getan. Ich danke euch.«

BoomBoom entgegnete: »Alle haben viel getan, Susan, aber du musstest es organisieren. Wir sind dir was schuldig.«

Harrys Telefon piepte. Sie klappte es auf und las die Nachricht. »Was?«

Alle Blicke richteten sich auf sie, da die anderen ihre bestürzte Miene sahen.

»Schatz, was?«, fragte Fair.

»In St. Cyril sind noch zwei Finger aufgetaucht.« Harry sah fassungslos von ihrem Smartphone hoch.

»Wer hat dir das geschickt?«

»Jessica Hexham. Hier.« Harry drückte BoomBoom das Gerät in die Hand, Alicia las über ihre Schulter mit.

»Hängen im Begegnungsraum am Weihnachtsbaum.« Susan las ebenfalls. »Wie krank ist das denn!«

Alle plapperten gleichzeitig drauflos. Harry hätte den anderen gern von dem Skelett erzählt, hielt es aber für unangebracht. Sie hatte Susan gebeten, morgen vorbeizukommen, weil der Sheriff auf den Berg wollte. Schließlich befanden die Überreste sich in Susans Holzrevier. Sie konnten die Kartons hinterher abliefern.

»Körperteile haben eine Bedeutung«, erklärte Alicia. »Oder vielleicht habe ich zu viele historische Filme gemacht. Köpfe auf Spießen, solche Sachen.«

»Fair und ich haben darüber gesprochen, was die fehlenden Finger bedeuten. Wir kommen nicht dahinter. Den Vogel zeigt man mit dem Zeigefinger, den Stinkefinger mit dem Mittelfinger.« Harry streichelte gedankenverloren Cazenovia, die neben dem offenen Karton saß.

»Ich kenne ein paar Gedichtzeilen von Omar Khayyam.« Alicia zitierte nicht ganz richtig: »›Der rege Finger schreibt, und ward etwas geschrieben, wird durch frommen Geist kein Wort zurückgetrieben.‹«

24

Harry stapfte durch leichtes Schneegestöber und stellte fest, dass an den letzten Tagen auf dem Berg vielleicht zehn Zentimeter Schnee gefallen waren. Oft türmten sich auf dem Gipfel Wolken, häufte sich auf dem Bergrücken Schnee, der auf tiefergelegene Wiesen, Weiden und Straßen abrutschte. Der Osthang des Blue Ridge konnte die Heftigkeit von Regen, Graupel oder Schneefall nicht vermindern. Auch blies der Wind einem nicht direkt über den Kopf. Er glitt vielmehr ebenfalls bergab wie ein großer unsichtbarer Schlitten.

Harry und Susan, Cooper und Rick parkten an der Serpentine. Die Tiere blieben bei Harry. Sie war so froh, sie bei sich zu haben, weil sie dachte, Tucker würde sie auf Kurs bringen.

Ihre und Fairs Fußspuren waren verschwunden, aber beim Weitergehen sah sie vorne den großen entwurzelten Baum.

»Los, kommt.« Mrs. Murphy rannte, so schnell es die gegebenen Umstände zuließen. Die anderen zwei folgten ihr.

Die Menschen kamen kurz darauf hin.

Harry hob verwundert die Stimme. »Ich schwöre, dies ist die Stelle.«

Zwischen den Wurzeln war kein Skelett.

Cooper zweifelte nicht an ihrer Freundin und Nachbarin. Harry mochte an falscher Stelle ihre Nase reinstecken, aber sie neigte nicht zu Sinnestäuschungen oder Lügenmärchen.

Pewter, die diesmal nicht wegen Odin hier oben festsaß, achtete aufmerksam auf alles. Sie ging vorsichtig in die Grube, steckte den Kopf unter Wurzeln.

Während die graue Katze sich umsah, blickten die Menschen hinunter.

Rick deutete. »Spuren. Sind kaum zu erkennen.«

Cooper trat hinzu, Harry ebenso. Sie verfolgten mit den Augen die Menschenfußspur, die geradewegs nach oben führte. Wären sie ihr zu Fuß gefolgt, hätten sie unter guten Bedingungen eine Stunde gebraucht.

»Harry, auf dem Gipfel gibt es doch einen Fußweg, oder?«, mutmaßte Cooper.

Harry kniete sich hin, und Susan sagte: »Da oben gibt es Hochwiesen. Wenn man sechs Kilometer nach Norden fährt, kommt man zu dem Kloster. Die Hochwiesen wurden im Sommer von Farmern beiderseits der Berge für ihr Vieh genutzt. Dafür gibt es Feldwege, aber nur wenige abwärts führende Straßen, die mit einem Wagen befahren werden könnten. Das Kloster hat sie verpachtet, und Mary Pat« – eine seit langem verstorbene reiche Dame – »hat hier oben mehrere tausend Morgen Land besessen, das die Regierung in den 1930ern gekauft hat.«

»Kann ein Jeep die Straßen bewältigen?« Rick folgte Coopers Gedankengang.

»Mit einem guten Fahrer. Die nächste Auffahrt von hier schlängelt sich im Zickzack zum Kloster. In Serpentinen, aber es ist zu schaffen. Die nächste, die breit genug ist, ist unten bei Royal Orchard.« Harry nannte einen großen, imposanten Privatbesitz. »Meilenweit weg.«

»Kojotenspuren, meistens schneebedeckt.« Tucker verwies darauf.

Harry war so vernünftig, in dieser Situation auf ihren Hund zu achten. Sie folgte den Spuren, da sie parallel zu den noch schwach sichtbaren Menschenspuren verliefen.

»Coop.« Harry wies darauf.

»Ist es möglich, dass Kojoten die Knochen genommen haben?«, fragte Cooper.

»Sie hätten ein paar nehmen können, aber dann gäbe es runtergefallene Teile, oder wir würden Schleifspuren sehen«, antwortete Harry.

Die vier Menschen standen da, zusammen mit Tucker, die Blicke nach oben gerichtet. Rick zog sein Telefon hervor, fluchte, steckte es wieder ein. Cooper sprach aus, was auf der Hand lag: »Kein Netz.«

»Fahren wir wieder runter, damit ich telefonieren kann«, sagte Rick. »Ich will einen Trupp hier oben haben und einen auf dem Gipfel.«

»Kennt jemand im Revier die eine oder andere Straße zum Gipfel?«, fragte Harry.

»Die Klosterstraße«, sagte Rick. »Ab und zu kriegen wir im Sommer einen Anruf wegen eines verirrten Wanderers. Ich will, dass Leute von da oben hier runterkommen und umgekehrt. Und es ist nicht mehr lange hell.« Rick machte sich auf den Rückweg.

»Warte«, rief Mrs. Murphy, die jetzt bei Pewter in der Grube war.

Harry ging knapp dreißig Meter zu ihnen zurück. Die Pupillen der zwei Katzen waren riesengroß.

Pewter, die etwas im Maul hatte, kletterte mühevoll herauf.

Mrs. Murphy, die auf einer kolossalen Baumwurzel balancierte, stieg höher. Sie sprangen auf die schneebedeckte Erde.

Cooper kniete nieder. »Pewter. Miezekätzchen.«

Pewter sah sie an und rührte sich nicht.

»Pewter, komm jetzt.« Harry kniete auch nieder.

Freudig erregt, weil sie im Mittelpunkt stand, starrte die graue Katze einfach zurück, die Kinnbacken fest angespannt.

»Pewter, das hat für dich keinen Wert«, tadelte Mrs. Murphy.

»Chef, kommen Sie zurück«, rief Cooper über die Schulter.

Rick kehrte um.

Pewter ließ von ihrer Beute ab, just als Rick bei ihnen ankam.

Cooper hob mit ihren dicken Handschuhen die Beute auf und hielt sie in der Hand.

Rick schrie nahezu: »Teufel noch eins, was soll das mit den Fingern!«

In Harrys Küche wärmten Susan, Mrs. Murphy, Pewter und Tucker sich auf, bevor es ans Ausliefern der letzten gespendeten Weihnachtskartons ging.

»Ich hab mich da oben erkältet.« Susan legte ihre Hände um einen Becher mit Kakao, den Harry ihr gemacht hatte.

Susan trank manchmal sogar im Sommer heißen Kakao, weil sie den Geschmack so liebte.

Harry leistete ihr Gesellschaft. Die Tiere drängten sich in Tuckers Bett zusammen, weil es größer war.

»Pewter« – Harry sah zu der grauen Katze hinüber, die den Schwanz über die Nase geringelt hatte –, »du kriegst den goldenen Stern.«

»Thunfisch«, sprach sie durch ihr Schwanzfell.

»Weswegen bist du da runtergesprungen?«, fragte Mrs. Murphy.

»Weißt du noch, wie Odin mit einem Teil von dem Arm über die hintere Weide rannte und das Armband runtergerutscht ist?«, rief Pewter ihr in Erinnerung. *»Ein paar Knochensplitter sind mit dem Armband runtergefallen. Ich dachte mir, wenn jemand das Skelett bewegt hat, könnten dabei Knochen abgefallen sein. Ich musste nichts tun, als um den frischen Schnee drumrum zu buddeln.«*

»Schlau«, lobte Tucker die Katze, die sie generell zum Wahnsinn trieb.

Mrs. Murphy stimmte in das Lob ein, das Pewter ein ausgiebiges lautes Schnurren entlockte.

»Ich beneide sie.« Susan lächelte die Katzen an. »Owen ist außer sich, wenn ich nach Hause komme, froh über jede Aufmerksamkeit. Wir verlangen zu viel.«

»Ja«, stimmte Harry zu und nahm einen leckeren Schluck. »Nicht so gut wie Mirandas, aber nicht übel.«

»Ich finde, dein Kakao ist so gut wie ihrer. Davon abgesehen ist sie eine Klasse für sich, wenn's um Kreativität geht, etwa beim Gärtnern. Dieser Blick für Proportion, Farbe, Ausgeglichenheit. Ich glaube, für so was ist man einfach geboren.«

»Susan, dann denkst du, dass es geborene Mörder gibt?«

»Ja.« Eine Pause. »Aber ich vermute, die meisten Morde geschehen umständehalber. Als da wären Bereicherung und Rache, vielleicht sogar, um sich von Schmerzen zu befreien.«

»Was meinst du damit?«

»Eine Mutter bringt ihren Mann um, weil er die Kinder schlägt.«

Hierauf folgte ein sehr langes Schweigen. »Ich persönlich meine, wir sollten ihr die Waffe geben.«

»Sag das nicht in aller Öffentlichkeit. Tausende, vielleicht Millionen meinen, gewalttätige Menschen wie ein niederträchtiger Ehemann können lernen, nicht gewalttätig zu sein. Ich kann fast alle Arten von Gewalt verstehen, außer vielleicht Lustmord, aber schadet einer einem Kind oder jemandem, der sich nicht wehren kann, dann habe ich nicht einen Funken Mitgefühl für den Unmenschen, egal, was mit ihm passiert. Aber ich darf nichts sagen. Mein Mann sitzt im Abgeordnetenhaus.«

»Von dem, was Fair und ich gesehen haben, ist nur ein Knochen übrig mit einem Stück Zeigefinger dran. Ich musste annehmen, das Skelett ist ein Mordopfer. Soweit wir wissen, gab es hier nie Serienmörder. Passiert ist das vor – hm, mindestens einem Jahrzehnt, vielleicht früher? Wir würden uns erinnern.« Harry hielt inne. »Wir hatten seitdem Morde hier, aber waren die Täter erst gefasst, bekam ihr Tun eine verquere Logik.«

»Was ist logisch daran, Finger an einen Weihnachtsbaum zu hängen?« Susans Lippen nahmen wieder Farbe an.

»Es ist logisch für denjenigen, der sie abgeschnitten hat, wer immer das ist. Beide Fingerpaare sind jetzt aufgetaucht. Sicher, man muss das DNA-Zeugs machen, aber wir wissen, dass es die Finger von Pete Vavilov und Lou Higham waren.«

»Pete Vavilov?« Susans Stimme war laut geworden.

»Ach verdammt!« Harry hatte sich verplappert.

»Wieso Pete Vavilov? Er ist an einem Herzinfarkt gestorben.«

»Ja, scheint so, aber –« Harry atmete tief durch. »Als die Sheriffleute zu der Unfallstelle kamen, fehlten der Leiche ebendiese Finger. Sie haben es geheim gehalten.«

»Wozu das denn? Es ist so abartig, sie hätten es bekanntgeben sollen. Das würde den Übeltäter womöglich aus der Reserve locken.«

»Sie haben es umgekehrt gewagt. Nichts sagen und hoffen, dass jemand drüber stolpert.« Harry würdigte beide Vorgehensweisen.

»Weiß Charlene Bescheid? Hat sie auch den Mund gehalten? Wenn ja, dann ist sie ein cooler Typ.« Susan äußerte dies voll Bewunderung.

»Sie weiß es. Ihre Söhne nicht.«

»Jemand gibt einen Fingerzeig«, entfuhr es Susan.

»Wenn man weiß, worauf hingewiesen wird, dann hat man den Mörder.« Harry glaubte daran. »Es ist grotesk, aber nicht so schauerlich wie etwa eine Enthauptung. Du hast recht. Ein Fingerzeig.«

»Zurück zu dem Skelett, das mit den Wurzeln verheddert war.« Susan war besorgt. »Ist es möglich, dass der alte Mord mit diesen neuen Morden zusammenhängt? Ich bin so durcheinander, dass meine Phantasie alles noch schlimmer macht.« Susan seufzte.

»Möglich schon, aber wer an dem Baum begraben wurde, liegt da schon so lange, dass die Wurzeln durchgewachsen sind. Pete und Lou wurden für uns aufgehoben – äh, nicht für uns, aber du weißt, was ich meine –, damit wir sie finden. Mir scheint, der Baummörder wollte, dass die Erinnerung an das Opfer zusammen mit der Leiche verschwand. Der Mörder will uns das unter die Nase reiben, oder demjenigen, den er vernichten will.«

»Harry, warum nicht einfach umbringen, wen er oder sie vernichten will?«

»Vielleicht kann er nicht.«

»Also, ich bin durcheinander, aber jetzt bin ich wenigstens wieder warm.« Susan lächelte matt.

»Lass uns das alles über Heiligabend und Weihnachten vergessen«, schlug Harry vor.

»Da das von dir kommt, will es was heißen.«

»Tja.« Harry stand auf und holte die Morgenzeitung, die sie auf die Küchenanrichte gelegt hatte, die zu lesen ihr aber die Zeit gefehlt hatte. »Vielleicht gibt es ja erfreuliche Nachrichten über den Nikolausfonds.«

Alle Jahre beschaffte die Gemeinde Gelder über einen Nikolausfonds, die tägliche Gesamteinnahme wurde auf der Titelseite der Zeitung abgedruckt. Harry schlug die Zeitung auf, gab Susan die Titelseite und nahm sich den Teil mit den Ortsnachrichten.

»Oh nein«, rief Harry aus.

Susan entriss ihr den Lokalteil und las vor: »Eine Überprüfung durch das Sheriffrevier ergab Unregelmäßigkeiten bei der Buchhaltung von Silver Linings, die eine gründlichere Untersuchung erforderlich machten. Der Interimsbuchhalter, Arden Highams Anwalt Dwayne Pellio, erklärt, seine Klientin werde voll und ganz kooperieren. Sie hat derzeit keine Erklärung abzugeben.« Susan sah Harry an. »Mein Gott, kann Arden eine Kirche oder Wohlfahrtseinrichtung bestohlen haben?«

»Nie im Leben.« Harry schlug auf den Tisch.

»Wieso?«

»Ein Fingerzeig auf sie selbst. Entschuldige den Kalauer. Die Finger waren in ihrem Stiftebecher. Arden mag nicht die Hellste sein, aber blöd ist sie noch lange nicht.«

Susan legte beide Hände an die Wangen, behielt sie kurz dort und ließ sie dann sinken. »Heißt es nicht, manche Verbrecher wollen geschnappt werden?«

»Ich weiß nicht, ob ich das glaube.«

»Immerhin macht Arden die Buchhaltung für Silver Linings.«

»Susan, Arden hat auf keinen Fall eine gemeinnützige Einrichtung bestohlen.«

»Es sind schon seltsame Sachen passiert auf dieser Welt.«

»Seltsame, ja. So dämliche vermutlich nicht.«

25

Harry, Fair, Mrs. Murphy, Pewter, Tucker, die Pferde sowie die Heubodentiere Simon und Plattgesicht, die große Ohreule, packten ihre Gaben erst am Weihnachtsmorgen aus. Matilda, die Kletternatter im Winterschlaf, bekam erst im Frühjahr frische Eier. Harry sah das als Osterpräsent. Es mag seltsam dünken, einer Natter Eier zu schenken, aber eine Kletternatter im Stall leistete ungeheuer viel und vernichtete Ungeziefer.

Die Temperatur stieg bis zum Mittag auf drei Grad. Wasser gluckerte Rinnsteine hinab, lief in Straßengräben. Trotz der Schmelze würde der Schnee nicht verschwinden, solange sich in Mittelvirginia nicht eine Woche warmes Wetter hielt, und auch dann blieb verharschter Schnee in den Spalten an der Nordseite der Berge oder in tiefen, engen Schluchten liegen.

Der wanderdrosseleierblaue Himmel, der Schnee, das stete Tropfen der schmelzenden Eiszapfen, wenn die Sonne auf ihnen stand, erfreuten Harry ohnegleichen. Bei der Arbeit im Freien hielt sie inne und lauschte der Melodie des Wassers.

»Mannomann, das wird den Schnee verhärten«, sagte sie zu ihrer Truppe, als sie die Stallgasse ausfegte.

»Es kommt noch mehr Schnee«, plapperte Mrs. Murphy, die nebenher lief, *»das fühl ich.«*

»Aber sie nicht.« Pewter ruhte auf einer Satteltruhe, auf der vorn in der Mitte Harrys Initialen zu sehen waren.

»Meint ihr nicht, wenn sie draußen still stünde, die Nase in die Luft hielte, würde sie den Rand der Front nicht riechen?« Tucker hatte kein Verständnis für die verminderten Sinneswahrnehmungen der Menschen.

»Nein!«, beteuerte Pewter.

»Wenn die Front näher heranzieht, würde sie sie an der Stelle spüren, wo sie mal einen Knochenbruch hatte«, sagte Mrs. Murphy. *»Heute gegen Abend. Aber Tucker, du weißt, dass sie nicht gut riechen kann. Man muss ihr alles direkt unter die Nase halten.«*

»Ich kann mir nichts Schlimmeres vorstellen«, meinte der unerschrockene Hund.

»Simon hat ein gutes Näschen.« Pewter hatte das Opossum gern. *»Aber er ist ein Nachtgeschöpf, und ich denke, der Geruchssinn ist nachts schärfer.«*

»Ganz sicher.« Tucker unterhielt sich mit Freuden über Geruchssinn, ein Lieblingsthema von ihr. *»Und deswegen sollten Frauen drauf achten, wie viel und welche Sorte Parfüm sie abends auftragen. Der Geruchssinn ist dann immer schärfer. Zu starker Duft, und mir tränen die Augen.«*

»Deswegen besprüht Harry sich mit ihren Amouage-Parfüms.« Mrs. Murphy setzte sich gern auf Harrys kleinen Schminktisch. *»Nur ein Hauch, und es trägt sie durch den Abend. Sie ist klug in manchen Dingen, aber sie verbringt auch viel Zeit mit uns.«*

Ein alter Vierzylindermotor heulte am Ende der langen Zufahrt auf.

Tucker sauste zum Stalltor. *»Fremdling! Fremdling!«*

Ein ramponierter alter Toyota mit einem zurechtgebogenen Drahtbügel als Antenne kam schlitternd zum Stehen. Kein Allradantrieb und schlechte Reifen zeugten davon, dass der Fahrer entweder arm, faul oder blöd war.

Flo Rice kroch heraus und knallte die Tür zu. »Arm« schien ihre Kategorie zu sein.

Als sie den Hund am offenen Tor und dann Harry sah, die sich umdrehte, marschierte sie hinein.

»Geben Sie mir das Armband!«

»Miss Rice, ich bin die ehrliche Finderin dieses Armbands.«

»Wir haben es gefunden!«, prahlte Pewter.

»Wir haben es gefunden!«, stellte Tucker richtig.

»Bockmist.« Die Katze fuhr die Krallen aus. Sie war dank Flos Betragen auf der Hut.

Mrs. Murphy war auf den Heuboden gestiegen. *»Pewter, komm rauf. Wenn's Ärger gibt, können wir runterspringen und die Frau umhauen.«*

»Ich mach den Rest.« Tucker, zu Harrys Füßen, stellte die Nackenhaare auf.

»Wo haben Sie es gefunden?« Flo sah Harry misstrauisch an.

»In der Sattelkammer. Ich zeig's Ihnen.« Harry ging hin, machte die Tür auf, und sie traten ein, Harry voran.

»Mist!«, rief Mrs. Murphy und kletterte geschwind hinunter.

Pewter dachte voraus. *»Wenn wir auf den höchsten Sattel am Ständer kraxeln, können wir uns immer noch auf sie stürzen.«*

»Stimmt.« Mrs. Murphy fegte durch das Tiertürchen der Sattelkammer.

»Der umgedrehte Helm war hier«, erklärte Harry. »Meine Freundin hat ihn aufgehoben, und da ist das Armband rausgefallen. Des einen Lust, des anderen Leid.« Sie lächelte in der Hoffnung, Flos Zorn dämpfen zu können.

»Es gehört Ihnen nicht.«

»Nein. Gehört es Ihnen?«

»Nein, nein, aber ich verdiene es.« Flos Stimme zitterte. »Ich habe schwer gearbeitet und verdiene was Hübsches, das mir gehört.«

»Möchten Sie etwas essen?« Harry überlegte krampfhaft, womit sie Flo ablenken könnte, und hoffte, sie dann ihres Weges schicken zu können.

»Nein.« Sie hielt inne. »Sagen Sie Esther nicht, dass ich hier war, bitte. Sie hasst mich. Sie hat mich immer gehasst.«

»Oh, hoffentlich nicht.«

Froh, von alten Streitigkeiten erzählen zu können, schrie Flo beinahe: »Sie haben keine Ahnung. Ich war die Hübsche. Deswegen hat Esther mich gehasst. Ich hatte mehr Verehrer. Sie hat versucht, sie mir wegzunehmen. *Haha.* Ist ihr nie gelungen. Esther will immer das, was sie nicht haben kann. Wie ich dann aufs College ging, dachte ich, ich bin sie endlich los.«

»Und?«

»Sie ist mir aufs Mary Washington College gefolgt. Sie ist wie eine riesengroße Zecke. Ich hasse sie.«

»Miss Rice, wie bedauerlich.«

»Geben Sie mir das Armband.«

»Nein«, sagte Harry entschieden.

Verzagt fing Flo an zu weinen. »Ich kriege nie was.«

»Miss Rice, bitte. Es tut mir leid, dass Sie verstimmt sind. Es tut mir leid, dass Sie sich von Ihrer Schwester ungerecht behandelt glauben.«

»Nein, tut es nicht. Sie haben was, das ich mir für harte Arbeit verdient habe. Ich kriege nie was. Esther hat mir ein Auto versprochen. Wo ist es? Sie will, dass ich bei einem Unfall in meinem alten Wagen sterbe.« Flo steuerte auf das offene Tor zu, durch das kalte Luft in den Stall wehte. »Ich geh Cletus besuchen.«

Harry, die wusste, es könnte noch mehr Ärger geben, fragte: »Cletus?«

»Wie viele Cletusse kennen Sie denn? Es ist natürlich Mr. Thompson.«

»Ein netter Mensch. Sie wissen sicher, dass Mr. Thompson ein Trinkproblem hat?«

Flo machte auf dem Absatz kehrt, brachte ihr Gesicht dicht an Harrys, worauf Tucker leise knurrte. »Woher wissen Sie, dass er keinen Durst hat?«, fragte sie. Damit stieg sie in ihr Auto und drehte den Zündschlüssel.

Die Katzen, nun zu Harrys Füßen, wichen nur ein Stückchen zurück.

»Lasst uns beten, dass es sie nicht hinschmeißt, sonst sind wir mit ihr aufgeschmissen«, sagte Pewter.

Da das Heck des Wagens ausscherte, nahm Flo kurz den Fuß vom Gas und steuerte dagegen. Ihre Fahrkünste waren auf Draht geblieben.

Sie kurbelte ihr Fenster herunter. »Das wird Ihnen noch leidtun«, warnte sie Harry. »Sie sollten keine Sachen tragen, die Ihnen nicht gehören.« Sie schleuderte aus der langen Zufahrt.

Harry ging wieder in den Stall und machte das große Tor hinter sich zu.

»Verrückte Menschen gibt's«, rief sie aus.

»Die da ist so eine«, bestätigte Pewter, die sich zu den anderen in die Sattelkammer begab. *»Ich bin schachmatt. Ich weiß nicht, wovon ich so müde bin.«*

Die Katze auf dem Schreibtisch wusste keine Antwort.

Tucker schon. *»Wenn die Gefahr vorbei ist, ist man müde.«*

Harry schlug das Telefonbuch auf. Es schien jedes Jahr dicker zu werden. Sie suchte die Nummer von Al Toth heraus und wählte.

»Mrs. Toth, hier spricht Harry Harísteen.«

»Harry, ich würde Ihre Stimme überall erkennen«, erwiderte Esther herzlich.

»Entschuldigen Sie die Störung an Heiligabend, aber Ihre Schwester hat soeben aufgebracht und wütend meine Farm verlassen.«

»Flo? Wütend auf Sie?«

»Ja, Ma'am. Das alte goldene Armband, sie will es haben. Sie sagt, es gehört ihr nicht, aber sie hätte es verdient. Sie war sehr verstimmt.«

Hierauf folgte ein kurzes Schweigen. »Es wird immer schlimmer mit ihr. Tut mir leid, sie – also es ist meine Schuld. Ich will sie nicht in so was wie betreutes Wohnen geben. Sie ist gesund, sie kann ihr kleines Haus versorgen, aber ihr Verstand tut es nicht mehr richtig. Ich bin im Unrecht. Ich mag es nicht eingestehen. Ich will meine Schwester nicht weggeben.«

»Hat sie Sie immer als Konkurrentin gesehen?« Harrys Neugierde ging mit ihr durch.

»Oh, Schwestern streiten sich nun mal, nicht wahr? Ging es nicht um eine Sache, dann um eine andere, aber meist sind wir miteinander ausgekommen. Mit der Verbitterung fing es Ende der 1980er an. Ich denke, ihre Scheidung und dann Mommas Tod haben das ausgelöst.«

»Nennt sie sich deswegen Rice und nicht Mercier?«

»Ich habe ihr empfohlen, unseren Namen wieder anzunehmen, aber sie hatte es satt, die Leute einen französischen Namen falsch aussprechen zu hören. Sie hat sich geweigert, mit Mrs. angeredet zu werden. Ach, ich weiß nicht. Ich zeige nicht mehr Verstand, als sie im Moment hat.«

»Das sind verstörende Neuigkeiten. Und sie ist auf dem Weg zu Cletus Thompson, falls ihr Auto auf dieser Nebenstraße durchhält. Die sollte mittlerweile geräumt sein.«

»Cletus Thompson? Meine Güte.« Esther hörte sich ratlos an. »So, dann fahre ich am besten hin und schaffe sie nach Hause. Es tut mir sehr leid, dass Sie sich an Heiligabend damit abgeben müssen, und ich danke Ihnen, dass Sie mir gesagt haben, wo sie steckt.«

»Trotz allem, frohe Weihnachten.«

»Ihnen auch frohe Weihnachten.«

26

W*ie lange, oh Gott, wie lange noch?«*, jammerte Pewter theatralisch. Sie saß unter dem wohlduftenden Weihnachtsbaum und schlug gleichmütig auf einen Glasschmuck ein.

»Noch eine Stunde«, schätzte Tucker.

»Oder länger«, sagte Mrs. Murphy. *»Sie sind es gewohnt, mit der Sonne aufzustehen, und die geht zurzeit so spät auf. Deswegen stellt Mom den Wecker«*, sagte Mrs. Murphy.

»Nützt aber nichts. Sie dreht sich um und stellt ihn ab.« Pewter richtete ihr Augenmerk auf eine mit silbrigen Schneeflocken verzierte blaue Kugel.

»Nicht immer.« Tucker sah sich veranlasst, Harry zu verteidigen.

»Hast du Odin noch Essen rausgestellt?«, wollte Mrs. Murphy von Tucker wissen.

»Leckere Abfälle, ein paar Plätzchen. Wir können nachgucken gehen, ob er wieder vorbeigekommen ist.«

»Zu kalt!« Auf dem Rücken liegend, schlug Pewter auf alles ein, was sie erreichen konnte.

»Lasst uns wieder schlafen gehen«, schlug Tucker vor. *»Wir werden aufwachen, wenn sie wach sind.«*

»Hmm, in manchen Päckchen ist Katzenminze drin«, sagte Pewter versonnen. *»Ich kann sie riechen. Die Spielsachen haben sie in Ziplocbeutel gesteckt, daher der fiese Hauch Plastik, aber ich kann das Zauberkraut trotzdem riechen.«* Sie hatte ein kleines Zuckerstangen-gestreiftes Päckchen im Auge. *»Machen wir's auf.«*

»Lieber nicht«, empfahl Mrs. Murphy.

»Och, bloß eins«, verlockte Pewter ihre Freundin, ehe sie in eine Ecke der Schachtel biss.

»Mistbande!«, rief Harry, als sie morgens um sieben ins Wohnzimmer kam.

Fair schaute sich die Verwüstung an, dann brach er in lautes Lachen aus. Jedes Geschenk hatte Zahnspuren. Diejenigen, die Katzenminze oder Trockenfutterleckerlis verhießen, waren zerfetzt, die Ecken weggebissen, der Inhalt vertilgt. Das Knistern von Papier und die Gaben selbst waren nur zu aufregend gewesen. Buntes Papier, Bänder, Schleifen lagen überall verstreut herum. Einige Bänder hingen von niedrigen Zweigen.

Die Missetäterinnen, die sich fast alles mit ihren Krallen vorgenommen hatten, waren nirgends zu sehen.

Tucker, wach geworden, tappte in die Küche. *»Ich hab ihnen gesagt, sie sollen das lassen.«*

Stunden später – die Geschenke waren unterdessen ausgepackt, trotz Krallenspuren, und das Chaos war aufgeräumt – erschienen die Katzen, schlenderten durchs Haus, als sei nichts geschehen. Sie gingen sogar so weit, sich an den Beinen der Menschen zu reiben.

»So was Freches.« Harry musste lächeln.

»Frohe Weihnachten«, schnurrte Pewter.

Das Küchentelefon klingelte

»Frohe Weihnachten«, wünschte Cooper, als Harry sich meldete. »Die Gartengeräte sind toll. Keine Ahnung, wie du sie im Schuppen versteckt hast. Aber nach den Anweisungen auf deiner Karte hab ich sie dann gefunden. Schlau gemacht. Danke. Ich schreib dir noch ein geziemendes Dankeschön.«

»Ich dir auch. Fair muss dir gesagt haben, dass ich eine Lampe brauche.«

»Hat er.« Dann fuhr Cooper fort: »Wer weiße Weihnachten wollte, dem wurde der Wunsch dieses Jahr erfüllt.«

»Du klingst ein bisschen gehetzt, oder?« Obwohl ihr ab und zu dies oder jenes entging, hatte Harry die meiste Zeit ein gutes Gespür für ihre Freundin.

»Oh, der Einsatzleiter hat angerufen. Heute haben nicht viele Leute Dienst, drum hat man mich gebeten einzuspringen.«

»Was ist los?«

»Flo Rice wird vermisst.«

Binnen fünfzehn Minuten erschien Cooper bei ihnen vor der Tür.

Sie fuhr ihren Toyota Highlander. Sie hatte ihn zu einem günstigen Preis gebraucht gekauft.

Fair, Harry und die Tiere stiegen in das komfortable Gefährt.

»Du hast die vollzählige Belegschaft.« Harry lächelte.

»Flo könnte schwierig werden, wenn man sie findet«, sagte Fair. »Wenn wir allerdings alle zusammen losfahren, geht es vielleicht schneller. Dann kannst du zum Weihnachtsschmaus zu uns kommen«, lud Fair Cooper galant ein.

»Den Schinken hab ich gestern schon gegart.« Harry ließ sich neben Cooper nieder. »Und ich hab das Armband abgenommen, das du in meiner Sattelkammer gefunden hast. Es bringt Flo in Rage. Wenn wir sie finden, können wir das gar nicht gebrauchen.«

Die Tiere hielten sich bei Fair auf dem Rücksitz auf.

Cooper hatte in ihrer Dienststelle angerufen und den Einsatzleiter informiert, dass ihre Nachbarn ihr bei der Suche nach Flo Rice halfen. Da Feiertag war und das Revier nur notdürftig besetzt, hatte der Einsatzleiter keine Einwände. Das war ohnehin Ricks Bereich. Warum ihn am Feiertag zu Hause stören?

»Was hat Esther denn über Flo gesagt?«, fragte Harry. »Ich nehme an, sie hat sie als vermisst gemeldet.«

»Nicht viel«, antwortete Cooper, die aus der Zufahrt setzte. »Sie hat gestern Abend mit ihrer Schwester gesprochen, und abgesehen von ihrem Griesgram wirkte Flo nicht schlimmer als sonst.«

»Meinst du, es ist senile Demenz?«, wollte Fair wissen.

»Wer weiß? Mit solchen Menschen ist oft schwer umzugehen. Alzheimerpatienten sind manchmal auch schwierig. Sie sind verwirrt, verschiedene sind verängstigt, andere werden zornig. Viele widersetzen sich, und man will keinesfalls einen alten Menschen vor den Kopf stoßen. Manche wollten auf mich einprügeln. Zum Glück sind ihre Reflexe nicht mehr so gut. Es ist ziemlich leicht, ihnen auszuweichen.«

Bei Flo zu Hause fanden sie die Tür unverschlossen vor, und ihr Auto war fort. Ihr Hund war auch nicht da, und das Kaminfeuer war erloschen. Es war kalt im Haus.

»Lasst uns ganz schnell wieder Feuer machen«, sagte Fair, der am Kamin kniete. »Sonst frieren ihre Rohre ein.«

»Fair, sie kommt vielleicht nicht nach Hause.« Harry sprach einen finsteren Gedanken aus.

»Kann sein, aber wenn doch, soll sie an Weihnachten wenigstens in ein bisschen Wärme kommen.«

Cooper sah sich in den Zimmern um. »Kein Baum. Keine Karten. Wie traurig.«

Harry seufzte. »Kann man nichts machen.«

Fair fachte das Feuer rasch an, stellte das Kamingitter wieder auf, und sie gingen.

»Hat jemand ihr Auto gesehen?«, fragte Harry.

»Wir haben das Kennzeichen durchgegeben, aber nur wenige von uns haben Dienst. Esther erwähnte, dass sie zu ihrer Schwester gesagt hat, sie solle Cletus besuchen. Sie sollte irgendwem ›Frohe Weihnachten‹ wünschen. Womöglich hoffte Esther, jemand anders würde sich für ein Weilchen mit Flo beschäftigen.«

»Ich weiß genau, wo Cletus wohnt.« Harry beschrieb Cooper den Weg. »Fair und ich waren auf der Highschool seine Schüler.«

Fair kramte in seinen Taschen. »Wenn wir Mr. Thompson aufsuchen, sollten wir ihm nicht was zu Weihnachten schenken?«

»Susan und ich haben ihm Sachen von der Kirche vorbeigebracht. Das muss reichen.« Harry drehte sich zu Fair auf dem Rücksitz um.

»Er wird uns sehen. Das ist eine Festfreude«, entgegnete Pewter selbstgefällig.

Als sie zu Cletus Thompsons Haus kamen, fiel Harry auf, dass die Einfahrt freigeschaufelt war.

Die drei Menschen gingen zur Haustür, gefolgt von den Katzen und dem Hund. Fair klopfte an.

Kurz darauf machte Cletus auf und lächelte. »Harry, Fair, kommen Sie rein.«

Harry, stets auf ihre Manieren bedacht, stellte Cooper vor. »Mr. Thompson, Deputy Cooper. Mr. Thompson, das ist unsere Freundin und Nachbarin.«

»Kommen Sie, kommen Sie mit rein.« Mit einer Handbewegung bedeutete er ihnen einzutreten. »Hund und Katzen auch. Mein alter Hund Terminator schläft in der Küche. Ihr könnt ihn besuchen.«

Zwar hing Whiskeygeruch in seiner Kleidung, er wirkte aber durchaus nüchtern.

»Mr. Thompson –«, begann Cooper.

»Deputy, sagen Sie Cletus zu mir, und bitte setzen Sie sich. Macht mich nervös, wenn Sie alle rumstehen. Setzen.«

Tucker, unterwegs zur Küche, setzte sich, merkte dann aber, dass der Befehl nicht ihr gegolten hatte. Sie stand auf und tappte in die Küche, wo es wärmer war als in dem spärlich geheizten Wohnraum.

Cooper setzte sich. Der alte Ohrensessel wackelte ein bisschen, dann fing sie noch einmal an: »Wir fragen uns, ob Sie Flo Rice gesehen haben.«

»Nein. Ich hoffe, es geht ihr gut.«

»Das hoffen wir auch.« Cooper fuhr fort: »Sie ist einfach auf und davon. Ihre Schwester sagt, sie haben gestern Abend geredet. Sie haben sich nicht gut verstanden, und jetzt kann sie Flo nicht finden. Sie hat erwähnt, dass sie mit Ihnen befreundet sind.«

»Ich kriege Flo nicht oft genug zu sehen, aber sie ist ein braves Mädel. Sie und Esther haben sich schon seit Jahren in der Wolle. Sie standen sich mal nahe, aber« – er zuckte die Achseln – »ich weiß nicht recht, was passiert ist. Sobald Esther verheiratet war, hat es sie auseinandergetrieben.«

In der Küche sprachen die drei Tiere mit dem alten Hund. Halb blind, fast ganz taub, hob er die altersfleckige Nase, um zu schnuppern. Zum Glück hielt sein dichtgewelltes braunes Fell ihn warm.

»Wer ist da?«

»Ich bin Tucker«, rief die Corgihündin vernehmlich. *»Ich habe zwei Katzen mitgebracht, Mrs. Murphy und Pewter.«*

»Wenn ihr zu mir auf die alten Handtücher krabbelt, habt ihr's wärmer«, bot Terminator ihnen an.

»Danke schön«, erwiderte Mrs. Murphy. *»Wir sind nur auf einen Kurzbesuch hier. Unsere Menschen besuchen deinen.«*

»Das ist gut. Cletus ist zu viel allein, und ich baue ab«, sagte der kleine Hund geradeheraus. *»Ich bin nicht mehr lange auf der Welt. Ich will nicht, dass er allein ist.«*

»Wir hoffen, du irrst dich«, rief Tucker laut.

»Danke, aber ich könnte mich ebenso gut damit abfinden.« Seine milchigen Augen schauten unter struppigen Brauen hervor. *»Seht zu, dass ihr eure Leute dazu bringt, ihn zu besuchen.«*

»Wir wollen uns bemühen«, erwiderte Mrs. Murphy. *»Ist dieser Tage mal jemand hier gewesen? Flo Rice?«*

»Kein Mensch.«

»Die Leute denken, Flo ist schwierig, übergeschnappt«, sagte Tucker. *»Was denkst du?«*

»Zornig vielleicht, aber nicht übergeschnappt. Wenn sie herkommt, spricht sie mit Cletus über alte Zeiten und heutige Sachen.«

»Hoffentlich sehen wir dich mal wieder.« Mrs. Murphy hörte die Menschen nebenan aufstehen.

»Ganz meinerseits. Es ist nett, sich mit jemand zu unterhalten, der einen versteht.« Er kicherte.

Als sie wieder in dem Highlander saßen, telefonierte Cooper, um zu hören, ob Flos Auto gefunden worden war. Niemand hatte es gesehen.

»Hat jemand im Leichenschauhaus nachgeforscht?«, fragte Harry.

»Ich hab dort angerufen, bevor ich Esther Toth anrief. »Beten wir, dass Flo noch am Leben ist.«

Fair, der Pewter auf dem Schoß hatte, griff an die Rückenlehne von Harrys Sitz. »Ich hab 'ne Idee. Fahr zu der alten Valencia-Farm.«

»Wo ist das?«

»In Free Union. Ich würde dir ja sagen, fahr hinten rum, aber ich weiß nicht, ob die Straßen geräumt sind. Außerdem wird da die Brücke gebaut.«

Sie fuhren die ganze Strecke bis zum Hunt Country Store, hielten sich nach links und fuhren durch sanft geschwungene weiße Felder. Die Zäune waren mit Girlanden umwunden, und fast jedes Tor hatte einen Buchsbaumkranz oder einen immergrünen mit Rosen aus roten Beeren.

»War früher mal Jagdgebiet. Deswegen heißt das Geschäft Hunt Country Store – Jagdgebietsladen.«

»Heute ist es Dollargebiet.« Fair lachte. »Zugegeben, die meisten kaufen ein Pferd oder zwei, aber das Land ist total parzelliert. Passiert eigentlich überall.«

»In Tornado Alley kann man sicher noch günstiges Ackerland finden.« Cooper sprach von dem Gebiet im Südwesten und mittleren Westen, wo die Killerstürme häufig wüten.

»Klar.« Fair lehnte sich zurück, was Pewter sehr behagte. »Großartiges Land da draußen, gute Heugegend, gutes Vieh und auch gute Menschen.«

»Ich hab nie jemand aus der Gegend getroffen, der ein Faulpelz wäre«, fiel Harry ein.

Cooper überlegte kurz und sagte dann: »Wenn Leute neu hierherziehen, denken sie, Südstaatler sind faul.«

Harry und Fair lachten, dann sagte Harry: »Das denken sie so lange, bis sie an dem ersten stickig heißen Tag versuchen zu arbeiten, wie sie es in ihrem Tempo im Norden gewöhnt waren. Sie fallen um wie die Fliegen! Niemand kann gegen die südliche Hitze an. Man muss seine Kräfte einteilen und mit ihr arbeiten.«

»Schwierig, sich heute an die schwülen Tage zu erinnern.« Fair beugte sich wieder vor, da die graue Katze murrte. »Fahr langsamer, Coop. An der Gabelung links. Nach drei Kilometern geradeaus siehst du einen weißen Zaun, ein Flusssteintor mit einer großen Messingtafel, auf der ›River Run‹ eingraviert ist. Das ist die alte Valencia-Farm.«

»Das Watts-Gut.« Cooper kannte das Anwesen nach dem Namen des jetzigen Besitzers. Ein schönes Fleckchen.«

»Als es Mrs. Valencia gehörte, hat sie tolle Picknicks veranstaltet«, sagte Harry. »Sie hat alle Welt eingeladen, Arbeiter, Grundbesitzer, jedermann vom Jagdverein, von den Kirchen, die Spielkameraden ihrer Kinder. Irre Feste. Was waren das für herrliche Zeiten. Vielleicht liegt es an mir, aber ich finde, die Leute waren damals aufgeschlossener.« Sie erspähte vorne das Steintor.

»Andere Zeiten«, sagte Fair. »Auch wenn jemand mit Mrs. Valencias Mitteln ihre Herzlichkeit, ihre Dünkellosigkeit aufweisen und Feste veranstalten würde, wer würde kommen? Wie viele Leute haben die Zeit, sich so zu amüsieren wie einst als Kinder?« Fair strich sich mit dem Zeigefinger unter der Nase entlang, befühlte die Stoppeln, dabei hatte er sich an diesem Morgen rasiert. »Alle arbeiten pausenlos. Ich ganz bestimmt.«

»Wenn man die Zeit hat, hat man kein Geld. Wenn man Geld hat, hat man keine Zeit«, erklärte Harry lapidar.

Cooper fuhr zum feudalen Haupthaus von River Run. Sie war in Uniform, und als Horace Watts die Tür öffnete, wurde sein Gesichtsausdruck schnell einladender. Sie erklärte, weshalb sie hier war. Er nickte zustimmend, dann schloss er die Tür, ohne auch nur andeutungsweise ein frohes Fest zu wünschen.

»Wie bei Comfort und Joy.« Cooper verzog das Gesicht, kaum dass sie wieder im Wagen saß.

»Er behandelt seine Pferde gut, aber sollte irgendwer vom Geist der vergangenen Weihnacht heimgesucht werden, dann ist es meines Erachtens Horace Watts.« Fair lachte.

»Schatz, wohin soll Coop fahren?«

»Fahr zu dem Stall mit der Doppelkuppel. Gut, dass alles freigeschaufelt ist. Stell den Wagen vor dem Stall ab.«

So leise sie konnten, öffneten sie zu dritt das schöne große Flügeltor aus schwerer Eiche, in das oben eine Glasscheibe eingelassen war, und machten es hinter sich zu. Innen war der Stall ebenfalls aus schwerem Eichenholz; Messingbeschläge schimmerten, und ein handverlegter Ziegelfußboden machte die warme Atmosphäre des Stalles komplett.

Harrys Stall, ebenfalls mit einer Stallgasse aus handverlegten Ziegeln, war um dieselbe Zeit gebaut worden wie der von River Run, aber von ihren Vorfahren, Menschen mit bescheideneren Mitteln. Fair ging zur halb verglasten Sattelkammertür.

Ein kleiner Hund bellte. Tucker bellte zurück.

»Still«, flüsterte Harry.

Fair öffnete die Tür, Cooper trat ein. »Miss Rice, Sie haben uns aber einen Schrecken eingejagt.«

»Ich mach doch gar nichts«, verteidigte Flo sich. Sie saß auf einem Stuhl, der hinten mit dem Namen der Farm beschriftet war.

»Tatsächlich, Ma'am, sind Sie unbefugt eingedrungen«, teilte Cooper ihr mit.

»Ich habe früher hier gearbeitet. Ich könnte diesen Betrieb noch leiten, und ich verbrauche nicht Mr. Watts' Geld. Ich lese mit Taschenlampe.« Sie blieb auf dem Stuhl sitzen.

»Ma'am, das sehe ich, und hier drin ist es mit Sicherheit wärmer als zu Hause, nicht?«

»Schon, aber ich habe seine Fußleistenheizung nicht aufgedreht. Sie war an, vermutlich damit die Rohre im Klo nicht einfrieren. Ehrlich, ich habe sie nicht aufgedreht, und Mr. Watts kommt nicht mal kontrollieren.«

In der Hoffnung, sie aufzuheitern, sagte Fair: »Sie könnten bestimmt den Betrieb leiten, Miss Rice. Sie wissen, Mr. Watts hat alle seine Pferde den Winter über in Camden, South Carolina. Dennoch muss man einen Betrieb am Laufen halten.«

»Muss man«, erwiderte sie. Ihr Hund Buster sprang auf ihren Schoß.

Cooper fragte: »Wo ist Ihr Auto?«

»Was geht Sie das an?«, blaffte Flo.

»Miss Rice, wir versuchen zu helfen.«

»Ich sag's nicht.«

»Nun, hier können Sie nicht bleiben, darum muss ich Sie im Streifenwagen nach Hause bringen. Wie wollen Sie zurechtkommen? Vielleicht holt Ihre Schwester Ihr Auto ab, wenn Sie es uns nicht sagen wollen, aber Sie müssen weg von hier.« Coopers Ton war freundlich, aber bestimmt.

»Meine Schwester! Haha.«

»Miss Rice, Deputy Cooper hat recht«, sagte Harry. »Sie sind unbefugt eingedrungen. Sie möchten doch nicht, dass Mr. Watts Sie verklagt.«

»Watts, was weiß der denn schon? Ich habe bei Mrs. Valencia gearbeitet, als dies ein nobles Gestüt war. Mrs. Valencia hat nie eine Kurve oder Person geschnitten. Sie war vornehm. Die neuen Besitzer können sich nicht benehmen. Sie wissen nicht, was von ihnen erwartet wird. Man kümmert sich um die Menschen, die für einen arbeiten. Wer einen alten virginischen Besitz kauft, muss den Anforderungen genügen.«

Fair lächelte sie an. »Miss Rice, Sie haben recht.«

Hierüber erfreut, streichelte sie Buster, der an den drei Tieren interessiert war und umgekehrt.

Cooper ließ nicht locker. »Ma'am, suchen Sie Ihre Sachen zusammen.«

»Ich habe nichts. Eine Zahnbürste.«

»Miss Rice, bitte zwingen Sie Deputy Cooper nicht, weitere Beamte zu rufen, weil Sie ihr nicht entgegenkommen«, redete Harry auf sie ein. »Wenn Sie entgegenkommend sind, ist alles gut.«

»Stimmt.« Fair strahlte Flo an. »Und wo ist jetzt Ihr Auto?«

Sie rutschte kurz auf ihrem Stuhl herum, dann sah sie den großen, kräftig gebauten Mann an. »Stall nebenan. Der Deckstall. Bin direkt reingefahren. Ist kein Mensch drin.«

»Kann ich den Schlüssel haben?«, fragte er.

»Steckt«, antwortete sie.

»Gut. Ich fahr hinter euch Mädels her« – bei »Mädels« sah er Flo an –, »und wir treffen uns bei Ihnen zu Hause. Ich gebe gut auf Ihr Auto acht.«

»Bei mir ist es so kalt.« Flo verzog das Gesicht. »Das Haus ist alt. Ich bin alt.«

Cooper trat zu ihr und streckte eine Hand aus. Flo nahm sie und ließ sich hochziehen, mit Buster unter dem Arm.

»Ich habe Feuer gemacht, bevor wir hierhergefahren sind«, sagte Fair. »Ich schüre es, wenn wir in Ihr Haus kommen.« Er lächelte.

»Und wenn ich nicht mitgehe?« Sie zögerte einen Moment.

»Dann muss ich Verstärkung holen, und wir müssen eine Beurteilung Ihres Befindens veranlassen«, sagte Cooper. »Und dann muss ich Sie in eine Zelle stecken.«

Flo schrie Cooper an: »Nein! Ihr wollt mich Buster nicht behalten lassen.«

»Ich bringe ihn persönlich zum Tierschutzverein von Albemarle County. Er wird dort gut behandelt. So, was wird nun, Ma'am?«

Buster jammerte: *»Nicht wegbringen.«*

Tucker tröstete den kleinen Kerl. *»Keine Bange. Cooper blufft. Sie will nichts davon tun. Sieh zu, dass dein Mensch Vernunft annimmt.«*

Buster leckte Flos Gesicht.

Flo verkündete: »Ich gehe nach Hause.«

»Gut. Ihre Schwester macht sich Sorgen um Sie«, sagte Cooper.

»Sie will mich umbringen.«

27

Weihnachten trug noch zusätzlich zu Ardens und Tylers Kummer bei. Sie gab sich alle Mühe, um Geschenke zu verpacken und unter den silbrigen Baum mit den blauen Lichtern, blauen Kugeln und Silbergirlanden zu legen, den Lou so gern hatte.

Zur selben Zeit, als Flo sich Cooper und den Haristeens widersetzte, ehe sie endlich nachgab, saßen die Highams schweigend da. Tyler spielte an seinem iPad herum.

Schließlich sagte Arden: »Eigentlich mag ich keinen Baum ganz in Silber und Blau. Was meinst du?«

»Mir egal. Dad musste immer alles anders haben.«

Die mit silbernen und blauen Bändern umwickelte Urne mit Lous Asche passte zum Baum.

»Ja. Aber wenn man bei so Kleinigkeiten wie Silber und Blau nachgab, hat man oft bei den großen Sachen gewonnen. Aber wir haben uns gar nicht so viel gestritten.«

»Das hat er für mich aufgespart«, erwiderte Tyler mürrisch.

Arden legte die Füße auf den Polsterhocker. »Er wollte das Beste, und wie die meisten Väter dachte er, wenn er immer denselben Ton anschlüge, würdest du die Musik hören.«

Tyler machte ein finsteres Gesicht. »Er dachte, ich bin nicht schlau genug, um Arzt zu werden. Ich würde in organischer Chemie durchfallen, hat er gesagt. Ich bin noch nicht mal in der elften Klasse und hab schon das Elftklässler-Chemiebuch durchgelesen. Hab ein paar von den Versuchen gemacht. Ich besteh in organischer Chemie. Wart's nur ab.«

»Liebling, bis dahin ist es noch ein weiter Weg. Du bist ein kluger junger Mann. Das findet der Chemielehrer von St. Anne ganz sicher. Deswegen fördert er dich.«

Er beschäftigte sich wieder mit seinem iPad, dann sagte er: »Wir machen coole Sachen im Labor.«

Sie sagte bestimmt: »Bis du in die elfte Klasse kommst, muss St. Anne dich in Chemiekurse an der Uni schicken.«

»Mom, die TH hat bestimmt eine super Chemie-Fakultät.« Ein Anflug von Begeisterung ließ sein Gesicht aufleuchten.

Sie lächelte, da sie einen Moment lang seine Aufregung erfasste. Die TH war noch Jahre entfernt.

»Soll ich dich heute irgendwohin fahren?«, fragte sie. »Vielleicht möchtest du bei Freunden vorbeischauen?«

»Nein.«

»Noch anderthalb Jahre, dann hast du deinen Führerschein.«

»Dad hat gesagt, er kauft mir ein Auto. Er wollte mir einen alten Volvo kaufen, denn er meinte dauernd, die sind sicher. Die sind hässlich.«

»Sehen wir mal, wie weit wir in anderthalb Jahren sind.«

Tylers Augen blitzten. »Mom, ich brauche ein Auto.«

»Ich habe nicht gesagt, du bräuchtest kein Auto, aber das hat noch ewig Zeit.«

»Warum kann ich Dads Auto nicht haben?«

»Auf keinen Fall«, brauste sie auf. »Du fährst den Wagen nicht. Seinen Wagen fährst du nicht.«

»Der Acura-Händler hat ihn wieder flottgemacht.«

»Tyler, um Gottes willen, ich verkaufe den Wagen. Ich mag ihn nicht mehr sehen. Wir reden darüber, wenn es an der Zeit ist.«

»Du sagst doch immer, die Zeit verfliegt.«

»Tut sie auch. Und ich hoffe, das nächste Weihnachten wird leichter als dieses.«

»Mom, alles, woran Dad was lag, war sein Geschäft. Wann war er denn mal zu Hause? Ich war nicht der Sohn, den er wollte. Er wollte mich so haben wie die Söhne von Mr. Vavilov. Footballspieler. Ihm lag nichts an mir.«

»Das ist nicht wahr. Tyler, egal, was er falsch gemacht hat, er war dein Vater.«

»Ja.« Er ließ sich tiefer in den gemütlichen Sessel sinken.

»Er fehlt mir.« Tränen traten ihr in die Augen.

»Mir nicht. Ich muss mir nicht mehr anhören, wie gut ich es habe. Ich muss mir nicht mehr anhören, welche Jungs von Silver Linings es wie weit bringen oder was für ein guter Sportler Dad war. Ich hasse Sport. Dad hat mich ausgehorcht. Er hat mir abartige Fragen gestellt, etwa ob ich Jungs mag. Ich bin froh, dass er tot ist.«

»Tyler, das meinst du nicht so.«

»Doch. Mom, er hat die alten Sportler bei Silver Linings dazu gekriegt, mit mir zu arbeiten. Seine Worte, ›mit mir arbeiten‹. Damit war der Kraftraum oder Footballwerfen gemeint. Ich will bloß meinen Computer. Ich kann viel mehr leisten als die dämlichen Sportler.« Er hatte die Stimme gehoben und senkte sie dann. »Und Jungs mag ich nicht.«

Sie sah ihn wütend an, aber in den Anschuldigungen ihres Sohnes steckte ein Körnchen Wahrheit. Alle hatten Lou geliebt – Mr. Kraftprotz –, aber er war nie zu Hause.

»Tyler, ich habe dich nie für schwul gehalten, aber das würde keine Rolle spielen. Ich liebe dich. Dein Vater hatte einen engen Begriff von Männlichkeit. Er hat so viel Wert darauf gelegt, und ich frage mich, ob er fürchtete, dass er trotz seines Aussehens kein richtiger Mann war. Er war streng mit dir, aber er hat dich geliebt.«

Tyler sprang auf und ging zum Kamin. Er schnappte sich die Urne vom Sims und warf sie ins Feuer.

»Er soll in der Hölle schmoren.«

Als sie an diesem Weihnachtsabend endlich zu Hause waren, fragte Harry ihren Mann: »Bist du sehr hungrig?«

»Ich könnte einen ganzen Schinken futtern«, verkündete Pewter.

»Nicht sehr«, sagte Fair. »Ich wäre mit einem Sandwich zufrieden. Ich hatte Coop eingeladen, aber sie hat zu viel zu tun.«

»Oh, es ist Weihnachtsabend. Ich wärme die Süßkartoffeln und ein paar Scheiben Schinken auf. Sieht halt mehr nach Feiertag aus. Eigentlich habe ich auch nicht viel Hunger.«

»Aber ich.«

»Pewter, still.« Harry hieb der Katze mit dem Zeh aufs Hinterteil.

»Brutal!« Pewter hätte Schülerin an der Amerikanischen Akademie für dramatische Kunst sein können. *»Wie soll ich den Winter mit so einer Gefühllosigkeit überleben, ohne massenhaft Kalorien, um die Kälte fernzuhalten?«*

»Ganz gut, denke ich.« Tucker konnte sich das nicht verkneifen.

Patsch! Pewter schlug der Hündin fest auf die Schulter.

»Untersteht euch.« Harry hob die Stimme und den Holzlöffel in ihrer Hand, was die graue Katze veranlasste, mit hoch erhobenem Schwanz von dem Hund wegzustolzieren. »Keine Streitereien.«

Pewter fauchte dennoch.

»Manchmal machen die Viecher mich fertig.« Harry schaute dem Auftritt der Katze zu.

»Stell dir vor, sie wäre so groß wie ein Pferd.«

»Fair, was für eine abscheuliche Idee.«

Als das Essen warm wurde, erfüllte der Duft die Küche. Wenigstens roch es nach Weihnachten.

Pewter verging das Schmollen, als Harry Schinken in Würfel schnitt und in drei Näpfe gab.

Sie stellte das Essen für sich und Fair auf den Tisch und

setzte sich. »Schatz, danke, dass du mit Coop mitgekommen bist. Ich hab dich da irgendwie mit reingezogen.«

»Hat mir nichts ausgemacht. Sie musste kurzfristig arbeiten. Cooper macht jede Menge Überstunden, auch an Feiertagen.«

»Ihr Freund ist in Oregon. Wenn er zurückkommt, hat sie vielleicht ein bisschen Zeit. Das Revier sollte ihr freigeben. Echt.«

»Wie läuft das denn mit Barry?« Fair fragte nach Barry Betz, dem neuen Schlagtrainer an der UVA, mit dem Cooper sich seit drei Monaten traf.

»Okay. Sie hat ein gerahmtes Foto von ihm bei sich zu Hause auf dem Schreibtisch. Immer ein gutes Zeichen.« Harry tat ihnen ein paar Süßkartoffeln auf. »Traurig, das mit Flo Rice, nicht wahr? Sie hat sich total verrückt aufgeführt, aber ich kann ihr nicht böse sein. Sie ist richtig traurig. Wie viele einsame Menschen sind an Weihnachten da draußen? Es bricht mir das Herz.«

»Man sollte meinen, ihre Schwester und Betreuerin würde jemanden holen, der bei ihr wohnt.« Fair ließ sich die Süßkartoffeln schmecken.

»Könnte schwierig sein. Ich meine, Flo könnte schwierig sein.«

»Durchaus. Aber ich sehe nicht, wie man sie sich selbst überlassen kann. Was, wenn sie immer wieder wegläuft und ihr Haus kalt bleibt? Es scheint solide gebaut zu sein. Das von dem armen Mr. Thompson fällt auseinander. Mann, war der streng, als ich ihn in der letzten Klasse in Mathe hatte.«

»Ja, war er. Ich habe den Kurs im Jahr darauf genommen, und ich musste dafür arbeiten. Er war ein guter Lehrer. Ich hatte ihn in der elften und zwölften Klasse. Das ist auch jemand, der Hilfe gebrauchen könnte.«

»Ja. Das Traurige an ihm ist, er war ein fabelhafter Lehrer«, sagte Fair.

»Wenigstens haben beide einen Hund, und wer weiß, Flo

beruhigt sich vielleicht. Weihnachten löst ja viele Emotionen aus.«

»Bei mir auch. Ich denke an meine Eltern, ihre Freunde, meine Großeltern. Die Menschen waren damals wohl glücklicher, oder vielleicht konnte ich als Kind und dann als junger Mensch nicht unter die Oberfläche schauen.«

»Ich weiß nicht. Die Vergangenheit ist immer golden, nicht wahr?« Sie überlegte kurz. »Na ja, vielleicht auch nicht. Ich hätte während der Unterdrückung durch Heinrich VIII. nicht leben mögen. Katholisch sein mag leicht sein oder auch nicht, je nachdem, in welchem Land man lebt, richtig?«

Er sah seine Frau an. »Harry, das ist denkbar, aber St. Cyril ist in Ordnung. Wir hatten ja auch seit 1607 genug Zeit, um Religionsunterschiede zu erkennen.«

»Ach, rechne uns das nicht an. Wir hatten immerhin Maryland. Die Katholiken konnten dorthin gehen. Glaubensintoleranz hat in unseren Anfängen bestimmt eine Rolle gespielt.«

Der süße Schinken zerging ihm auf der Zunge. »Deine Glasur macht ihn so gut.«

»Mein Geheimnis ist etwas Orangensaft. Aber nicht vergessen, es ist ein Geheimnis.«

Er lachte.

Als die Menschen später am Kamin saßen, Fair hatte seinen Arm um Harrys Schultern gelegt, schlüpften die drei Tiere hinaus zum Stall.

Odin kam vorbei, hocherfreut über die reichlichen Essensreste.

Die zwei Katzen blickten herab, er blickte hinauf.

»So was Leckeres hab ich noch nie gekostet.«

Auf der anderen Seite des Stalltors sagte Tucker: *»Es ist Weihnachten.«*

Pewter, prallvoll mit Schinken und Bedeutsamkeit, rief hinunter: *»Ja, man hat das Baby im Schilf gefunden, hat es in eine*

Wiege gelegt und Fackeln und so angezündet, um die lange Winternacht zu vertreiben.«

»Wann war das?«, fragte der Kojote.

»Vor mehr als zweitausend Jahren«, sagte Pewter.

»Pewter, das war Moses im Schilf. Jesus ist in einem Stall geboren. Da waren auch Katzen«, stellte Mrs. Murphy richtig.

»Da muss ein Hund gewesen sein«, sagte Tucker. *»Das weiß ich. Wie konnte Josef Schäfer sein ohne Hund? Denkt drüber nach!«* Tucker war unerbittlich.

Odin dachte nach. *»Alle Feste sind gute Feste. Kojoten verehren die Mondgöttin. Sie ist jung, und sie geht jagen. Aber ein Gott, der in einem Stall geboren ist, der kommt Tieren nahe.«*

Pewter sagte zu Mrs. Murphy: *»Odin ist kein Christ.«*

»Gibt es einen ägyptischen Gott, der einen Kojotenkopf hat?«, rätselte Tucker.

»Odin, du heißt nach einem nordischen Gott. Unsere Menschen lesen immerzu. Daher wissen wir es«, rief Pewter hinunter, dann bemerkte sie nebenbei zu Mrs. Murphy: *»Er ist irgendwie ungebildet, und ehrlich, Murphy, er ist kein Christ.«*

»Was redest du da oben?« Odin spitzte die Ohren.

Pewter machte den Mund auf, und Mrs. Murphy sagte leise: *»Er ist auch größer als wir.«* Sie schaute hinunter zu den goldgelben Augen, die zu ihr hochsahen. *»Sie wünscht dir frohe Weihnachten, Odin, das tu ich auch.«*

28

Wie ich das hasse.« Harry durchwühlte die Krimskramsschublade in der Küche und warf aufgerolltes Ripsband, ein Maßband, Klebeband und alte Kugelschreiber auf die Anrichte.

»Sie macht so viel Krach«, jammerte Pewter, die vom Küchenstuhl aus zusah. *»Meine empfindlichen Ohren.«*

»Schlüssel«, sagte Mrs. Murphy.

»Die Schlüssel sind nicht in der Schublade. Sie sind in dem Kombi.« Auch Tucker beobachtete den Wirbel.

»Aha.« Triumphierend zupfte Harry den metallenen Schlüsselring mit dem daran hängenden Speicherschlüssel aus dem Telefonbuch, wohin er emigriert war.

»Sie soll ein Schlüsselbrett kaufen und neben der Tür anschrauben, dann würde so was nicht passieren«, forderte der Hund.

»Superlogisch.« Die Tigerkatze strebte zur Tür.

Harry hielt einen Moment inne, dann zog sie das goldene Schnallenarmband aus dem übergroßen Schnapsglas, in das sie es gestern geworfen hatte. Sie hatte das Armband liebgewonnen. Sie ging zur Tür, nahm ihre Winterarbeitsjacke von einem Haken, zog sie an, wickelte sich einen Schal um den Hals und suchte in den Taschen nach Handschuhen. Dann öffnete sie die Tür.

Zur Verwunderung aller stürmte Pewter an Harry vorbei. *»Du darfst nicht ohne mich weg.«*

Auf der Fahrt zum Lebensmittelmarkt blieben die Tiere auf dem Rücksitz des Autos zufrieden auf dem für Tiere gefertigten warmen Sitzbezug.

»Hoffentlich kauft sie Hähnchen.« Pewter sah ihren Menschen, nachdem das Auto geparkt war, zu dem großen Supermarkt gehen. *»Ich wünsche mir Brathähnchen.«*

»Was ist mit Thunfisch?«, fragte die Hündin, die in ihrem gemeinsamen Leben genug über die Wunder von Thunfisch zu hören gekriegt hatte.

»Ist Zeit für eine Abwechslung«, erwiderte die graue Katze.

Im Supermarkt wimmelte es von Leuten, denen über die Feiertage die Lebensmittel ausgegangen waren. Harry schaute auf ihre Liste und hoffte, den Einkauf fix hinter sich bringen zu können.

Als Farmerin bewunderte sie die frischen Produkte. Hier wurden mitten im Winter knackiger Kopfsalat, Möhren, Endivien, Kürbisse und alles mögliche Obst präsentiert. Ihr kam oft der Gedanke, wie reich die Amerikaner waren und was wir alles für selbstverständlich halten. Sie lud Kartoffeln auf, Kopfsalat, steuerte dann die Fleischabteilung an. Sie wollte wahrhaftig einen Kapaun kaufen. Wenn Pewter sie begleitet hätte, würde die Katze in den Schaukasten springen und alles zu stehlen versuchen. Pewters Motto war: »Nie was Kleines klauen.«

»Harry.« Esther Toth schob ihren Einkaufswagen neben Harrys. Sie blickte starr auf das schöne Armband, dann sah sie Harry direkt in die Augen. »Hoffentlich hatten Sie fröhliche Feiertage. Für unsere haben Sie ja gesorgt.« Sie lächelte. »Sie, Fair und die nette Deputy Cooper, was Sie alle für Mühen auf sich genommen haben, um meine Schwester zu finden. Ich kann Ihnen nicht genug danken.«

»Wir wollten sie finden«, sagte Harry. »Sie hat einen warmen Ort gefunden. Ich nehme an, das war ein starker Beweggrund für ihre Flucht.« Sie lächelte zurück.

»Al und ich wussten ja nicht, ob sie krank oder verletzt war. Wir konnten sie am Telefon nicht erreichen.« Sie holte tief Luft. »Flos Mittel sind knapp, aber Sie sollen wissen, Al und ich wollen nicht, dass sie da nur mit einem Kamin sitzt und einem kleinen Heizgerät, um das Haus warmzuhalten. Wir sind mehr als gewillt, einen kleinen Heizkessel zu installieren. Sie will nichts davon hören.«

»Vielleicht lenkt sie jetzt ein. Es ist ein sehr, sehr kalter Winter.«

»Ich hoffe es. Irgendwie ist es traurig, dass sie sich in dem alten Valencia-Besitz versteckt hat. Sehr viele liebe Erinnerungen für Flo, nehme ich an, und ja, Mrs. Valencia war so ein gutherziger Mensch.«

»Ja. Ich weiß nicht recht, gab es damals mehr nettere Menschen, oder waren sie gutherzig, weil ich jung war.«

»Vielleicht von beidem ein bisschen«, meinte Esther. »Meine Schwester hat ihre eigenwilligen Phasen, aber sie ist wirklich klug. Sie wusste, dass der Stall nicht besonders beaufsichtigt wurde. Wie ich höre, hat Watts so viel Geld wie Mrs. Valencia oder mehr. Ist aber nicht sehr gesellig. Nun, es ist ein schöner Besitz. Al und ich sind einmal hingefahren.«

»Ja, sehr schön«, stimmte Harry zu. »Geht es Flo heute gut? Sie wollte gar nicht weg aus der Sattelkammer von River Run.«

»Sagen wir mal, sie ist gefasst.« Esther lächelte angespannt. »An einem Tag ist alles gut, und am nächsten Tag läuft sie weg oder wirft mir vor, ich hindere sie daran, Leute zu treffen. Ich weiß einfach nicht, woran ich mit ihr bin.«

»Könnten die Stimmungsschwankungen ein Anzeichen für Demenz sein?«

Esther nahm sich lange Zeit, dann sagte sie: »Ja, aber ich glaube nicht, dass man senile Demenz oder Alzheimer haben muss, um zornig zu sein. Vielleicht ist es Wut auf den eigenen Körper, den nachlassenden Verstand. Ich glaube nicht, dass Flo richtig krank ist. Oder ich will es vielleicht nicht wahrhaben.«

Da Esther und Flo altersmäßig nah beieinander waren, hätte Harry gerne gesagt: »Aber Ihnen fehlt nichts.« Doch sie überlegte es sich anders. »Vielleicht hört sie auf damit.«

»Lassen Sie sich von Ihrer alten Lehrerin einen Rat geben. Engagieren Sie sich weiterhin für Sachen und für Menschen. Ich glaube wirklich, das ist Flos Problem. Sie ist nicht mehr in der Kirche engagiert. Gelegentlich besucht sie Cletus Thompson, aber wirkliche Freunde hat sie nicht. Dabei hatte sie früher einen Bekanntenkreis. Keine andere Zerstreuung als Buster. Ich glaube ehrlich, das ist das Problem, aber ich kann sie da nicht rausholen, Al kann es auch nicht. Sie versteht sich mit Al besser als mit mir, aber das ist naheliegend.«

»Vielleicht möchte sie allein sein. Manche Menschen sind geborene Einzelgänger, oder das Leben macht sie dazu.«

»Richtig, aber Harry, Sie haben meine Schwester nicht gekannt, als sie jung war. Als Sie sie kennenlernten, war sie schon im mittleren Alter. Flo war hübsch und kontaktfreudig. Ich glaube, als wir jung waren, hat sie im Umkreis von achtzig Kilometern keine Party versäumt.« Esther lächelte. »Ach, was haben Sie davon, wenn ich in Erinnerungen schwelge. Noch einmal vielen Dank.«

29

Am Donnerstag, einen Tag nach Weihnachten, saß Cooper Arden in deren pfirsichfarbenem Wohnzimmer gegenüber. Der blaue und silberne Christbaumschmuck biss sich irgendwie mit dem Zartrosa. Die Frauen hatten sich ein Weilchen unterhalten, und Cooper kam nun behutsam auf die wesentlicheren Fragen zu sprechen.

»Dann haben Sie die Bücher von Silver Linings nie mit nach Hause genommen?«

»Nein«, erklärte Arden. »Wie Sie wissen, führt Jessica die Kirchenbücher. Ich mache die Buchführung von Silver Linings. Wir hielten es für besser, wenn zwei verschiedene Personen die Dinge im Blick behalten, obwohl wir uns beide vielfach in denselben Bereichen engagieren. Außerdem können wir uns im Fall von Schwierigkeiten auf diese Weise gegenseitig kontrollieren.«

»Die Schreibtischschublade ist nicht abgeschlossen?«

Arden nickte. »Wir benutzen beide die große untere Doppelschublade. Ich vermute, sie wird ab jetzt abgeschlossen sein.«

»Hat jeder Zutritt zum Büro?«

»Nein. Die Tür zum Flur ist zugesperrt, wenn niemand im Büro ist, aber die Tür zwischen dem Büro und Pfarrer O'Connors Amtszimmer ist meistens unverschlossen.«

»Wenn Sie im Büro sind, machen Sie die Tür zum Flur auf?«

»Fast immer.«

»Sind Sie und Jessica schon mal zusammen dort?«

»Wenn wir können. Die Arbeit scheint dann schneller von der Hand zu gehen, in der halben Zeit, würde ich sagen.« Sie zuckte die Achseln. »Ich bin nicht sehr präzise. Entschuldigung.«

»Mom.« Tyler kam herein, sah Cooper in Uniform. »Sind Sie hier, um mich zu verhaften?«

Sie antwortete lächelnd: »Noch nicht.«

Er lächelte zurück. »Mom, Mark Turners Mom holt uns ab und fährt uns zum Schießplatz.«

»Wann?«

»Halbe Stunde.«

»Wann bist du zurück?«

»Weiß ich nicht. Komm schon, Mom, lass mich gehen.«

»Bleibt Mrs. Turner dabei?«

»Mom, sie gehört zu den besten Schützen landesweit.«

»Tyler, das ist keine Antwort auf meine Frage.«

Er drückte die Nummer der Turners in sein Handy und gab es ihr.

Arden warf Cooper einen entschuldigenden Blick zu. »Hallo, Karen, Tyler sagt, du willst ihn abholen und mit den Jungs zum Schießplatz fahren. Bleibst du bei ihnen?« Pause. »Gut. Danke, dass du Tyler mitnimmst.« Sie gab ihm das Handy zurück. »Du darfst gehen.«

»Mom, krieg ich ein bisschen Geld?«

Arden sah Cooper wieder entschuldigend an. »Hol mir mein Portemonnaie. Es ist in der Diele.«

Er kam zurück, sie öffnete ihre teure Tasche von Bottega Veneta und entnahm einen Fünfzig-Dollar-Schein. »Du kannst Mrs. Turner und Mark zum Mittagessen einladen.«

Strahlend steckte er den Geldschein ein. »Danke, Mom«, sagte er und verließ den Raum.

»Deputy, überlegen Sie es sich zweimal, bevor Sie Kinder kriegen.«

Cooper lachte. »Zuerst muss ich heiraten.«

»Überlegen Sie sich das auch zweimal. Möchten Sie was trinken? Was Warmes vielleicht?«

»Nein, danke.« Cooper kam auf das Wesentliche zurück. »Kommen Sie an anderen Tagen als freitags in die Kirche?«

»Nicht sehr oft. Die Buchführung für Silver Linings erledige ich gewöhnlich einmal in der Woche, es sei denn, es besteht extra Bedarf, dann gehe ich hin. Das Monatsende erfordert einen zusätzlichen Tag, das Jahresende mehr als einen. Der viele Papierkram. Die Geschäftsführer der Einrichtung können die Bücher jederzeit einsehen, aber sie dürfen keinen Scheck ausschreiben. Alle Schecks tragen meine Unterschrift, weil Jahre, bevor ich mit ins Boot kam, ein Geschäftsführer Geld von dem Konto abgezweigt hat. Er hat es zurückgezahlt, aber die Vorgehensweise mit meiner Unterschrift dürfte die bessere sein.«

»Ja, kann ich mir vorstellen.« Cooper rutschte auf ihrem Sessel herum. »Wissen oder vermuten Sie, dass ein Geschäftsführer von Silver Linings Geldprobleme hat?«

»Nein. Durch den Abschwung gehen die Geschäfte mancher Leute besser als andere, aber, nein. Niemand ist auf Sozialhilfe angewiesen.« Sie warf die langen, sorgfältig frisierten Haare zurück.

»Gut.« Cooper schrieb etwas in ihr Notizbuch. »Ging Ihr Mann oder geht Tyler mit Ihnen ins Büro?«

»Manchmal kommt Tyler mit. Lou hat seinen Acura gefahren. Er mochte mein Auto nicht, aber er musste nur selten Lebensmittel befördern. Manchmal war ich während Sitzungen von Silver Linings im Büro. Jessica auch, weil Brian Vorsitzender ist. Wir haben versucht, dort zu sein, da es dann leichter für mich war, mit den Geschäftsführern zu sprechen, die haben ja alle einen vollen Terminkalender. Einfach jemand schnappen können, wenn ich eine Frage habe, ist von Vorteil. Aber egal, die Schecks müssen am Wochenende raus.«

»Verstehe. Wie viele Personen kennen Ihren gewohnten Ablauf?«

»Oh, hm, Pfarrer O'Connor, mein verstorbener Mann, Tyler vermutlich, wenn er drüber nachdenkt, die Geschäftsführer von Silver Linings, meine Freundinnen. Eine Menge Leute.«

»Korrigieren Sie mich, falls ich mich irre, aber ist es, wenn jemand Schecks stehlen will, nicht die übliche Praxis, sie hinten aus dem Scheckbuch zu nehmen?«

»Doch ja.« Arden war das, wie allen Buchhaltern, bekannt, und von Zeit zu Zeit blätterte sie das dicke Scheckbuch durch, um sich zu vergewissern, dass alles in Ordnung war.

»Aber die fehlenden Schecks sind vorne entnommen worden. Man musste den Diebstahl gleich entdecken, sobald man wieder ins Büro kam.«

»Deswegen bin ich der Meinung, dass ein Dilettant sie genommen hat.«

»Sie sind noch nicht eingelöst worden.«

»Ich versteh das alles nicht.« Arden sah den Baum, dann wieder Cooper an. »Die Finger in meinem Stiftebecher. Waren das Lous? Ich muss es wissen, und ich möchte meinen, es war reichlich Zeit, um … um sie zu identifizieren.«

»Das ist einer der Gründe, weshalb ich Sie aufgesucht habe. Ich kann Ihnen sagen, es sind der Zeige- und Mittelfinger Ihres Mannes.«

Arden verzog ein wenig das Gesicht. »Wessen Finger hingen am Weihnachtsbaum?«

»Das kann ich Ihnen nicht sagen.«

»Deputy.« Ardens Ton war scharf. »Was hat das zu bedeuten?«

»Das weiß ich noch nicht, aber ich kriege es raus.« Cooper fragte langsam: »Hatte Lou Herzbeschwerden?«

»Nein.«

»Ich nehme an, er ist alle Jahre zur Generaluntersuchung gegangen.«

»Ein Kampf. Es war jedes Mal ein Kampf.«

»Aber am Ende ist er doch gegangen?«

»Ja, und ich habe nachgeprüft, ob er den Termin auch einhielt. Ehrlich, Deputy, Tyler ist in puncto Arzttermine zuverlässiger als Lou. Ist eine Untersuchung denn so beschwerlich?«

»Wenn er erfahren hätte, dass er ein Leiden hatte, sagen wir Prädiabetes, meinen Sie, er hätte es Ihnen gesagt?«

»Das ist die eigentliche Frage.« Arden fuhr sich mit der Zunge über die Unterlippe. »Nein. Ehrlich gesagt, nein. Ich musste ihm alles aus der Nase ziehen, aber ich konnte oft erkennen, wenn er etwas verheimlichte. Meistens ging es um Geld. Zumindest habe ich geglaubt, es erkennen zu können.«

»Hätte er ohne weiteres Medikamente vor Ihnen verstecken können?«

»Er hätte sie in seinem Büro verwahren können oder sogar im Auto. Keiner von uns hat Papiere, Anrufe oder E-Mails des anderen kontrolliert. Irgendwann, Deputy, will man's gar nicht mehr wissen.«

»Würde sein Arzt es Ihnen gesagt haben?«

»Nein. Er hat mir mitgeteilt, ob Lou einen Termin eingehalten hat, aber mehr nicht. Ich nehme an, sie müssen so etwas vertraulich behandeln wie Priester die Beichte.«

»Ja.« Cooper holte Atem. »Mrs. Higham, Ihr Mann ist gestorben, weil er zu viel Coumadin genommen hat.«

Arden hob die Stimme. »Den Blutverdünner?«

»Ja.«

»Aber das ist doch Rattengift. Wirklich, Coumadin ist Rattengift.« Ihre Stimme war jetzt hoch und laut.

»Es tut mir leid, Ihnen das sagen zu müssen.« Coopers Stimme blieb gedämpft.

»Wie konnte das passieren? Wie?«

»Das weiß ich nicht.«

»Rattengift.« Ardens Augen weiteten sich. »Rattengift. Lou ist verblutet!«

Cooper verriet nicht, dass sie Lous Arzt befragt und dass dieser Coumadin verschrieben hatte. Er wollte es mit niedrigen Dosen versuchen, eine Besserung abwarten, und wenn keine eintrat, eine Bypassoperation in Erwägung ziehen. Der Arzt war überzeugt, es werde in Zukunft zu Herzbeschwerden kommen, wenn Lou nicht umgehend etwas unternahm.

Cooper sagte auch nichts von Pete Vavilovs Verstümmelungen. Beide Männer hatten Ende der 1980er Jahre unter Trainer Toth Football gespielt. Beide beteten in St. Cyril, spendeten großzügig an die Kirche und an Silver Linings. Zwei erfolgreiche Männer, hoch angesehen, Väter von Söhnen und beide in anscheinend solider Ehe. Sie waren angesehene Persönlichkeiten in ihrer Gemeinde, und jeder war in seinem Auto gestorben.

Es bestand eine entfernte Möglichkeit, dass Lou Selbstmord begangen hatte. Bei Pete bestand sie nicht.

Die fehlenden Finger waren die Verbindung. Cooper wusste das.

Harry wiederum wusste es auch.

30

Äste rieben sich ächzend aneinander. Die vom Wind tief gebeugten Nadelbäume fügten dem Wehgestöhn ein Rauschen hinzu. Der Wind fegte die Osthänge der Blue Ridge Mountains hinab.

Den Schal fest um den Hals gewickelt, stand Harry am Fuß des entwurzelten Baumes. So abscheulich der Morgen war, sie hatte den alten Transporter zu dem Wendeplatz gelenkt und war zu der Stelle gegangen. Von den Ästen auffliegende Schneebrocken bissen ihr ins Gesicht.

Mrs. Murphy und Pewter bahnten sich vorsichtig einen Weg in die Höhlung. Die Wurzeln waren vereist, doch in der Grube waren sie geschützt. Tucker ging auf die andere Seite, so dass der Wind ihr Fell zauste. Harry stand ebenfalls mit dem Rücken zum Wind, drehte sich dann um und bekam ihn voll ins Gesicht. Sie wollte die Stelle betrachten, wie sie gewesen war, als sie das Skelett das erste Mal gesehen hatte.

Sie umrundete den Rand der Grube. Sie kniete sich hin, zog ihr Federmesser aus der Tasche, klappte es auf und steckte es in den Schnee. Sie wollte die Tiefe messen. Sie zog es heraus, wischte es am Mantel ab, schätzte den Schnee an dieser Stelle auf etwa zwanzig Zentimeter.

»*Lass uns buddeln*«, forderte Mrs. Murphy Pewter auf.

Unter ihren Pfoten flog Schnee hoch wie weiße Hahnenschwänze.

»*Ich verfang mich in immer mehr Baumwurzeln*«, jammerte Pewter, blieb aber dran.

»*Geht mir genauso.*«

Tucker rief nach unten: »*Murphy, hinter dir ist irgendwas hochgeflogen.*«

Die Tigerkatze drehte sich um. Ein silbriger runder Knopf mit aufgeprägter Schottendistel hob sich vom Schnee ab.

»*Guck mal*«, miaute Mrs. Murphy laut.

Die drei Tiere sangen im Chor, bis Harry schließlich wieder niederkniete und den Knopf neben der Tigerkatze entdeckte. Sie stellte einen Fuß auf eine dicke Wurzel, um im Gleichgewicht zu bleiben, und hielt sich an einer anderen Baumwurzel fest. Trotz ihrer Anstrengungen rutschte sie in die Grube.

»*Wenigstens bist du aus dem Wind*«, sagte Pewter, um sie auf ihre sehr spezielle Art zu trösten.

Harry fühlte den Schnee in ihre Stiefel sacken. Sie hob den Knopf auf und betrachtete ihn, ehe sie ihn in die Tasche steckte.

Es überlief sie eiskalt, als ihr klar wurde, dass sie sich in der Höhlung befand, wo die Leiche begraben worden war. Die Wurzeln waren durchgewachsen, wer immer die Person gewesen war, und einen Moment lang malte Harry sich aus, sie schnappten auch nach ihr.

Sie packte eine dicke Wurzel, wand einen Fuß heraus, brauchte eine Weile, um auch den anderen zu befreien, dann zog sie sich mit aller Kraft hoch und hinaus.

»Winterkleidung macht natürlich ein paar Pfund schwerer«, schnaufte sie, sobald sie oben war.

Tucker wollte gerade etwas über Pewter und Pfunde sagen, hielt aber die Schnauze, weil Mrs. Murphy ihr einen Blick zuwarf. Der Witz wäre zu simpel gewesen.

Die zwei Katzen schlugen die Krallen in kalte Wurzeln und sprangen leichtfüßiger aus der Grube als der Mensch.

Harry entdeckte alte Kojotenspuren, als sie sich ein Stückchen vom Baum entfernte. Der Wind wurde stärker, brausend.

»Nichts wie weg aus diesem Wetter.« Harry senkte den Kopf.

Kaum im Wagen, drehte sie den Zündschlüssel und wartete auf die Heizung, weil ihre Füße jetzt kalt waren. Sie zog die dicken Handschuhe aus und hielt die Hände in den Luftstrom, damit sie schneller warm wurden. Als sie aufgewärmt waren, zog sie den hübschen Knopf aus der Tasche.

»Wer das war, war Schotte oder wollte es vielleicht sein«, sagte Harry. »Ein eindeutiges Staatssymbol.«

»Mom, fahr los. Das Auto wackelt schon im Wind«, mahnte Pewter.

Endlich zu Hause angekommen, hockten sich die Tiere ans Feuer, derweil Harry Cooper anrief, um ihr von ihrem Fund zu berichten.

»Wir haben ihn gefunden«, sagte Harry, und Pewter versuchte erstaunlicherweise nicht, die Anerkennung für sich zu beanspruchen.

Harry legte auf und warf den Knopf in das übergroße Schnapsglas in der Krimskramsschublade.

Während Harry ihre Küchenschublade schloss, saßen Arden Higham und Jessica Hexham im Kirchenbüro, die Bücher vor sich ausgebreitet.

»Merkwürdig, sich diese Bücher vorzunehmen, nachdem sie wegen Fingerabdrücken eingepudert wurden.« Arden blätterte Seiten um. »Die Leute denken, ich habe die drei Schecks gestohlen.«

»So was denkt kein Mensch«, sagte Jessica. »Und wirklich, Arden, du musst das hier nicht machen. Mach mal Pause.«

»Ich will keine Pause. Das macht es nur noch schlimmer.« Arden war streitbar. »Und natürlich denken die Leute, ich habe sie genommen. Ich führe die Bücher.«

»Also, das will ich gewiss nicht hoffen, und die Schecks sind nicht eingelöst worden.«

»Jessica, woher weißt du das?«

»Deputy Cooper hat mir Fragen gestellt, darauf hab ich ihr auch Fragen gestellt. So gut es eben ging. Die erzählen einem nie was. Sie hoffen wohl, man platzt mit irgendwas raus, sofern man schuldig ist.«

Arden wurde rot. »Das macht mich ganz wahnsinnig. Dass die Leute mich für schuldig halten.« Sie wechselte das Thema. »Hör dir den Wind an.«

»Der Winter war eh schon grimmig, nicht wahr? Und er dauert noch drei lange Monate.« Jessica zog am Hebel der Rechenmaschine.

Beide Frauen sahen die Zahlen auf der Papierrolle gern. Sie benutzten auch einen kleinen Computer, um alles zu überprüfen.

»Ich kann mich nicht konzentrieren. Ich mache einen kurzen Spaziergang und bin bald zurück.«

»Arden, geh nach Hause. Komm mal auf andere Gedanken. Geh ins Kino.«

»Nein. Ich mach meine Arbeit. Ich brauche nur einen Spaziergang.«

Um Geld zu sparen, wurden die Bürogebäude nur auf mäßige achtzehn Grad geheizt. Bei dem heulenden Wind, dem Geklapper von Fenstern und Türen kam es einem kälter vor. Arden schlug die Arme um sich, lief einige Male im Flur auf und ab.

Dann ging sie in den Aufenthaltsraum hinunter. In dem großen Gemeinschaftsraum fühlte es sich noch kälter an. Sie zog ein altes Plaid vom Sofa mit den schlaffen Kissen und sank in einen einigermaßen gut gepolsterten Ohrensessel. Sie deckte sich mit dem Plaid zu und nahm eine mehrere Tage alte Zeitung von dem Tisch neben dem Sessel. Sie hatte kaum etwas gelesen, als sie auch schon einschlief. Beim Aufwachen sah sie auf die Uhr. Vierzig Minuten war sie eingenickt gewesen. Sie stand auf, schüttelte die Kissen auf, legte das Plaid zurück und klopfte ihren Pullover ab, denn sie hatte den Eindruck, das Plaid war nicht besonders sauber.

Als sie die Zeitung wieder auf den Tisch legte, zog sie aus Neugierde die Schublade auf.

Darin war eine billige Blechdose, etwa vierzehn mal acht Zentimeter groß und sechs Zentimeter hoch. Die richtige Größe für Nadeln, Knöpfe und Büroklammern. Arden machte sie auf und fand Schnipsel eines Schecks.

Jessica, einen Bleistift hinter dem Ohr, sah auf, als Arden zurückkam. »Fast fertig. Schöner Spaziergang?«

»Du wirst es nicht glauben, was ich im Aufenthaltsraum gefunden habe.«

»Nämlich?« Jessica zog die Augenbrauen hoch und nahm den Bleistift vom Ohr.

»Einen zerrissenen Scheck. Einen von den gestohlenen.« Arden warf die Schnipsel auf Jessicas Schreibtisch.

Jessica schürzte die Lippen. »Ach Arden, das ist nicht gut.«

»Wo sind die anderen zwei?«

Arden sank auf ihren Stuhl. »Das ist alles zu viel. Guter Gott.«

»Beten könnte nützen.« Aufgewühlt setzte Jessica die Papierfetzen zusammen. »Arden, ich möchte mit Brian darüber sprechen. Es war wirklich genug, wir brauchen jetzt alle ein bisschen Ruhe.«

»Ich muss Deputy Cooper anrufen.« Arden legte die Hände an die Wangen, ließ sie dann sinken.

Jessica trug etwas in ein kleines Notizheft ein, riss den langen Papierstreifen von der Rechenmaschine und heftete den Eintrag säuberlich an die Zahlen. »Alles in Ordnung. Das ist mal eine gute Nachricht, und ja, du musst Cooper informieren. Ich lass die Scheckschnipsel auf meinem Schreibtisch liegen.«

»Gut.«

Jessica hatte die Silver-Linings-Bücher durchgesehen, als Arden schlief, und Schecks ausgestellt, um sie von Arden unterschreiben zu lassen. Die Frauen halfen sich oft gegenseitig bei der Durchsicht der Bücher, doch dies war ein extra Gefallen. Sie schob Arden das dicke Scheckbuch hin. »Unterschreiben.«

»Das hast du alles gemacht?«

»Wozu hat man Freundinnen? Du unterschreibst sie, wir stecken sie in Umschläge, frankieren sie und werfen sie mit allen Schecks von St. Cyril in die Post.«

»Ach, Jessica.« Arden schluckte, ihre Augen wurden feucht.

»Komm schon, Mädel. Unterschreib. Du kannst nicht unterschreiben, wenn du heulst.«

Das rief ein wehmütiges Lächeln hervor, und Arden unterschrieb die Schecks. »Du hast die Bücher auch abgeschlossen.«

»Abgesehen von den zwei noch fehlenden Schecks fehlt kein Penny.« Jessica lächelte. »Ist dir eigentlich klar, dass derjenige, der unten einen zerrissen hat, dumm wie Bohnenstroh ist?«

»Darüber sollte ich vielleicht froh sein.«

31

Bläulicher Schnee reflektierte das Dämmerlicht. Der sich strahlend vom Winterhimmel abhebende Sonnenuntergang zog Harry in seinen Bann, als sie ihre Arbeiten im Freien beendete. Sie beobachtete, wie der lodernde Himmel – rote, goldene und flammend orange Töne – von heranziehenden Wolkenfingern durchsetzt wurde. Sie schloss das hintere Stalltor, das sie offen gelassen hatte, um die Luft aufzufrischen. Die Temperatur, sieben Grad, sank mit der Sonne. Süß duftendes Heu, das frische Wasser in den Eimern, der starke, angenehme Geruch der Pferde machten den Stall zum einzigen Ort auf der Welt, wo Harry sich stets besser fühlte, ganz gleich, was los war. Beim Gang durch die Stallgasse prüfte sie alles doppelt nach. Die Decken lagen noch ordentlich auf den Pferden, ein Wunder nach den Kaspereien auf der Weide am Nachmittag. Jede Menge Tritte mit den Vorderbeinen, wobei Schnee von den Hufen flog und die Kristalle wie winzig kleine Regenbögen durch die klare Luft schossen.

Als die Pferde Harry zuvor am Zaun lehnen und zuschauen sahen, hatte sie das ermutigt, wilder zu toben, bis sie am Ende zum Zaun preschten, als wollten sie ihn durchbrechen. In letzter Sekunde hielten die Jungs an, drehten scharf links oder rechts ab und schrien dabei wie am Spieß. Die Damen auf ihrer großen Weide beteiligten sich nicht an der Wallach-Narretei.

»Wart nur ab, Tomahawk zerreißt gleich Shortros Decke«, schnaubte die älteste Zuchtstute.

»Oh Pots, das wird Harry fuchsteufelswild machen«, entgegnete Silver Cup auf Pot O'Gold's Prognose.

Genau wie Pots sagte, streckte Tomahawk (er maß gut 1,65) den langen Vollblüterhals und packte Shortros Decke von der Seite. Das Reißen hallte über alle Weiden hinweg. Sogar Harry hatte es gehört.

Derweil Shortro jetzt in seiner Box mampfte, untersuchte sie den Riss. An der Seite der wunderbaren Rambodecke klaffte ein zerfranster Schlitz, ein Beweis für die Kraft von Tomahawks Zähnen. Das Zerreißen einer Rambodecke erfordert wahrlich Stärke.

»Wenn ich sie mit Gewebeklebeband flicke, kommen wir damit durch den Winter, aber nach dem letzten Frost muss ich sie nähen lassen. Ihr seid alle auf der Welt, damit ich Geld ausgebe.«

Shortro hob den Kopf, seine dunkelbraunen Augen blickten mitfühlend. *»Der war's.«*

»Schwachkopf«, rief der alte Vollblüter aus seiner Box.

Oben auf dem Heuboden hörten Mrs. Murphy, Pewter und Simon lachend zu.

Tucker, die schon vor der Sattelkammertür saß, kannte das Ritual. Harry würde hineingehen, den Anrufbeantworter vom Stalltelefon abhören, sich einen Moment hinsetzen, ihr Notebook hervorholen, Einträge zu Pferdefutter und Verhalten vornehmen, dann das Notebook wieder in der mittleren Schreibtischschublade verstauen.

Als Nächstes würde sie sich vorbeugen und den mächtigen Wandkalender überprüfen. Sie hatte in die großen Vierecke gekritzelt. Tucker störte nie bei diesem Vorgang, aber sie konnte nicht verstehen, warum Harry fluchend Bleistifte oder Kugelschreiber in den Papierkorb warf. Das geschah oft dann, wenn sie was auf den Kalender schrieb.

Warum brachte sie sich selbst in Wut? Tucker erkannte keine Logik darin.

»Komm, wir gehen runter und da rein.« Mrs. Murphy steuerte auf die Leiter zu.

»Du zuerst«, sagte Pewter.

»Echt gute Manieren!«, staunte Mrs. Murphy, denn es gehörte sich, dass die jüngere Pewter ihr den Vortritt ließ.

»Ich will nicht ständig von dir beobachtet werden.« Die graue

Katze schwenkte ihre beachtlichen Schnurrhaare nach vorn, dann sagte sie zu Simon: *»Wir kommen später nach draußen. Müssen was zu futtern für Odin rausschleppen.«*

»Er kommt neuerdings regelmäßig vorbei«, stellte das Opossum fest.

»Der Winter ist hart, auch für einen guten Jäger wie ein Kojote«, rief Mrs. Murphy nach oben, als sie rückwärts die Leiter hinabstieg.

»Zum Glück hab ich Harry«, sagte Simon. *»Sie hat sogar ein paar Jolly Ranchers für mich ausgewickelt. Lecker. Wassermelone.«* Dem Beuteltier lief beim Gedanken an sein Lieblingsbonbon das Wasser im Maul zusammen.

»Wie kannst du das Zeug nur essen?« Pewter folgte Mrs. Murphy nach.

»Die sind so köstlich. Jede Farbe schmeckt anders. Die sind noch besser als Geleebonbons.«

»Besser als Melasse?«

»Nichts ist besser als Melasse«, antwortete er entschieden.

Die Katzen stürmten durch das Tiertürchen in die Sattelkammer, der starke Ledergeruch drang ihnen in die Nase.

»Haben wir was verpasst?«, fragte Mrs. Murphy.

»Sie hat Notizen gemacht«, antwortete Tucker. *»Als ob sie das weiterbrächte.«*

Harry war am Notebook fertig und rief Susan an. »Brauchst du was für das Treffen heute Abend?«

»Nein. Ich glaub nicht, dass es sehr lange dauert. Die Weihnachtsfahrten waren ein Riesenerfolg, dank der harten Arbeit von allen.«

»Besonders von dir. Nicht mal eine Flasche Wein oder so was?«

»Nein. Ich hab alles. Dein Mann holt meinen ab, das weißt du bestimmt. Sie wollen ins Kino. Ned sagt, er bleibt nicht bei ’nem Haufen Kirchenweiber zu Hause. Da hab ich ihn gefragt, ob ihm ein Haufen Huren lieber wäre?«

Harry kicherte. Tatsächlich scheinen Politiker allgemein eine Vorliebe für Damen vom horizontalen Gewerbe zu haben. Aus demselben Holz geschnitzt, nahm Harry an.

»Und?«

»Breites Lächeln. Ned sagt, wenn das Exgouverneur Spitzer eine Fernsehsendung verschafft hat, würde es vielleicht auch ihm eine verschaffen. Wir könnten das Geld gebrauchen.«

»Sehr einsichtsvoll.«

»Hab ich auch gesagt.« Susan lachte. »Wir sehen uns um sechs.«

Harry ging vom Stall ins Haus, sah Fair am Küchentisch sitzen und Zeitung lesen. Sie gab Neds Gespräch mit Susan wieder.

»Ha!«, war seine Reaktion.

»Ich lass dich jetzt mit deinen Gedanken allein. Ich geh duschen und dann zu dem Treffen. Nudeln sind im Kühlschrank. Musst du nur aufwärmen.«

»Danke, Schatz. Ned und ich gehen im Einkaufszentrum essen. Er musste mir versprechen, nicht über Politik zu reden. Bei dem Alternativthema Huren könnte das einfacher sein, als ich dachte.«

Harry hob die Hände und eilte wortlos zum Duschen.

Danach zog sie einen karierten Wickelrock und eine weiße Bluse an, legte sich einen Pullover um den Hals und ging in die Küche. Fair sah hoch. »Gut schaust du aus.«

»Danke.«

»Werden deine Beine nicht kalt?«

»Manchmal. Mit den Kniestrümpfen geht's ganz gut, und ich nehme an, in den Beinen sind nicht so viele Nervenenden wie anderswo.«

»Vielleicht haben Frauen weniger als Männer; meine Beine wären jedenfalls blau. Aber du siehst aus wie ein College-Mädchen. Echt.«

»Denk weiter so.« Sie küsste ihn. »Hoffentlich zieht das

Treffen sich nicht ewig hin. Ich möchte mich sputen und gegen halb zehn zu Hause sein.«

»Bis dann sollte ich auch zurück sein.«

Bis Harry zu Susan nach Hause kam, waren alle Damen von St. Lukas und St. Cyril schon eingetroffen. Auch Jan McGee saß mit am Esszimmertisch. Die anderen vereinten Kirchen hatten ebenfalls Treffen an diesem Sonntagabend, dem 29. Dezember. Sie wollten die Lieferungen aufarbeiten, solange die Erinnerungen frisch waren. Danach wollten die Organisatorinnen aller kirchlichen Lebensmittelfuhren in einer Woche zusammenkommen und neue Verbesserungsvorschläge auf den Tisch bringen. Das System funktionierte recht gut, und mit jedem Jahr wurden sie besser. Der Druck blieb jedoch hoch, denn Jahr für Jahr stieg die Anzahl der Notleidenden, und das führte zu einer lebhaften Diskussion. Charlene Vavilov, Arden Higham und Jessica Hexham halfen Susan, die Zusammenkünfte in Gang zu halten. Wie es schien, wollten Charlene und Arden lieber mit Freundinnen zusammen sein, anstatt im Dunkeln allein daheim zu sein. Harry fand zwar, dass es für die zwei vielleicht zu früh war, an dem Treffen teilzunehmen und sich öffentlich sehen zu lassen, aber sie war nicht aufgebracht, wie es die Generation ihrer Mutter wohl gewesen wäre. Die alten Regeln waren einleuchtend, doch manche Leute mussten ihren eigenen Weg finden.

Owen, Susans Corgi, verschlief das lebhafte Treffen. Futter hätte ihn wachgehalten.

BoomBoom klopfte mit dem Bleistift auf den Tisch. »Warum behalten wir die Bedürftigen nicht das ganze Jahr über im Auge?«

Cooper, für die Gruppe des Sheriffreviers zuständig, war auch anwesend, zumal sie der St.-Lukas-Gruppe nahestand. »BoomBoom, das ist ein Riesenhaufen Arbeit.«

»Zweifellos, aber warum können wir uns nicht mit dem

Sozialdienst zusammentun und jeden Monat diejenigen durchgehen, die neu auf der Bedürftigenliste sind, und diejenigen, die Arbeit gefunden haben oder denen es besser geht?«

Charlene schaltete sich ein. »Wir nutzen den Sozialdienst. Der Bezirk war sehr hilfreich, aber, BoomBoom, viele Angaben sind von der Kirche oder von Freunden übermittelt worden.«

»Können wir denn keine Möglichkeit finden, Angaben von diversen Quellen zu sammeln?« BoomBoom blieb beharrlich.

Alicia, eine gute Vorausdenkerin, hatte das alles schon von BoomBoom gehört, die sich ins Zeug gelegt hatte. Sie wollte ihre Gefährtin unterstützen, ohne sich mit den anderen anzulegen. BoomBoom konnte zuweilen vergessen, die Wogen zu glätten.

»Erstens müssen wir die Quellen herausfinden.« Alicia äußerte sehr ruhig das Naheliegende. »Das kann so einfach sein wie eine Website einrichten oder e-mailen oder was auch immer. Wir können nicht ein Treffen nach dem anderen ansetzen. Technologie kann den Vorgang beschleunigen.«

»BoomBoom ist mit einer Idee gekommen, die uns hilft, Bedürftigkeit genauer im Voraus zu erkennen, so dass wir unsere Kirchen um bestimmte Artikel bitten können, von Lebensmitteln einmal abgesehen.« Die Idee gefiel Harry. »Ich verstehe nicht, wieso das E-Mailen einer einzigen verantwortlichen Person nicht funktionieren soll.«

»Wir müssen die anderen Kirchen für diese Idee erwärmen. Es soll doch nicht so aussehen, als würden wir den Laden allein schmeißen«, empfahl Arden klugerweise.

»Die einzige Frau, die das übernehmen könnte, falls es überhaupt jemand machen will, wäre eine, die schon in Rente ist«, sagte Jan. »Wenn man erst mal damit anfängt, beansprucht es viel Zeit. E-Mail ist eine Sache. Man muss direkt mit den Leuten sprechen. Ich würde BoomBooms Idee dadurch ergänzen, dass es nicht schaden würde, die Leute manchmal das Jahr hindurch zu besuchen. Dann kam mir noch der Gedanke, sprecht mit den Ärzten in euren Gemeinden. Ihr wisst ja, mein Mann Frank ist Arzt. Er weiß oft, wer in finanzieller Not ist und ein körperliches Leiden hat. Die Leute können ihre Rechnungen nicht bezahlen.«

Susan nickte. »Gute Idee.«

Jessica hatte eine detaillierte Bezirkskarte mitgebracht, die sie auf dem langen Mahagonitisch ausbreitete. »Wenn ihr guckt, wohin wir geliefert haben, springen euch die Gebiete mit der größten Not ins Auge.«

Susan ergriff das Wort. »Wer mit der Grundsteuer im Verzug ist, das ist auch ein Hinweis. Etwa dasselbe wie Jans Vorschlag mit den Arztrechnungen.«

»Da bin ich nie drauf gekommen«, rief Harry.

»Das ist oft das erste Anzeichen für Probleme. Mit so vielen Leuten geht es bergab.« Susan linste auf die große Karte.

Harry betrachtete ebenfalls die detaillierte Karte und bemerkte die Feuerschneise auf dem Rücken der Blue Ridge Mountains und die Haarnadelkurven die Hänge hinab. Holz- und Feldwege waren nicht eingezeichnet, aber auch ohne die konnte sie erkennen, wie leicht jemand einen Leichnam oberhalb ihres Hauses hatte verstecken können. Ihre Gedanken wanderten ständig zu dem Skelett in den Baumwurzeln. Vor langer Zeit, zumindest vor so langer, wie es dauerte, bis aus einer Leiche bleiche Gebeine wurden, hatte jemand einen Leichnam den Kamm entlanggetragen und dann hinuntergeworfen, um ihn zu vergraben. Das herauszufinden war leichter gewesen, als sie dachte. Sie war neugierig wegen der Toten und des Abtrennens von Petes und Lous Fingern und hatte das baumelnde Skelett gesehen, dessen Grinsen sie immer noch verfolgte.

Zu Cooper gebeugt, flüsterte sie: »Guck dir nach dem Treffen die Karte mit mir zusammen an.«

Die lebhafte Zusammenkunft ging dank Susan voran. Alle

waren sich einig, dass BoomBoom eine blendende Idee hatte, und Susan wie Jessica erboten sich, mit den für die Fuhren Verantwortlichen bei den anderen Kirchen Kontakt aufzunehmen.

»Ich schlage vor, die Sitzung zu vertagen«, sagte Alicia.

Cooper meinte lächelnd: »Ich unterstütze den Vorschlag.«

»Alle, die dafür sind, sagen ja.« Susan konnte die parlamentarischen Verfahrensregeln im Schlaf aufsagen.

Das Ja war einstimmig.

»Charlene, können wir die Karte kurz borgen?«, fragte Cooper.

»Na klar.« Charlene stand auf und strebte zu der schon voll besetzten Bar.

Harry und Cooper beugten sich über die ausgebreitete Karte, Harry fuhr mit dem Zeigefinger die Strecke nach.

»Wer die Leiche getragen hat, hat sie bergab gebracht. Es wäre viel zu schwer, sie hochzutragen.«

»Harry, wieso konnte jemand nicht wie wir rauffahren?«

»Weil man an meinem Stall vorbeigemusst hätte.«

Cooper lächelte. »Schon, aber die Knochen können fünfzig Jahre alt sein oder noch älter. Du warst nicht dauernd beim Stall.«

»Ja, aber« – Harry holte tief Luft – »man kann das annähernde Alter von Knochen herausfinden. Ich weiß, ich weiß – das hat nicht Vorrang. Ihr habt sicherlich dringlichere Fälle, aber egal, ich hab ein Skelett gefunden, du hast es gesehen. Jetzt ist es nicht mehr da. Das ist schon merkwürdig, findest du nicht?«

»Allerdings.« Cooper nickte. »Okay. Und wenn du nun recht hast, was dann? Die Leiche wurde runtergetragen oder sogar geschoben, etwa auf einer Segeltuchplane. Das beweist nicht, wer es getan hat.«

»Könnte sich aber irgendwann als nützliche Information erweisen.«

»Genau.« Cooper blickte zur Bar. »Komm. Ein labendes Glas tut uns jetzt gut.«

Harry legte die Karte zusammen und begab sich zu den Damen an der Bar. Sie händigte Charlene die Karte aus und bedankte sich.

Ungehemmt plapperte Arden über den zerrissenen Scheck von St. Cyril, obwohl Jessica ihr davon abgeraten hatte.

Jessica zuckte zusammen, ermahnte sie aber nicht, sagte stattdessen: »Ich habe mit Brian darüber gesprochen. Arden sagte, sie werde Cooper anrufen. Wer weiß, wer den zerrissenen Scheck in die kleine Schublade gesteckt hat? Am besten ziehen wir keine voreiligen Schlüsse.«

Alle redeten gleichzeitig los.

Schließlich sagte Charlene: »Sollte man nicht Pfarrer O'Connor verständigen?«

»Nein«, entgegnete Alicia entschieden, was alle erstaunte.

Arden hob die Stimme. »Warum nicht?«

»Es ist besser, rauszufinden, ob er davon wusste«, antwortete Alicia gleichmütig.

»Tatsächlich?« Arden kippte noch ein Glas Weißwein hinunter.

Jessica wusste, es wäre besser, sie davon abzuhalten, ein drittes zu picheln.

Alicia fuhr fort: »Lieber keine Unruhe aufkommen lassen. Das ist ein Job fürs Sheriffrevier. Wir würden nur Staub aufwirbeln.«

BoomBoom war sogleich alarmiert. »Was redest du da?«

»Und wenn es jemand aus dem Haus war? Sieht eindeutig danach aus.« Alicia lehnte sich an die Bar.

»Aber die Schecks wurden nicht eingelöst.« Arden hätte es wirklich nicht ausplaudern sollen. Zu viel Wein. Zu viel Gefühl.

»Grauenhaft«, sagte Arden.

»Dies ist eine schwerwiegende Angelegenheit, besonders

weil zwei leitende Herren von Silver Linings kürzlich gestorben sind«, erklärte Harry ruhig.

Jessica schaute in ihr Glas und stellte es dann auf die Bartheke. »Da keine Gelder fehlen, handelt es sich möglicherweise um einen üblen Streich. Brian ist der Auffassung, Jungs sind eben Jungs.«

»Ich vermute, nicht die Jungen machen uns Sorgen.« Harry zerknüllte ihre Cocktailserviette. »Erstens lenkt das vom Verlust zweier führender Männer in unserer Gemeinde ab. Zweitens, wer sagt denn, dass die Schecks nicht zu einem späteren Zeitpunkt eingelöst werden? Einen zurückzulassen ist eine todsichere Methode, Verwirrung zu stiften. Wir haben es vielleicht bloß mit jemand zu tun, der schlauer ist, als wir denken.«

»Oh, hoffentlich nicht.« Arden brach in Tränen aus.

Die Frauen trösteten sie. Das Gespräch brach ab, während Harrys Gedanken vorwärtssausten, zu keinen guten Orten. Zum zweiten Mal – das erste Mal war, als sie das Skelett gesehen hatte – spürte Harry das Frösteln der Angst.

32

Herr Pfarrer, danke, dass Sie mir Ihre Zeit widmen.« Cooper sagte dies lächelnd, dabei wusste Pfarrer O'Connor, dass die Polizistin aus einem bestimmten Grund in sein Amtszimmer gekommen war.

Einen Moment lang perplex, meinte der Priester: »Sie sind wegen des zerrissenen Schecks hier, nehme ich an.«

»Mit etwas Glück, Herr Pfarrer, beschaffen wir uns einen Fingerabdruck, wenn der Scheck wiederhergestellt ist. Ich meine, einen anderen als von Arden oder Jessica.«

»Ja. Ja. Das können wir hoffen.« Er runzelte die Augenbrauen.

»Wenn einer vorhanden ist, werden unsere Leute ihn finden, aber echte Polizeiarbeit ist nicht unbedingt wie im Fernsehen. In einem Fall wie diesem finden wir selten sofort eine Lösung oder eine Person von besonderem polizeilichen Interesse. Das braucht Zeit und ist oft mühsam«, berichtete sie aufrichtig. »Gestatten Sie mir die Frage, haben Sie jemals besondere freundschaftliche Beziehungen unter den Jungen oder bestimmten Erwachsenen und Jungen bemerkt?«

Er rieb sich die Schläfen. »Deputy Cooper, das ist schwierig zu beantworten. Natürlich gibt es Zuneigung. Beziehungen aufbauen und mögliche Rollenbilder vermitteln ist ein Ziel von Silver Linings. Manche Jungen mögen manche Erwachsenen lieber als andere. Ich glaube, die Erwachsenen versuchen, niemanden zu bevorzugen. Ich habe mir deswegen nie Sorgen gemacht. Es scheint mir nur natürlich.«

»Verstehe.«

Er wählte seine Worte sorgfältig: »Officer, Sie wissen, dass die Kirche angegriffen wurde.« Er hob die Hände. »Wir müssen reinen Tisch machen. Es besteht kein Zweifel an den vertuschten Missbrauchsfällen, aber den Medien macht es anscheinend Spaß, das Feuer jeder Story zu schüren, die uns in einem schlechten Licht darstellt. Gerichtsverfahren haben die Finanzen der amerikanischen Kirchen schwer belastet. Global mag die Kirche reich sein, aber ich muss sagen, hier in den Staaten haben wir es schwer. Immer weniger Männer werden Priester. Rom scheint es an Interesse an uns zu fehlen, es bevorzugt Weltgegenden, wo weniger Fragen gestellt werden. Die harte Wahrheit aber ist, wir müssen Fragen stellen.«

»Wenn Sie sich gegen einen Standpunkt von Rom aussprechen würden, den Sie für überholt oder ungeeignet für Ihre Gemeinde halten, würden Sie dann die finanzielle Unterstützung verlieren?«

»Meine Pfarrei würde ich verlieren.« Er seufzte. »Rebellische Priester werden nicht favorisiert.«

»Einige wenige bewirken viel.«

»Officer, ich habe nicht damit gerechnet, dass Ihnen was an der Kirche liegt. Ich bin froh darüber. Und ja, einige Priester haben etwas bewirkt, aber sie sind besser in Öffentlichkeitsarbeit. Ich bin ein einfacher Pfarrpriester und hüte meine Herde nach besten Kräften. Wenn ich im Widerstreit mit dem Dogma bin, und ich sage nicht, dass dem so ist, dann behalte ich das für mich. Es ist nicht die richtige Zeit, und vielleicht ist sie für mich nie richtig. Ich weiß es nicht. Ich denke aber nicht, dass ich meinem Volk etwas Gutes tue, wenn ich mich über solche Themen auslasse. Tatsächlich meine ich, es würde Leid, Zerwürfnis und Verwirrung hervorrufen.«

»Das verstehe ich.« Sie nickte. »Der Polizeidienst kann auch hart und schwierig sein. Ich behaupte nicht, es ist dasselbe, nur dass ich den Zwiespalt zwischen Gehorsam und Eintreten für Reformen verstehe.«

»Dies ist eine brisante Zeit, nicht wahr?«

»Ja. Und Sie haben zwei wichtige Unterstützer verloren. Ich bin überzeugt, dass Peter Vavilov und Lou Higham sowohl der Kirche als auch Silver Linings großzügige Spenden zukommen ließen. Und jetzt werden auch noch die fehlenden Schecks publik gemacht.«

»Auf Pete und Lou konnte ich immer zählen. Sie wären in dieser Zeit so hilfreich gewesen. Als zuverlässige, kluge Ratgeber.«

»Herr Pfarrer, hat Ihnen schon mal jemand ungebührliches Verhalten von Pete und Lou gemeldet?«

»Nichts dergleichen«, antwortete er prompt, aber die Frage ging ihm auf die Nerven. »Ich wäre entsetzt gewesen. Ich bin entsetzt, wenn ich mir die zwei in einem solchen Licht vorstelle. Sie waren wichtige Unterstützer.«

»Entschuldigen Sie, dass ich Sie so etwas frage, aber ich muss es tun. Ich muss alle Möglichkeiten ausschöpfen, egal, wie qualvoll sie auch sein könnten. Hat sich schon mal jemand über Silver Linings beschwert, hatte vielleicht den Eindruck, dass die Jungen sich ungebührlich betätigten?«

»Ja. Es gab Berichte über Alkoholkonsum auf dem Gelände, auch Gras rauchen. Brian Hexham ist dahintergekommen und hat mit den Jungen gesprochen, die tatsächlich getrunken oder geraucht haben. Als Brian dann seinen Vortrag hielt, wie der Körper sich verändert – sexuelles Verlangen und Verantwortlichkeit –, hat das einige Eltern auf den Plan gerufen. Das habe ich geregelt.« Er blinzelte. »Es mag Ihnen seltsam vorkommen, dass ein zölibatärer Priester über solche Belange sprechen kann, aber ich meine, wir sind dazu verpflichtet. Wir opfern unsere Sexualität sozusagen der Kirche, der Gemeinschaft. Für einen verheirateten Mann steht nicht die Gemeinde an erster Stelle, sondern seine Familie, und so soll es sein. Ich bin an die Kirche gebunden, an Christus. Mir ist klar, nur wenige mögen dieses Gelübde ablegen, und noch weniger werden es verstehen.«

»Was war los?«

»Manche Eltern waren verärgert, doch die jungen Männer waren dankbar für die Aufklärung. Wir vergessen, wie schwierig die Jugend ist. Man versteht in dieser schweren Zeit nicht mal den eigenen Körper und muss so viel Druck aushalten. Kurzum, ich habe den paar Eltern gesagt – drei Müttern und einem Ehepaar; die meisten Jungen kommen aus zerrütteten Familien –, dass es, wenn die Lebensrealitäten dieser Jungen nicht klar und deutlich formuliert werden, mehr uneheliche Kinder und noch mehr Kummer geben wird. Ich halte eindeutig viel von Abstinenz, und genauso eindeutig weiß ich, dass das nicht bei jedem Teenager-Jungen klappt. Wohin diese jungen Menschen sich auch wenden, überall stoßen sie auf Sexualsymbolik, sexuell geprägte Songtexte. Während ich Abstinenz predige, lasse ich Brian über Verhütung sprechen. Das nennt man ein wenig mogeln.« Er errötete ein bisschen. »Aber wir müssen unsere Jungen schützen und auch die Mädchen. Und wenn es etwas gibt, worauf ich Nachdruck lege und worauf Silver Linings Nachdruck legt, dann ist es die Achtung vor Frauen.« Er hob die Hände. »Wir führen einen Kampf gegen die gesamte Kultur.«

»Das ist wahr«, bestätigte Cooper. »Ich lasse Sie vorerst in Ruhe und frage Sie nicht, wie Sie dazu stehen, dass Frauen die Priesterweihe erhalten.«

Er atmete aus. »Danke.«

»Was die Finanzen von Silver Linings angeht, gibt es eine gute Nachricht: Trotz der fehlenden Schecks sagt der vom Gericht bestellte Finanzsachverständige, der mit uns zusammenarbeitet, dass die Bücher in Ordnung sind.« Sie hielt inne, sprach dann voll Mitgefühl weiter: »Herr Pfarrer, ich bedaure, dass ich Ihnen einige von den Fragen stellen musste, aber es steht eine ganze Menge auf dem Spiel. Aber vor allem anderen will ich nicht noch einen Mord.«

Er fuhr sich mit der Hand ans Herz. »Denken Sie ...«

»Ich glaube fest, dass beide Männer ermordet wurden. Sehr spärliche Indizien, aber ich habe gelernt, mich auf mein Bauchgefühl zu verlassen. Sie haben Ihre Berufung, Herr Pfarrer, und ich habe meine. Einen Mord aufzuklären ist eine Sache, einen zu verhindern eine andere.«

Während Cooper mit Pfarrer O'Connor sprach, saß Pfarrer O'Brien im Beichtstuhl. Er las zweimal wöchentlich die Messe und nahm zweimal wöchentlich die Beichte ab.

Pfarrer O'Brien hatte kalte Füße. Er war in einen dicken Umhang gehüllt und sah ständig auf die Uhr. Noch eine Stunde.

Da kam jemand. Eine leise Frauenstimme sagte: »Vater, ich habe gesündigt.«

»Fahre fort, mein Kind.«

»Ich habe Beihilfe zum Mord geleistet.«

33

Tiefhängende Wolken verdeckten die Sterne und verdunkelten die Nacht, doch die Wolkendecke ließ es nicht besonders kalt werden, das Thermometer blieb bei einem halben Grad stehen.

»Ich hasse Silvester.« Harry packte am Küchentisch ein Geschenk in Stanniol und umwickelte es mit weißem Band.

»Hassen tu ich es nicht, aber mit dem Älterwerden kann ich nicht sagen, dass ich mich drauf freue wie damals mit fünfundzwanzig.« Fair sah die Post durch.

»Hab ich doch schon gemacht, Schatz.«

»Ich weiß, aber ich überprüfe gerne das Datum auf den Rechnungen.«

»Hast du gemerkt, dass die Kreditkartenrechnungen neuerdings in drei Wochen fällig sind statt in einem Monat? Alles wird gestrafft, vorangetrieben. Als würde die ganze Welt versuchen, Betriebskapital aus uns rauszuquetschen.«

Er lehnte sich auf dem Küchenstuhl zurück und ordnete die Rechnungen. »Ja. Manche Zeitschriften schicken die Verlängerungsaufforderung zeitig oder bieten einem einen Deal an, wenn man zeitig verlängert. So was wie eine fünfundzwanzigprozentige Ersparnis. Das bringt mich durcheinander, weil ich mich nicht mehr an den jährlichen Verlängerungstermin erinnere.«

»Eine Gaunerei ist das«, sagte sie. »Der Termin steht gewöhnlich kleingedruckt irgendwo unter der Verlängerungsaufforderung. Manchmal denke ich, ich lasse einfach alles auslaufen.«

»Ich auch, aber dann wird mir klar, dass mir mit der Zeit was fehlen würde.« Er stand auf, ging zum Spülbecken und sah aus dem Fenster. »Hast du den Wetterbericht geguckt?«

»Nein, ich ruf ihn auf.« Sie nahm das Droid von der Anrichte, klappte es auf und berührte das Wettersymbol. »Heute Nacht unter dem Gefrierpunkt, bedeckt, morgen bewölkt und Silvester Aussicht auf Schnee.« Sie sah hoch. »Wir müssen wirklich zu der Feier gehen, ja?«

»Spendengala«, erklärte er kurzerhand.

Harry machte den Mund auf, brachte aber nichts heraus, weil ein langes helles Kojotengeheul sie aufhorchen ließ. »Mein Gott, klingt das trübsinnig.«

Fair sah wieder aus dem Fenster. »Ja. Hört sich an, als wäre er oben im Walnusshain.«

»Gefahr«, rief Odin laut.

Die Tiere lauschten aufmerksam. Sie hatten diese Warnung schon einmal gehört. Mrs. Murphy fragte schließlich: *»Gefahr für ihn oder für uns?«*

»Müssen wir das rausfinden?«, fragte Pewter.

»Tun wir's nicht, findet sie uns womöglich«, erklärte Tucker wohlüberlegt.

»Halt die Klappe«, konterte Pewter sogleich.

»Ich geh auf den Heuboden«, verkündete die Tigerkatze. *»Ich kann da oben besser sehen. Vielleicht kommt Odin vorbei und klärt uns auf.«*

Tucker sagte: *»Wir stellen die Reste von den T-bone-Steaks raus und gekochten Reis. Harry hat einen ganzen Topf voll in einer Plastiktüte weggeschmissen.«* Die Corgihündin hielt das für eine ganz gute Ausbeute.

Vom Reden über Futter angeregt, fiepte Pewter: *»Ich komm mit dir, Murph. Oben auf dem Heuboden ist es nicht so kalt, erst recht nicht, wenn wir in einem ausgehöhlten Heuballen warten.«*

»Ich komm auch mit.« Tucker zog durch das Küchen-Tiertürchen ab.

Die zwei Katzen rannten ihr nach, die Türklappe flappte, als sie durchsausten.

»Was ist bloß in sie gefahren?«, fragte Harry verwundert.

»Kann man nie wissen.« Fair lächelte. »Raubtiere plagen sich im Winter stärker ab. Da sind massenhaft Wildtiere unterwegs. Und das vorhin dürfte ein hungriger Kojote gewesen sein.«

Dieser hungrige Kojote sprang vom Nutzwald über die hinteren Weiden hinunter, und die Katzen beobachteten ihn durch die einen Spaltbreit offene Heubodenpforte.

»*Er schlägt den Weg zu uns ein*«, rief Pewter zu Tucker hinunter.

»*Okay.*« Tucker drückte sich lauschend an das große ebenerdige Tor.

Odin legte leichtfüßig eine große Strecke zurück und gelangte wenige Minuten, nachdem die Katzen ihn auf der hinteren offenen Wiese erspäht hatten, in den Stall. Er vertilgte rasch den Reis, dann legte er sich hin, um die leckeren Steakknochen zu kauen.

Mrs. Murphy sah zu ihm hinunter. »*Odin, was soll das Gerede von wegen Gefahr? Was geht da oben vor?*«

Er schluckte, ehe er antwortete: »*Zwei Menschen sind oben von dem Bergrücken runtergekommen. Ihre Gesichter waren vermummt. Einer hatte eine Skimaske mit Augenlöchern und einem Schlitz für den Mund übergezogen. Die andere hatte einen Schal vorm Gesicht. Das war eine Sie, da bin ich mir sicher.*«

»*Wie hat der andere gerochen?*«, fragte Tucker hinter dem Tor.

»*Der Wind hat gedreht, außerdem war ich nicht nah dran. Eins ist mal klar, ich trau keinem von denen. Ich dachte, die könnten Gewehre haben und einen Schuss auf mich abgeben. Daher weiß ich nicht, wie der mit der Maske gerochen hat.*«

»*Wie haben sie sich bewegt?*«, fragte Pewter. »*Alt? Jung? Gebrechlich?*«

Odin sah hoch zu Pewter und schüttelte sich kurz. »*Sie haben sich bewegt wie zwei frierende Menschen, die im Schnee Probleme haben. Sind gerutscht und geschlittert, aber keiner ging gebeugt. Ich meine nicht, dass sie richtig jung waren. Und die eine hatte ein Fernglas um den Hals.*«

»Warum hast du Gefahr gerufen?«, wollte Mrs. Murphy wissen.

»Weil sie hier runtergeglotzt haben. Ohne sich zu bewegen. Wachsam geguckt wie ein Raubtier.«

»Und sie sind von dem Bergrücken runtergekommen?« Tucker wollte sichergehen, dass sie richtig verstanden hatte.

»Ja, das ist schwer für Menschen, weil sie so eingeschränkt sind«, bemerkte Odin. *»Auf schlechtem Untergrund runtergehen ist mühsamer als raufgehen. Deswegen hab ich euch zugerufen. Die haben hier was vor.«*

Die drei Haustiere waren einen Moment still, dann rief Pewter hinunter: *»Waren sie an dem entwurzelten Baum?«*

»Sie waren nicht weit davon weg. Ich bin ihnen nicht zurück nach oben gefolgt, weil ich was zum Fressen wollte. Aber ich würde vorsichtig sein.«

»Haben sie dich gesehen?«, fragte Tucker.

Odin lachte. *»Natürlich nicht. Ich kann auf zwei Meter an einen Menschen rangehen, wenn die Deckung gut ist. Die haben keine Ahnung.«*

»Wenn besseres Wetter ist, siehst du dann viele Menschen auf dem Bergrücken oder Wege an den Berghängen runtergehen?«, fragte Pewter.

»Nicht oft. Die meisten Menschen gehen auf dem Appalachenpfad. Sie schweifen nicht auf Privatgrund ab, und wir gehen ihnen aus dem Weg. Wenn Wanderer uns sehen, rufen sie bekanntlich andere Menschen, und einige könnten dann kommen und uns erschießen oder einfangen. Wir halten uns fern.« Odin verputzte einen Knochen und griff sich den nächsten.

»Die zwei kennen die Wege und vermutlich nicht bloß runter zu unserer Farm«, sagte Mrs. Murphy. *»Odin, hast du denn Gewehre gesehen?«*

»Nein, bloß das Fernglas«, sagte er und zermalmte mit seinem kraftvollen Kiefer einen weiteren Knochen.

34

Am letzten Tag des alten Jahres wachte Cletus Thompson früh auf. Er schürte das Feuer, streichelte seinen Hund, machte eine Dose Spaghetti aus dem Weihnachtskorb von der Kirche auf und aß. Eine Tasse heißer Kaffee wärmte ihn von innen. Weil er einen Gasherd hatte und darauf achtete, immer die Rechnung zu bezahlen, konnte er jederzeit Kaffee kochen. Manchmal verschaffte er sich das Geld, indem er eine Einfahrt freischaufelte oder andere Gelegenheitsarbeiten annahm, die der Lebensmittelladen ihn verrichten ließ. Auch Cletus' Nachbarn waren manchmal behilflich, doch ein Alkoholiker verliert Freunde wie ein Baum im Herbst seine Blätter. Auch wenn der Trinker keine Szenen auslöst und nicht ausfallend wird, zerstört die unabänderliche Unzuverlässigkeit Freundschaften. Dennoch war Cletus stets gut zu dem uralten Terminator. Auch wenn Cletus nichts aß, sein Hund bekam sein Futter.

Trotz jahrelangen Alkoholmissbrauchs besaß der ehemalige Mathematiklehrer eine robuste körperliche Verfassung. Ohne die wäre er schon lange tot gewesen.

Er spürte es in den Knochen, dass es wieder schneien würde, deswegen beschloss er, seine Zufahrt schon mal freizuschaufeln. Was herunterkäme, müsste auf alle Fälle geräumt werden, doch so würde die künftige Arbeit leichter. Mit Mantel und Handschuhen an, auch die Mütze auf, öffnete er die Haustür.

»Was zum …« Er trat an das Auto von Flo.

Sie schlief drinnen, mit ihrem Hund Buster auf dem Schoß.

Als Cletus ans Fenster klopfte, erschrak sie. Sie setzte sich aufrecht und starrte den klopfenden Mann an. Buster bellte.

»Flo, alles in Ordnung?«

Sie kurbelte ihr Fenster herunter. »Ich war so müde und bin eingeschlafen.«

»Komm mit ins Haus. Da ist es wärmer als hier draußen, und

ich hab Kaffee gekocht. Bring den Hund mit. Meiner schläft die meiste Zeit.«

»Okay.«

»Entriegele die Tür.« Er kehrte ihr den Rücken zu, wusste er doch, dass das seinen Zweck erfüllen würde.

Und wirklich, sie stieg aus, den Hund auf dem Arm, und folgte Cletus ins Haus. Flo mochte nicht zurückgelassen werden.

Nachdem sie die Toilette benutzt und die Zähne geputzt hatte (sie führte ein Täschchen mit Zahnbürste, Zahnpasta und Aspirin mit sich), begab sie sich zu ihrem gleichmütigen Gastgeber in die Küche.

»Setz dich«, sagte er freundlich. »Milch? Zucker?«

»Zucker.«

Zwei gehäufte Teelöffel waren nach Flos Geschmack, die den Trank sogleich hinunterstürzte.

»Flo, ich habe nichts zu essen als ein paar Konserven, die die Kirche mir hiergelassen hat. Harry und Susan haben mir die vorbeigebracht, meine alten Schülerinnen. Erinnerst du dich an sie?«

»Mir haben sie auch Sachen dagelassen.« Sie zog die Nase kraus. Der warme Kaffee fühlte sich wunderbar an. »Bei dir ist es wärmer als bei mir.«

»Im Winter sitze ich meistens in der Küche oder am Kamin. Unnötig, die Kosten zu steigern. In der Küche ist es warm. Ich brauche nicht viel.« Als er glaubte, sie könnte sich entspannt haben, kam er zur Sache. »Was führt dich hierher?«

»Ich bin Esther aus dem Weg gegangen.« Sie atmete mehrmals tief durch. »Ich habe Angst vor meiner Schwester. Sie will mich umbringen.«

»Esther?« Cletus war skeptisch.

»Sie ist nicht mehr dieselbe, die du gekannt hast, als ihr zusammen unterrichtet habt. Esther hat immer nach der besten Gelegenheit gesucht, das kann ich dir sagen, aber sie hat den Überblick behalten.«

»Warum soll Esther dich umbringen wollen? Ich möchte meinen, sie ist glücklich. Verheiratet. Genug Geld, um den Ruhestand zu genießen.«

»Ha!«, erwiderte sie höhnisch. »Sie erzählt überall herum, ich sei diejenige mit den psychischen Problemen, dabei ist sie es. Sie war neidisch, weil ich als Kind beliebter war als sie, und als sie sich später in Al Toth verliebte, ist sie vollkommen verrückt geworden. Sie konnte nur noch daran denken, nur noch darüber sprechen. Esther wollte mich immer dazu bringen, ihr zu helfen, Männer zu ködern, besonders Al.«

»Hm« – Cletus hielt inne –, »ich wusste natürlich, dass Esther verrückt nach ihm war. Wir wussten es alle, aber sie hat es nicht ausposaunt. Dir hat sie es natürlich erzählt, du bist ja ihre Schwester. Am Ende hat sie ihn gekriegt.«

»Ich hasse sie wegen alledem und noch mehr«, sagte Flo. »Er hat sie nicht glücklich gemacht. Al ist nicht schuld. Er ist okay. Es liegt an ihr. Sie kann es nicht ertragen, dass ich weiß, wer und was sie wirklich ist. Sie hat mir solche Angst gemacht, dass ich mich auf der Valencia-Farm versteckt habe, und da hat Deputy Cooper mich gefunden. Fair Haristeen war bei ihr, Harry auch. Sie haben rausgekriegt, wo ich war, sie dachten, sie würden helfen. Esther hat alle in Aufruhr versetzt.«

Cletus hätte gerne gesagt, dass Flo es anscheinend war, die alle in Aufruhr versetzt hatte, begnügte sich aber mit: »Hat Esther dir gedroht?«

»Sie sagt, wenn ich mich nicht benehme, bringt sie mich weg. Viel, sie redet viel.«

»Es ist schäbig von ihr, das zu sagen.« Er schenkte sich und auch Flo noch eine Tasse Kaffee ein. »Schau, dein kleiner Kerl hat sich neben meinen gekuschelt.«

»Sie können sich gegenseitig wärmen.« Flo lächelte, was selten vorkam.

»Warum bist du hierhergekommen?«

»Wir haben uns immer verstanden, du und ich. Manchmal

bin ich vorbeigekommen, und wir haben uns an die alten Zeiten erinnert, bevor alles drunter und drüber ging. Ich dachte, du hörst mich an und lässt mich ausreden.«

Er hob die Augenbrauen und die Stimme. »Du willst hierbleiben?«

Flo nickte. »Wenn du mir hilfst, mein Auto zu verstecken, falls sie vorbeifährt, bin ich in Sicherheit.«

Cletus ging nicht direkt darauf ein. »Wir haben uns nie beschimpft, Esther und ich. Aber sie ist wie alle anderen, will keine Zeit an einen Säufer verschwenden.«

»Sie will auch weder Zeit noch Geld an mich verschwenden. Sie braucht mich nicht mehr. Heute Abend beweise ich dir, dass Esther mich umbringen will. Dann wirst du alles verstehen. Wir müssen rausgehen, aber nicht weit.«

»Es soll schneien.«

»Ich weiß.« Flo hielt die Kaffeetasse in den Händen. »Du musst mir versprechen, nicht zu trinken.«

Er zuckte die Achseln. »Ist leicht versprochen. Ich hab gar keinen Schnaps mehr.«

»Und alles, was ich esse, ersetze ich dir. Ich habe Geld.« Aus ihrer Tasche zog sie vierzig Dollar und warf sie auf den Tisch. »Ich kann kein Essen kaufen gehen, weil mich jemand sehen könnte. Ich glaube, Esther hat noch nicht gemerkt, dass ich weg bin. Sie macht jeden Tag einen Kontrollanruf. Wenn ich nach ein paar Stunden nicht zurückrufe, fährt sie rüber.«

Er legte die Hände in den Schoß. »Behalte dein Geld. Wir kommen mit den Konserven hin.«

»Dann bezahle ich, wenn ich gehe, und das ist spätestens morgen, denn wenn du siehst, was ich habe, werde ich im Recht sein. Ich kann gegen Esther vorgehen, ehe sie mich findet. Was schließlich passieren wird. Sie wird wieder im Sheriffrevier anrufen. Gut, dass Silvester ist. Alle haben es eilig. Nimm jetzt das Geld.«

»Nein. Dann kauf ich Whiskey. Ich trau mir selbst nicht. Ich möchte Lebensmittel für uns beide kaufen, aber ich trau mir nicht. Besonders an Silvester.«

»Dann gebe ich dir das Geld später.«

»Flo, mach dir deswegen keine Gedanken. Lass uns jetzt dein Auto verstecken. Zuerst muss ich meinen Wagen umparken. Du fährst deinen. Ich schiebe, wenn du steckenbleibst.«

»Wo verstecken wir ihn?«

»Ich hab nur einen Platz, hinter dem Holzschuppen.«

Langsam lenkte Flo ihr ramponiertes Gefährt hinten ums Haus, die Rauchwolke aus dem Schornstein war das einzige Zeichen, dass es bewohnt war. Cletus hatte seine Hände am Kofferraum. Einmal schlitterte sie ein bisschen. Das rechte Rad drehte durch, aber Cletus schob fest, und der Wagen rollte wieder geradeaus. Cletus ließ Flo so fahren, dass der Wagen in die Richtung wies, aus der er gekommen war, nur zur Sicherheit. Danach stellte er sein Auto an seinen Platz in der Einfahrt zurück.

Von der Staatsstraße aus würde man die Spuren neben dem Haus nicht entdecken, sofern man nicht ganz genau hinsah. Und wenn es schneite, würden sie einigermaßen zugedeckt. Der Holzschuppen hinter dem Haus besorgte den Rest.

Wieder im Haus, stampften sie mit den Füßen. Beide Hunde wachten auf. Terminator bellte. Buster schloss sich an, aber keiner verließ den Haufen alte Handtücher, in die sie sich eingewühlt hatten.

In der Küche streichelte Flo ihren Hund und Cletus den seinen. Er machte eine Konservendose auf und schüttete den Inhalt in einen Stieltopf.

»Hab Hunger gekriegt, und du sicher auch.«

Sie stritt es nicht ab. »Cletus, du hast versucht, mit dem Trinken aufzuhören. Ich hab dir früher nicht geholfen, hab dir eine Flasche gebracht. Hatte das freundschaftlich gemeint.«

Er nickte. »Das Längste ohne war ein Jahr. Ich hab aufgehört, und dann, ich weiß nicht. Hab einfach wieder angefangen. Ohne Grund.«

»Fühlst du dich gut dabei?«

»Früher mal. Ich krieg manchmal Verlangen danach. Kann's nicht erklären. Dann trink ich 'nen Schluck, dann zwei, und ich weiß nicht. Wenn ich aufwache, ist die Flasche leer.«

»Du kriegst das Verlangen, fühlst dich nicht mehr gut vom Schnaps und trinkst trotzdem?«

Er überlegte lange, wobei er die Suppe in dem Stieltopf umrührte.

»Hm, beseitigt die Schmerzen.«

»Vielleicht sollte ich es auch mal probieren.«

»Lieber nicht.«

35

Harry stand in Cowboystiefeln auf der Spendensammelparty, und ihre Wangen wurden vor Verlegenheit heiß und rot. Das Übliche: Sie hatte geredet, bevor sie nachgedacht hatte, oder, wie Susan es ausdrücken würde: »Ohne Sinn und Verstand.«

»Wie kann ich sie das fragen?«, wandte Pfarrer O'Connor ein, der ebenfalls in Cowboystiefeln war und dazu seinen Priesterkragen umhatte.

»Na ja, ich war noch nicht so weit gekommen«, stammelte Harry.

Vor ihnen, auf der anderen Seite der niedrigen Mauer, tanzten die Leute auf einem Holzpodest, das eigens für das heutige Abendereignis errichtet worden war.

Die von den Jarnettes finanzierte Benefizveranstaltung für die reitende Jugend fand in der Reithalle statt. Diese zu Gott weiß welchen Kosten beheizte Halle war angefüllt mit Menschen, alle in Westernmontur, die zu einer Country-und-Western-Band tanzten. So viele nahmen für 150 Dollar pro Person teil, dass Zuspätkommende auf der Tribüne sitzen mussten. Und waren 150 Dollar pro Nase auch ein Pappenstiel gegen die 10 000 und 100 000 Dollar pro Gedeck bei Wahlkampagnen-Diners, musste ein Ehepaar immerhin 300 Dollar berappen. Das fiel vielen nicht leicht.

Allerdings musste man als Bewohner von Albemarle County, sofern man nicht ausschließlich in UVA-Kreisen verkehrte, früher oder später an einer Veranstaltung teilnehmen, die mit Pferden zu tun hatte.

Nicht zuletzt erleichterte es das Gesellschaftsleben, und in Fällen wie diesem kam Geld für gute Zwecke herein.

»Verzeihen Sie, Herr Pfarrer. Ich weiß, Sie standen unter großem Druck«, entschuldigte Harry sich. »Ich bemühe mich, Lösungen zu finden, und bin nicht gut darin.«

Er nahm ihren Arm und führte Harry an einen ruhigeren Ort, in die große Futterkammer. Stall und Reithalle verband ein überdachter Laufgang, so dass Darlene und die Reitschüler vom Stall in die enorme Halle reiten konnten, ohne sich schlechtem Wetter auszusetzen.

Die Futterkammer an der Ecke des Stalles enthielt Süßfutter, Quetschhafer, getrocknete Melasse. Es roch himmlisch.

Pfarrer O'Connor drückte auf den Lichtschalter. »Ich glaube, Max und Darlene haben nichts dagegen, wenn wir Futter entwenden.«

»Nein.« Harry wunderte sich, warum er sie weggeführt hatte.

»Sie haben vermutet, die Schecks wurden gestohlen, um die Polizei von der Spur abzubringen. Ich kann nicht sagen, dass mir dieser Gedanke gekommen ist, Harry, aber Sie liegen womöglich nicht ganz falsch. Da die Silver-Linings-Schecks nicht eingelöst wurden, scheint mir, dass jemand sie genommen hat, der nicht die Absicht hatte, sie einzulösen. Es ist rätselhaft, beunruhigend, besonders angesichts des Todes von zwei der spendabelsten Kirchenmitglieder.«

Sie atmete tief durch, dann ließ sie ihre Theorien los. »Herr Pfarrer, ich glaube nicht, es geht nur um die Schecks. Ich glaube an eine Mitteilung. Von jemand, der aus Angst den Mund nicht aufmachen kann.«

Er lehnte sich an einen großen eingebauten Futtertrog. »Aber ich kann mir nicht vorstellen, welchem Zweck uneingelöste entwendete Schecks dienen sollen.«

»Tyler kennt den Terminplan seiner Mutter. Wenn sie ihn eine Zeitlang im Büro allein ließe, würde sie nicht auf die Idee kommen, dass er stiehlt.«

»Wovor könnte Tyler solche Angst haben, dass er es seiner Mutter nicht erzählen könnte?«

»Und wenn er eine genaue Vorstellung davon hat, wie sein Vater wirklich gestorben ist? Und dann haben wir noch den grauenhaften Umstand mit den Fingern.«

Pfarrer O'Connor erbleichte. »Ja, ja, natürlich. Harry.« Er nahm ihre Hand. »Vielleicht wenden wir uns beide an Deputy Cooper. Morgen.«

»Meistens sagt sie mir, ich soll nicht so neugierig sein.« Harry verzog ein wenig das Gesicht.

Sie hörten Schritte vor der Futterkammer, die ein großes Fenster in der Tür hatte.

Esther und Al schritten durch den schönen Stall, strebten dem Tanzboden in der Halle zu.

Als Al sah, dass Pfarrer O'Connor Harrys Hand hielt, machte er die Tür auf und sagte gutmütig: »Na, na, na.«

Esther schob sich hinter ihm hinein und nahm Harrys Hand von dem jungen Priester, wobei ihre eigene auf dem gefundenen Goldarmband an Harrys Handgelenk lag. »Lass gut sein, Al.«

Der gutartige Trainer klopfte auf den Rücken des Priesters. »Alles bloß Spaß, Herr Pfarrer. Frohes neues Jahr.«

Als er sich umdrehte, drückte Esther Harrys Handgelenk. »Frohes neues Jahr.«

Harry dachte sich nichts dabei. Dafür sollte sie büßen.

Bei leichtem Schneefall fuhren Flo und Cletus in seinem alten, aber zweckmäßigen Dodge-Allrad-Transporter, den er ein Jahr, bevor er 1994 vom Schuldienst suspendiert wurde, gekauft hatte.

»Fahr an den Lagerhäusern vorbei, die Straße runter und bieg zu den drei verlassenen Schulen ab – weißt du noch, Random Row?«

»Okay. Flo, wie lange wird das dauern, weil es bald heftiger schneien wird?«

»Nicht lange.« Sie hatte eine starke Taschenlampe auf dem Schoß.

Sie wendeten auf der zugeschneiten Schotterstraße und gelangten zu den drei alten hübschen Schulhäusern: weiße Schindelbauten mit deckenhohen Fenstern, die über fast zwei Stockwerke reichten.

»Bieg in den Schulparkplatz ein.«

Cletus tat genau das. Er stellte den Wagen ab und steckte den Schlüssel ein; er wusste ja, wenn er mit dem Ellenbogen falsch gegen die Tür stieß, konnte er sich aussperren.

Mit ihrer eingeschalteten Taschenlampe strahlte Flo die Schneeflocken an. Draußen rutschte sie aus, weil der Platz nicht geräumt worden war, seit die Stürme losgegangen waren. Viele Male war der Schnee ein bisschen geschmolzen, und der nächste Schnee hatte sich oben drauf gepackt. Flo bewegte sich vorsichtig voran.

Cletus folgte ihr. Als er sie eingeholt hatte, ging er neben ihr her. Sie führte ihn zu einem kleinen Schuppen an der Rückseite der Bauten.

Sie öffnete die Tür und beschien mit der Taschenlampe ein dort liegendes Skelett, dem ein Arm vom Ellenbogen abwärts fehlte.

»Flo, wir müssen zum Sheriffrevier.«

»Nein. Esther hat dafür gesorgt, dass alle mich für verrückt halten. Wenn sie uns glauben sollten und hier rauskommen, wird sie es mir in die Schuhe schieben.«

Er bedachte das. »Ich finde, du hast recht, Flo. Al wird Esther den Rücken stärken, dann sind es zwei gegen eine. Weiß er hiervon?«

Flo schüttelte energisch den Kopf. »Nein.«

»Ist es die, von der ich annehme, dass sie es ist?«

»Ja.« Tränen liefen Flo über die Wangen. »Ich habe Margaret aber nicht getötet, Cletus. Ich hatte nichts gegen sie.« Sie holte zitternd Atem. »Doch ich habe Esther geholfen, die Leiche zu begraben. Ich hätte zum Sheriff gehen sollen, aber ich konnte einfach nicht. Ich konnte mich nicht gegen meine Schwester wenden, aber jetzt, jetzt hat sie sich gegen mich gewendet.«

»Habt ihr euch von da an entzweit? Was meinst du?«

Sie nickte. »Hilf mir.«

»Wer A sagt, muss auch B sagen.« Er stellte den Kragen seines abgewetzten Mantels hoch.

»Ich habe einen Plan«, sagte Flo ruhig.

An diesem Silvesterabend machte Margaret Donleavy noch einmal eine Reise. Mit einer alten Plane zugedeckt, wurde sie von Flo und Cletus zu Harrys Farm gefahren. Sie lehnten sie ans Stalltor, die Chinesenhutlampe schien auf sie herab. Flo ordnete die losen Knochen, so gut sie konnte.

Danach kehrte Flo mit Cletus in sein Haus zurück, um sich zu verstecken. Sie gedachte Cooper morgen anzurufen. Ja, die Polizistin würde am Ende mit Esther sprechen, aber wenn Flo sich einfach behaupten könnte, würde alles gut.

Zum ersten Mal seit fünfundzwanzig Jahren war Margaret Donleavy über der Erde. Eine Art gesellschaftliches Ereignis.

36

Ich dachte, wir kommen da nie weg.« Harry streckte die Beine aus, so weit der Volvo Kombi es zuließ.

Die Scheibenwischer auf Hochtouren, fuhr Fair mit fünfundfünfzig Sachen. »Wenn wir bis Mitternacht geblieben wären und das neue Jahr eingeläutet hätten, wären wir bis drei Uhr früh dort gewesen. Die Betrunkenen hätten alle versucht, vom Parkplatz wegzukommen. Und wir hätten es nie geschafft, wir wären eingeklemmt gewesen.« Er lachte leise. »Die Leute waren ganz schön ausgelassen.«

»Bestimmt auch aus Erleichterung, dass die Feiertage vorbei sind.« Sie schaute ins Dunkel, es schneite jetzt heftiger. »Wir sind gegen Mitternacht zu Hause. Du kannst bei diesem Sauwetter auf keinen Fall schnell fahren, und die Schneepflüge können da auf keinen Fall mithalten.«

»Ich will bloß zu Hause sein, bevor bei diesem Wetter noch jemand einen Telefonmast umlegt.« Er sah auf die Benzinuhr. »Der Tank ist halb voll. Stundenlanges Rumsitzen braucht ihn auf.«

»Stimmt.« Sie lächelte. »Was hältst du von Pfarrer O'Connor?«

»Ich mag ihn.«

»Wenn er oder Pfarrer O'Brien die Beichte eines Mörders oder des Mörders abgenommen hätte, würde er es für sich behalten?«

»Ja. Das müssen sie, Schatz.« Er blinzelte nach vorn in die Dunkelheit. »Meinst du, er weiß mehr, als er dir zu verstehen gegeben hat?«

»Ich hoffe nicht, ich glaube aber, das Hautproblem liegt bei St. Cyril.«

»Was für ein bedrückender Gedanke.« Er verlangsamte wegen einer Kurve. »Mist.«

Harry beugte sich vor, als sie die Blinklichter sah. »Wie es aussieht, kommen wir in Kürze vorbei.«

Die Kürze dauerte eine halbe Stunde. Ein Auto war von der Straße gerutscht, stand aber noch halb auf einer Fahrspur. Da nicht viel Verkehr war, wartete eine längere Autoschlange darauf, dass die Polizeiwagen den Weg freimachten. Bis die Haristeens in ihre Zufahrt tuckerten, war es halb eins. Die Glocken, Pfeifen und Feuerwerkskörper hatten sie gehört, als sie noch im Wagen warteten.

»Das wird ein gutes Jahr«, hoffte Fair.

»Wünschen wir uns das nicht jedes Jahr?« Harry lächelte, als sie sich dem Stall näherten. Doch dann erfassten die Scheinwerfer einen grausigen Anblick. »Fair, was ist das?«

Harry sprang aus dem Wagen, sobald Fair anhielt. Weil sie Cowboystiefel anhatte, rutschte sie im Schnee aus, und schon lag sie unten.

Fair kam zu ihr, als es ihr gelang, auf alle viere zu kommen. Er fasste sie unter der Achselhöhle und hievte sie hoch.

Zu zweit gingen sie zum Stalltor.

Margarets mit Schnee gefüllte Augenhöhlen starrten auf das Ehepaar.

»Das ist das Skelett von dem Baum!« Harry spürte, wie die Kälte in ihre Füße kroch.

»Ein Stück von einem Arm ist weg.« Fair wischte sich Schnee von den Augenlidern. »Ich dachte nicht, dass wir das noch mal sehen würden. Und wollte ich auch nicht.«

Tucker sauste aus dem Haus. *»Flo und Cletus. Alte Karre. Wir sind rausgekommen. Ich hab gebellt.«*

Mrs. Murphy glitt durch den immer tieferen Schnee und gesellte sich zu ihrer Corgi-Freundin. *»Sie haben nichts angefasst, sind nirgends hingegangen. Haben bloß das Gerippe ans Tor gesetzt.«*

»Lass uns reingehen, Schatz.« Die Hand noch unter Harrys Arm, geleitete Fair seine Frau auf die Veranda. Die Tiere traten in ihre Fußstapfen.

»Fair, sollten wir diese Person nicht reinbringen?« Harry war besorgt.

»Nein. Wer das auch sein mag, kann nichts fühlen. Lass Cooper das handhaben. Wir können durch das Hintertor in den Stall, falls sie morgen erst später herkommen kann.«

Als sie drinnen die guten Mäntel abgelegt hatten, setzte Harry sich hin, um die Cowboystiefel auszuziehen. Ihre kribbelnden Füße waren kalt und nass vom Schnee. Die Stiefel taugten nicht für dieses Wetter.

Ein Auge offen, rief Pewter aus ihrem Bett: *»Es ist fast ein Uhr nachts. Was und wer da draußen ist, ihr könnt da jetzt nichts machen.«*

»Fair, ich muss Cooper anrufen, obwohl es so spät ist. Als wir letztes Mal gezögert haben, es zu melden, hat jemand das Skelett weggeholt.«

Er sank auf einen Stuhl. »Ist gut.«

Harry rief Cooper an, die nach einem langen Tag und einer langen Nacht eben erst ins Bett gekrochen war. »Harry, geht's dir gut?«

»Ja. Cooper, es tut mir so leid, dass ich jetzt anrufe, aber das Skelett ist wieder da. Es lehnt an meinem Stalltor.«

»Ich bin gleich drüben.«

Fünfzehn Minuten später erhoben die Tiere sich aus ihren Betten, weil sie die Reifen von Coopers Highlander auf dem Schnee knirschen hörten. Da Harry und Fair die feinen Sinne ihrer Freundinnen kannten, zogen sie Schneestiefel und dickere Mäntel an und liefen hinaus, um die erschöpfte Polizistin zu empfangen.

Tucker begleitete Harry und Fair. Mrs. Murphy ging an die Rückseite vom Stall, nahm nach jedem Schritt die Pfoten hoch.

Der Schein von der Chinesenlampe und dem fallenden Schnee ließ das Ganze surreal erscheinen.

»Das ist kein guter Start ins neue Jahr«, seufzte die große Beamtin.

Während Cooper das Gerippe untersuchte, ohne die Knochen zu bewegen, sah Mrs. Murphy nach, ob Odin die letzten Reste vertilgt hatte. Hatte er. Sie trottete wieder zur Vorderseite des Stalles, setzte sich unter die Dachtraufe, ein wenig abseits von dem fallenden Schnee, und hielt Wache.

»Gehen wir rein«, schlug Cooper vor. Drinnen sprach sie sich, schon halb schlafend, mit dem Einsatzleiter ab. »Ich weiß, dass jetzt niemand hier rauskommen kann, aber nehmen Sie zu Protokoll, dass ich Sie nachts um Viertel vor zwei am ersten Januar angerufen habe. Jemand soll mich auf meinem Handy anrufen, wenn ein Team herkommen kann. Wir wollen das Beweisstück kein zweites Mal verlieren.« Sie beendete den Anruf und sah ihre Freunde an. »Ich habe dauernd den Song ›How Bizarre‹ im Kopf. Toller Song.« Sie rieb sich die Augen.

»Was können wir tun, um dir zu helfen?«, fragte Fair.

»Lasst mich auf eurer Couch schlafen. Wenn jemand eure Zufahrt entlangkommt, wird Tucker es mir melden.«

»Mach ich, mach ich«, versprach der Hund.

Pewter rümpfte die Nase. *»Tucker, du bist so servil.«*

»Denkst du, ich weiß nicht, was das heißt?« Tucker legte den Kopf schief.

Als Harry die wütenden Blicke und aufgestellten Nackenhaare sah, ging sie dazwischen. »Wagt es bloß nicht. Alle beide.«

Fair trat mit Laken und Decken ins Wohnzimmer.

»Ich mach das«, sagte Harry. »Schür du das Feuer.« Sie lächelte ihren fürsorglichen Ehemann an, dann wandte sie sich an Cooper. »Ich bring dir einen Morgenrock. Ich hoffe sehr, dass wer immer das getan hat, nicht wiederkommt …«

Als Harry auf dem Sofa ein Bett gemacht hatte, erinnerte sie Cooper daran, dass sie auch im Gästezimmer übernachten könnte.

»Ich weiß, aber das liegt nach hinten raus. Ohne im Stall

schlafen zu müssen, möchte ich so dicht dran sein, wie ich kann. Nur für den Fall.«

Tucker ließ sich nah am Feuer nieder, Mrs. Murphy kuschelte sich neben sie. Pewter blieb in ihrem behaglichen Bett in der Küche. Warum sich weit von ihren Katzenkeksen entfernen?

»Gute Nacht, Cooper.« Fair trat in den Flur.

»Nacht und danke«, erwiderte sie.

»Dann bis morgen früh.« Harry hielt kurz inne. »Egal, was los ist, frohes neues Jahr.«

»Dir auch ein frohes neues Jahr. Alle Anzeichen deuten auf ein aufregendes hin.«

37

Der Anbruch eines neuen Tages und eines neuen Jahres brachte keine Schneepause. Als die Sonne aufging, wurde es wegen der dichten Wolken kaum hell. Um neun Uhr schneite es immer noch pausenlos, die Schneepflüge leisteten Schwerarbeit. Es bestand Hoffnung, dass es gegen Abend aufhören würde. Die Leute blieben zu Hause. Es war Feiertag, ein Kater-Feiertag.

Cooper, mit dem Drei-Mann-Team draußen am Stall, trug Plastikhandschuhe, um das Beweisstück nicht zu beschädigen.

»Ich sollte mich echt nicht um Fingerabdrücke oder Blut sorgen.« Sie konnte es sich nicht verkneifen und lachte. »Dies ist eindeutig ein ungelöster Fall.«

Dabny, ein Polizist, den sie mochte, konterte: »Eindeutig ja, ungelöst ja. Aber, Coop, man kann nie wissen.«

Ihr Handy klingelte. »Cooper.« Beim Zuhören schaute sie auf die paar Kollegen, die ebenfalls am Feiertag arbeiteten.

Sie ging zum Haus, hielt den Kopf gesenkt und stieß die Küchentür auf. »Flo Rice wird wieder vermisst. Ihre Schwester ist außer sich und meint, sie sei erfroren.«

Harry kochte Kaffee für alle, Fair briet Eier mit Speck. Sie sagte: »Nicht schon wieder.«

»Noch fünf Minuten«, sagte Fair. »Wie sieht's bei dir aus?«

»Kaffee ist gleich fertig«, sagte Harry. »Ich decke den Tisch. Wird allen guttun, ein Weilchen reinzukommen. Die Kälte fährt einem ziemlich in die Knochen.«

»Ganz so hatte ich mir das Einläuten des neuen Jahres nicht gedacht«, sagte Fair. Er legte den Speck auf Papiertücher, um das Fett aufzusaugen.

»Nicht«, lamentierte Pewter. *»Gieß es über meine Kekse.«*

Als Fair die Katze hörte, sah er zu den zwei anderen Tieren. Um das Fett aufzubewahren, goss er es in einen Porzellanbecher. »Ich lass es abkühlen.«

»Himmlisch!«, schnurrte Pewter laut.

»Es ist noch nicht auf deinen Keksen.« Tucker genoss es, ihr den Traum zu vermiesen.

»Ob Flo wieder nach River Run abgehauen ist?« Harry faltete Servietten.

»Falls sie dorthin wollte, hoffen wir, dass sie angekommen ist«, sagte Fair. »Bei den tückischen Straßen.«

»Ja. Sie war nervig, unverschämt, alles Mögliche, aber sie tut mir leid.«

»Mir auch.«

Flo hatte reichlich Gelegenheit zu Selbstmitleid gehabt, als Esther an diesem Morgen in Cletus' Einfahrt bog.

Nach zwei großen Schritten ans Vorderfenster befahl Cletus: »Versteck dich! Esther ist da.«

Flo lief in sein Schlafzimmer, das eiskalt war. Sie betete, dass ihre Schwester das Auto hinter dem Schuppen nicht entdeckte.

Cletus öffnete die Tür und tat, als sei Esther bei Schneesturm auf seiner Schwelle ein häufiges Vorkommnis. »Esther, was gibt's?«

»Cletus, hast du Flo gesehen?«

»Nein. Komm raus aus dem Schnee.«

Esther trat durch die Tür. »Was war das nur für ein Winter! Wir haben Winter ohne Schnee und dann Winter mit massenhaft Schnee. Ich versteh das nicht.«

»Ich auch nicht.«

»Ich habe im Sheriffrevier angerufen. Ich mache mir solche Sorgen um Flo. Sie irrt neuerdings herum und wird so wütend. Ich mag gar nicht dran denken, dass sie in einem Unwetter draußen ist. Ich dachte mir, sie könnte hier vorbeigekommen sein. Sie hat mir einmal erzählt, dass sie gern bei dir sitzt und redet.«

»Nein. Soll ich dich anrufen, wenn ich sie sehe?«

»Ruf lieber im Sheriffrevier an.«

Als Buster Esthers Stimme hörte, kroch er aus den zerknüllten Handtüchern und bellte.

»Terminator, still.« Cletus wusste, dass es Buster war.

»Hast du den reizenden Hund noch? Oh, ich muss ihn sehen.«

»Er ist in der Küche. Geh schon rein, ich komm gleich nach, wenn du mich ein Minütchen entschuldigst.«

Sie trat in die Küche, zugleich öffnete Cletus die Schlafzimmertür und packte Flo am Handgelenk. Sie stürzten aus dem Haus, gerade als Esther sich bückte, um Terminator zu sehen, und dabei auch Buster erblickte.

»Buster!«

Als Esther den Namen des Hundes rief, klemmte Cletus sich hinter das Steuer von Esthers robustem Geländewagen. Flo saß schon auf dem Beifahrersitz. Esther hatte in der Einfahrt hinter Cletus' Transporter geparkt. Er hatte sich geistesgegenwärtig gemerkt, dass sie ohne Handtasche an die Tür gekommen war und keine Schlüssel in der Hand hielt. Er wagte die

Annahme, dass sie den Schlüssel stecken gelassen hatte. Zum Glück hatte er recht.

Er ließ das schwere Gefährt an und raste mit aufheulendem Motor aus der Einfahrt, just als Esther aus dem Haus trat und mit der Faust drohte. »Halt!«

»Dreh die Heizung auf«, wies Cletus Flo an.

Ihr war bange vor ihrer Schwester, zugleich war sie von Cletus begeistert. »Was machen wir jetzt?«, fragte sie.

»Wir fahren zurück zu Margaret und beten, dass wir das hinkriegen, ehe die Polizei uns kriegt.«

»Wieso uns kriegen?« Flo rieb sich die Oberarme, während die Wärme aus den Düsen strömte.

»Weil deine Schwester in diesem Moment am Telefon ist und dem Sheriff meldet, dass wir ihr Auto gestohlen haben. Mein Wandapparat ist schwer zu übersehen. Ihr zweiter Anruf gilt Al, damit er sie abholt.«

Er hatte recht.

Während Esther der Polizei ruhig schilderte, dass der Säufer und ihre Schwester ihren Lexus gestohlen hatten, und die Zulassungsnummer durchgab, rief Buster Terminator etwas zu. Er musste den tauben alten Hund laut anbellen. *»Bist du gegen Tollwut geimpft?«*

Kopfschüttelnd, die Ohren gespitzt, antwortete Terminator: *»Ja.«*

»Verdammt«, schimpfte Buster.

»Wieso?«, fragte der steinalte Hund.

»Du hättest sie beißen können.«

Das brachte den alten Knaben zum Lachen, und Buster stimmte ein. Esther, die aufgebracht war, war der Meinung, sie beschnüffelten einander.

Cletus fuhr umsichtig langsamer, als er auf Schotterstraßen kam. Das Auto scherte ab und zu aus, aber er lenkte es wieder in die Spur. »Hast du ein Handy?«, fragte er.

»Cletus, ich hab gar nix.«

»Hm, was hast du eigentlich Gutes an dir?«

»Genug, um dir den aufregendsten Neujahrstag zu bieten, den du seit Jahren erlebt hast.«

Er überlegte kurz, dann grinste er. »Kann man wohl sagen, Mädel.«

Bedachtsam hielten sie sich an die Nebenstraßen, achteten auf Fahrzeuge der Staatspolizei und des Sheriffreviers. Glücklicherweise waren die meisten von denen heute auf den Fernstraßen und Autobahnen im Einsatz.

Zu guter Letzt bog Cletus in Harrys zugeschneiten Weg ein; sie war nicht dazu gekommen, den frisch gefallenen Schnee wegzuschaufeln.

»Viel Betrieb. Guck mal, die Reifenspuren.«

»Meinst du, sie hat den Sheriff wegen Margaret angerufen?«

»Flo, verdammt, was würdest du denn tun, wenn du nach Hause kämst und vor deinem Stalltor unter einer Lampe ein Skelett vorfinden würdest?«

»Hast ja recht. Ich erinnere mich nicht, dass du jemals so energisch warst, Cletus.«

»Gewöhn dich dran«, blaffte er. »So, ich möchte, dass du Folgendes tust. Such dir den ranghöchsten Beamten, erzähl ihm deine Geschichte. Ich geb dir Rückendeckung. Vermutlich wird man dir nicht glauben. Und wenn sie es nicht schon wissen, kriegen sie bald raus, dass dies Esthers gestohlener Lexus ist. Deshalb wird man dich ins Gefängnis stecken.«

»Nein.« Flo machte sich am Türgriff zu schaffen, Cletus packte ihren linken Arm.

»Flo, tu, was ich dir sage, und alles kann gut werden. Erzähl denen alles. *Alles.*«

»Aber es ist so grauenhaft. So schrecklich grauenhaft.«

»Flo!« Er richtete seinen Blick auf sie. Eine Sekunde lang erkannte sie den Mann, der er einmal gewesen war.

»Ich mach's.«

»Man wird dich trotzdem einsperren. Ich werde tun, was ich kann. Die Ersten, die ich bitten werde, uns zu helfen, sind Fair und Harry. Sie waren brave Kinder. Brav sind sie vermutlich heute noch. Ich werde mein Bestes für dich tun.«

»Cletus, das hast du doch schon getan.« Flos Augen trübten sich, aber sie wischte sie blank.

Er hielt neben einem Streifenwagen. Alle waren in der Küche beim Essen. Margaret war vor dem Stalltor verblieben.

Tucker bellte: *»Eindringlinge.«*

Harry ging an die Hintertür und schaute aus der verglasten Veranda. »Das sind Flo und Cletus. Meine Güte, wer als Nächstes? Die Rockettes?«

Cooper stand auf. »Ich hol sie rein.«

»Ich stell noch was zu essen hin«, sagte Harry. »Egal, was sie hinter sich haben, sie sind bestimmt hungrig. Ich habe gesehen, wie sie leben.«

Cooper trat hinaus. »Kommen Sie rein.«

Weder Cletus noch Flo hatten einen Mantel an.

Trotzdem scheuten sie sich einzutreten.

Cooper wiederholte die Aufforderung. »Kommen Sie, Flo. Ihre Schwester hat Sie als vermisst und ihr Auto als gestohlen gemeldet. Sie können frühstücken, bevor wir uns damit befassen.«

»Hat sie Ihnen gesagt, ich habe ihr Auto gestohlen?«

»Ich habe den Anruf vor einer halben Stunde entgegengenommen«, sagte Cooper. »Sie hat im Revier angerufen.«

Dabny und die zwei anderen Männer vom Sheriffrevier standen auf, als Flo hereinkam. Ihre Mütter hatten sie gut erzogen.

Flo war von ihrer Mutter ebenso gut erzogen worden. »Bitte behalten Sie Platz«, sagte sie.

»Jetzt genießen wir erst mal alle ein Neujahrsfrühstück, ehe wir uns um Einzelheiten kümmern.« Cooper half Harry, volle Teller auf den Tisch zu bringen.

»Ihnen ist sicher kalt.« Harry setzte ihnen zwei schwere Becher vor.

»Deputy Cooper, sind Sie die leitende Beamtin?«, fragte Flo.

»Ja.«

»Spring mit mir auf die Anrichte. Wir wollen uns das alles doch nicht entgehen lassen.« Mrs. Murphy machte mühelos einen Satz hinauf.

»Möchte jemand Plätzchen?«, fragte Harry. »Jede Weihnachten bekommen Fair und ich die leckeren Butterkekse von einem Paar in Wyoming.« Sie stand auf, öffnete die Blechdose und gab gehaltvolle Butterkekse aus Schottland auf einen Teller.

Kaum waren sie auf dem Tisch, griffen alle auf einmal zu, was zu Gelächter führte.

Wie klug von Cooper, alle essen und die warmen Speisen ihre Wirkung entfalten zu lassen. Durch die Zusammenarbeit mit den Kirchen hatte sie gelernt, was eine warme Mahlzeit alles bewirken kann.

»Wyoming?« Dabny nahm einen Bissen von dem fabelhaften Essen. »Da wollte ich immer schon mal hin.«

»Traumhaft. Schlechtweg traumhaft.« Harry strahlte. »Wir haben dort tolle Freunde gefunden. Diese Kekse sind von Mimi Tate und Jim Smith. Sie haben ganz nah an der Grenze zu Montana eine Ranch namens Wymont. Kennen Sie das, man stößt auf Leute, und plötzlich ist man befreundet? So was kommt vor.«

Cletus leerte seinen Teller. Er war satt und heilfroh, dass nicht über das Riesenproblem am Stalltor gesprochen wurde. Er stupste Flo unter dem Tisch an.

»Deputy Cooper, ich muss Ihnen, muss allen erzählen, warum wir hier sind«, sagte Flo. »Zuerst entschuldige ich mich bei Ihnen« – sie deutete auf die Haristeens – »dafür, dass wir Margaret Donleavy vor Ihren Stall gesetzt haben.«

»Miss Donleavy!«, riefen Harry und Fair.

»Ja.« Flo zerknüllte unter dem Tisch ihre Serviette.

»Erinnern Sie sich daran, wie schön sie war? Es hat mich gewundert, dass Sie ihr Armband nicht erkannt haben.«

»Natürlich.« Harry schlug eine Hand vors Gesicht. »Aber so viele Damen ihrer Generation oder deren Mütter haben solche getragen. Es hat nicht geklingelt.«

»Wie haben Sie es gefunden?«, fragte Flo. »Ich bin fast in Ohnmacht gefallen, als ich den herrlichen Goldschmuck sah.«

»Ich hab's nicht gefunden. Es war in einem alten Reithelm auf dem Boden, Cooper hat ihn aufgehoben, und da ist es herausgefallen.«

»Seltsam«, sagte Flo. »Erstens, ich habe Margaret nicht getötet. Esther war's. Alle waren bei dem Footballspiel gegen Louisa; die Menge war außer Rand und Band. Nach dem Spiel hat niemand besonders auf irgendwas geachtet. Die Leute sind überall hingerannt, haben getutet und gefeiert. Margaret war fürs Aufräumen zuständig, leichter Kram. Tags darauf sollte eine andere Mannschaft ankommen. Al wollte mit der Mannschaft und den Kotrainern feiern gehen. Margaret und Al waren ein heißes Thema. Esther wusste das. Sie hat Al mit Argusaugen beobachtet. Sie hat Margaret in ihr Auto gelockt, als alle den Platz verlassen hatten. Sagte, sie könnten in der kleinen Bierkneipe mit den anderen feiern. Sie würde am Morgen wiederkommen und notfalls aufräumen helfen.«

»Wusste Miss Donleavy nicht, was Esther für Al empfand?«, fragte Harry.

»Vermutlich schon, aber Margaret hat nicht schlecht über andere gedacht, und Esther war nie böse zu ihr. Und sie wollte ja auch feiern. Meine Schwester war von Al besessen. Ist sie bis zum heutigen Tag.«

»Wie hat sie Margaret getötet?«, fragte Harry. Sie konnte sich nicht zurückhalten.

»Sie ist durch die Stadt gefahren, wollte dorthin, wo die

Mannschaft gefeiert hat. Sie sagte, sie müsse mal kurz anhalten. Tat, als würde sie einen Reifen prüfen. Sagte, sie hätten einen Platten. Margaret ist ausgestiegen, um zu helfen. Da hat Esther sie erschossen. Sie hat sie auf dem Rücksitz abgelegt. Hat ein Handtuch unter ihren Rücken geschoben, falls sie blutete. Sie hat ihr ins Herz geschossen. Hat mich abgeholt, hat zu mir gesagt, ich müsse ihr helfen. Sie war die Ruhe selbst. Hat geschworen, Margaret hätte nicht gelitten, hätte nicht gemerkt, was ihr geschah. Sagte, es sei ein barmherziges Ende gewesen.«

Harry stellte noch eine Frage, aber Cooper hatte nichts dagegen. »Hatten Sie keine Angst?«

»Worauf Sie wetten können. Hab ich heute noch.«

»Flo, ich muss Bescheid geben, dass wir Sie gefunden haben oder Sie uns«, sagte Cooper. »Und was unser Gespräch hier angeht, gut. Sie wurden in keiner Weise dazu genötigt.« Cooper wandte sich an ihre Leute. »Jemand soll alles aufschreiben. Zur Sicherheit.«

»Genau«, stimmte Dabny zu. Harry stand auf, entnahm der Schublade einen Schreibblock und einen Stift.

Als Flo den Knopf entdeckte, den Harry auch auf den Tisch gelegt hatte, rief sie aus: »Ihr Pullover! Der war an Margarets Pullover. Sie hatte überall Disteln drauf. Na ja, vielleicht nicht überall, aber sie war stolz auf ihre Herkunft.«

Cooper war am Telefon und meldete im Präsidium, dass Flo und Cletus hier bei ihnen waren.

»Cletus, haben Sie davon gewusst?«, fragte Dabny.

»Nein, nicht bis Flo gestern zu mir kam. Sie hatte Angst vor Esther.«

»Ein paar Dinge verstehe ich nicht«, sagte Fair. Er beugte sich vor. »Können Sie mir sagen, warum Sie Margaret hierhergebracht haben? Und Flo, warum haben Sie und Esther Margarets Gebeine von dem entwurzelten Baum entfernt?«

»Esther hat Panik gekriegt, als sie hörte, dass man die Leiche gefunden hat«, sagte Flo. »Das Wetter war günstig für sie. Ich habe mich von ihr rumkommandieren lassen. Beim ersten Mal habe ich ihr geholfen, weil sie meine Schwester ist. Dieses Mal hatte ich Angst, was sie mir antun würde, wenn ich ihr nicht half. Wir haben die arme Margaret bei scheußlichem Wetter aus dem Baum befreit. Wir haben sie in eine Plastikplane gepackt, dann noch eine außen herumgewickelt. Sie war so leicht. Wir haben sie bergauf zu der alten Straße auf dem Bergrücken oberhalb von hier geschoben. Esther meinte, der Schuppen hinter Random Row wäre für ein paar Tage ein geeigneter Platz, um sie unterzubringen, bis wir ein anderes Versteck finden. Sie hatte sich das überlegt. Sie sagte, dort würde niemand sein. Da haben wir sie hingeschafft.« Flo nahm noch einen Schluck Kaffee. »Hätte ich doch nichts davon getan. Als es passiert war, hatte ich Sorge, Esther würde des Mordes für schuldig befunden. Ich habe meine Schwester geliebt. Ich weiß nicht, aber damals war es so. Und mit der Zeit, vor allem in den letzten Monaten, ist mir der Gedanke gekommen, sie könnte mich töten. Und ich glaube wirklich, sie tut es, wenn sie die Gelegenheit dazu findet. Aber wer glaubt mir schon?«

Cletus gelobte: »Wir finden einen guten Anwalt.«

»Wie soll ich den bezahlen?« Flo schlug die Hände vors Gesicht.

»Machen Sie sich deswegen jetzt keine Sorgen.« Harry wusste nicht, was sie glauben sollte.

Die bis dahin griesgrämige, bissige und seltsame Flo war jetzt auf jeden Fall klar bei Verstand.

»Sie beide bleiben hier drin«, sagte Cooper. »Wir müssen rausgehen und das zu Ende bringen.« Sie und die anderen standen auf.

Sie arbeiteten draußen, machten Fotos, prüften alles. Nach zwanzig Minuten hörten sie einen schweren Achtzylindermotor in der Zufahrt. Ein großer Suburban hielt an.

Al und Esther stiegen hastig aus. »Wo ist sie?« Esther wirkte sehr besorgt.

»Es geht ihr gut, Mrs. Toth.« Cooper lächelte. »Wir müssen sie festnehmen.«

»Festnehmen?«

»Ja. Immerhin hat sie Ihr Auto gestohlen«, antwortete Cooper gewitzt.

»Ach, das.« Esther war im Begriff, mehr zu sagen, als Al das Skelett entdeckte.

»Was ist das?«

Esther drehte sich um, und auch sie sah Margarets Gebeine. Ihr Gesicht verriet kein Erkennen.

Cooper sagte schnell: »Wir glauben, das ist Margaret Donleavy.«

Al heulte: »Nein, nein, das kann nicht sein.« Er sackte gegen das Auto.

Dabny eilte herbei und richtete ihn auf.

Al gewann seine Fassung zurück, Tränen liefen ihm übers Gesicht.

»Was macht Sie so sicher?«, fragte Esther. Sie wirkte jetzt verärgert, aber nicht bestürzt.

»Flo«, war Coopers knappe Antwort.

»Aber Flo hat psychische Probleme. Man kann sich keinesfalls darauf verlassen, dass sie die Wahrheit sagt.« Esthers Stimme triefte vor Vernunft.

»Ich muss sie festnehmen, Mrs. Toth.«

Genau in diesem Moment lief Flo, die es nicht ertragen konnte, in einer Jacke von Harry nach draußen. Fair folgte Cletus, der ganz ohne Mantel war.

Esther drehte sich um und sah die drei. »Komm, Flo, ich bring dich nach Hause.«

»Mrs. Toth, ich muss sie festnehmen.« Cooper war beharrlich.

»Ganz sicher nicht.« Esther war ebenso beharrlich.

»Sie könnte eine Mörderin sein oder Beihilfe zu einem Mord geleistet haben.« Cooper gab nicht alles auf einmal preis.

Al trat einen Schritt zurück und taxierte seine Frau mit neuen Augen. Er sagte nichts, während Tränen von seinem Kinn tropften.

»Sie ist in Ihrem gestohlenen Auto hierhergefahren«, sagte Cooper. »Und Flo hat uns auch nützliche Hinweise bezüglich der Überreste gegeben«, verriet Cooper ganz sachlich.

Esther erbleichte, dann schoss wieder Farbe in ihre Wangen. »Deputy, Sie werden gewiss nicht auf meine psychisch gestörte Schwester und ihren trunksüchtigen Begleiter hören.«

»Oh, aber das tu ich.« Cooper wandte sich an Dabny. »Sie nehmen sie am besten jetzt gleich fest, Dab.«

Als Dabny Flo sanft in den ersten geländetauglichen Dienstwagen schob, sagte Flo zu Cletus: »Kümmere dich um Buster.«

»Tu ich«, antwortete er. »Tu ich. Mach du dir nur keine Sorgen, Liebste.«

38

Sonnenschein! Ich fass es nicht.« Harry warf Pferdemist in die Schubkarre, die Boxentüren zum Stall hin waren offen.

»Viel zu hell.« Pewter blinzelte.

»Musst du immer was zu meckern haben?« Der Hund witschte an ihr vorbei, darauf bedacht, die graue Katze zu provozieren.

Pewter holte mit der rechten Pfote aus, um Tucker eine zu scheuern, die dem Klaps mühelos auswich.

»Fettsack, Fettsack«, spottete sie.

Pewter plusterte sich auf und tänzelte seitwärts. *»Du solltest dich fürchten. Ich kann deine Ohren blutig kratzen, deine Nase zerfetzen und dich, wenn ich richtig wütend bin, blind machen.«*

»Tatütata!« Der Hund rempelte sie wieder an.

Die erzürnte Pewter sprang auf die Hündin zu, die durch die Stallgasse schoss. Ihre Krallen klackten auf den um 1840 sorgsam verlegten Ziegelsteinen.

Mit offener Schnauze und blitzenden Augen stürmte Tucker durch die Stallgasse in den Schnee hinaus, hielt sich nach links und ließ sich so tief in den Schnee sinken, dass nur noch ihre Ohren herausschauten.

»Duckmäuser!« Pewter rannte ihr nach, verrechnete sich bei der Schneehöhe, falls sie die überhaupt bedacht hatte, und versank ebenfalls.

Tucker grub sich aus, rannte dorthin, wo Pewter verschwunden war, drehte sich um und bewarf die fauchende Katze über und über mit Schnee. *»Weichei!«*

»Was geht da vor?«, fragte Harry die Tigerkatze. Mrs. Murphy, die wohlweislich auf einer Satteltruhe geblieben war, war der Inbegriff der Vernunft.

Harry ging nach draußen und kam gerade rechtzeitig, um eine graue Katze mit einer Schneehaube auf dem Kopf aus dem Schnee hervorkriechen zu sehen. Tucker lag flach auf dem Schnee und stachelte sie an.

Die Katze sah lustig aus, und Harry lachte.

»Das wirst du büßen. Werdet ihr büßen, alle beide.« Pewter schüttelte den Kopf und schritt zum Stall, ein Bild verletzter Würde.

»Tucker, nicht so grob«, schalt Harry.

»Ab und zu, Mom, muss auch ein braver Hund über die Stränge schlagen.« Die Hündin redete sich mit einem alten Spruch heraus.

Als im Stall die Boxen von Pferdeäpfeln gesäubert waren und die Schubkarre an der Seite wartete, erkannte Harry, dass sie einen Weg zum Miststreuer graben musste. Jeden Morgen mistete sie Boxen aus und schob die Schubkarre an einen ebenen Platz. Die Erde war ausgegraben und mit schweren Blöcken befestigt worden. Dort stand bei gutem Wetter der Miststreuer. Harry würde die Schubkarre in den Miststreuer auskippen, danach den Traktor anhängen, den Streuer rausziehen und Mist sowie Stroh verteilen. Beides würde von den Messern hinten am Wagen vermengt und zerkleinert werden. Heute konnte man das jedoch nicht machen.

Immer auf der Suche nach Möglichkeiten zu mehr Effizienz, führte Harry alles einer Verwendung zu. Je nach Wetter schichtete sie den Mist auf, ließ ihn modern und wendete ihn mit einer Traktorgabel. Am Ende entstand daraus reichhaltiger Dünger, von dem sie Miranda und Susan abgab. Den Rest verteilte sie auf ihrer Weide.

Nach einem Blick auf die Wanduhr hastete sie aus dem Stall und schloss das Tor, Hund und zwei Katzen im Schlepptau.

»Ich weiß nicht, wo die Zeit bleibt.« Sie hob Tucker in den alten Transporter.

Die Katzen sprangen hinein, und sie startete den Motor. Sie wartete nur kurz und ratterte dann aus ihrer langen Zufahrt, wobei sie die vorhandenen Wagenspuren nutzte. Harry nahm ihre Sonnenbrille von der Blende.

»Ich brauch auch so eine«, sagte Pewter.

»Todschick, ganz sicher. Eine Katzensonnenbrille mit Glitzersteinen, wie wär's damit?«, schlug Tucker vor.

»Halt die Klappe, Tucker«, verlangte Mrs. Murphy. *»Ich will eine friedliche Fahrt. Außerdem würden Glitzersteine Pewter nicht stehen.«*

»Ihr haltet euch wohl für sehr witzig.« Die graue Katze kroch auf Harrys Schoß.

Harry hob die Ellenbogen an, um Pewter Platz zu machen, und redete auf die Tiere ein. »Ich war froh, als ich heute Morgen zum Stall kam und kein Skelett mehr da war. Margaret Donleavy war eine sehr gute Lehrerin. Wer es hinkriegt, dass lateinische Grammatik Spaß macht, muss gut sein. Furchtbar, sie so zu sehen, und was für ein trauriges Lebensende. Ich kann's einfach nicht glauben.«

»Jeder, der eine beliebige Grammatik interessant machen kann, muss gut sein«, maunzte Pewter.

»Was weißt du von Grammatik?« Der Hund sah sie an.

»Ich weiß, P kommt weit vor T. Pewter vor Tucker«, gab die graue Katze bekannt, blind gegenüber möglichen Logikfehlern.

»Na und?« Tucker war heute wirklich auf Streit aus.

»Katze vor Hund.« Pewter reckte das Kinn.

Um zehn Uhr stieg die Temperatur langsam auf drei Grad an. Obwohl die Staatsstraßen geräumt waren, blieben sie rutschig.

Harry fuhr um zehn nach zehn mit leichter Verspätung auf den Parkplatz von St. Cyril. Coopers Dienstwagen und einige andere Autos waren schon da. In Anbetracht dessen, was sie eben bei Harry auf der Farm mitgemacht hatte, verstand die Polizistin das hier als Entschädigung für die stets neugierige Harry, wollte aber auch, dass Harry sich später mit alldem befasste. Sie verließ sich auf den Scharfsinn ihrer Nachbarin. Die zwei Morde sowie die Schecks führten Cooper immer wieder zu St. Cyril, aber sie konnte noch keinen Zusammenhang erkennen.

Im Verwaltungsgebäude eingetroffen, lief Harry eilends durch den Flur, Katzen und Hund hinterdrein. Sie blieb vor Pfarrer O'Connors Amtszimmer stehen und zog schnell ihren Mantel aus.

Der Pfarrer saß mit Cooper und Arden an einem kleinen Sofatisch.

»Verzeihung.« Harry hängte den Mantel an den Garderobenständer.

Sie hatte nicht mit Ardens Anwesenheit gerechnet.

Pfarrer O'Connor stand auf. »Als ich Deputy Cooper gestern anrief, um mich für heute hier mit ihr zu verabreden, und sie mich fragte, ob Sie mitkommen könnten, hatte ich keine Ahnung, wie aufregend es gestern auf Ihrer Farm zugegangen ist, Harry.«

»Viel zu aufregend.« Harry setzte sich auf den Sessel, den der Pfarrer ihr zurechtrückte.

»Ihr dürft euch auch setzen.« Er lächelte die Tiere an.

»Danke schön«, erwiderten sie, blieben aber am Boden.

»Arden, schön, dich zu sehen«, grüßte Harry sie. »Frohes neues Jahr.«

»Freitag ist Buchhaltungstag. Und ein neues Jahr ist angebrochen. Ich muss was zu tun haben.« Sie sah Pfarrer O'Connor und Cooper an, die aufmunternd zurückschauten.

»Ich hab das gefunden.« Arden zeigte auf ein geöffnetes Couvert.

Cooper nahm es und reichte es Harry. »Was sagst du dazu?«

Harry sah keinen Absender, nur ein unbeschriftetes Couvert. Sie zog die Lasche auf und sah drinnen zwei Schecks. »Ist es das, was ich denke?«

Pfarrer O'Connor nickte. »Ja.«

Harry zog zwei fortlaufend nummerierte Schecks heraus, die vermisst worden waren. Sie trugen Ardens Unterschrift.

»Ich hab das nicht geschrieben.« Arden zeigte auf die Handschrift. »Das kann ich beweisen.«

»Ich kann mir nicht vorstellen, dass du die Schecks unterschrieben hast, Arden. Das würde nicht viel Sinn machen.« Harry schob sie in das Couvert zurück, während die gutgekleidete Frau nach nebenan ging, dort eine Schreibtischschublade aufzog und mit Fotokopien zurückkam, die sie auf den Tisch legte.

»Das ist meine Unterschrift.«

Cooper beugte sich vor und griff nach einem Blatt Papier mit Abbildungen von annullierten Schecks. »Sehr ähnlich.«

»Aber nicht ähnlich genug«, widersprach Arden.

Harry nahm Cooper das Blatt ab, betrachtete es und gab es an Pfarrer O'Connor weiter, der es Arden zurückgab.

»Als ich heute Morgen reinkam, steckte ein Couvert an der Abstellkammertür«, sagte sie. »Ich hab's runtergenommen, aufgemacht, zwei Schecks. Ich konnte es nicht glauben. Warum hat man mir das angehängt?« Ihre Stimme zitterte.

»Hat man eigentlich nicht«, antwortete Harry.

»Wieso nicht?« Arden war ungehalten.

»Wenn man's dir anhängen wollte, hätte man sie eingelöst.« Harry verschränkte die Hände.

»Wie du's auch nennst, ich will wissen, wer und warum. Ist hier denn nicht schon genug im Gange?«

»Ja, schon.« Coopers Ton war tröstend. »Wir sollten berücksichtigen, dass Ihre Unterschrift nicht auf dem unten gefundenen zerrissenen Scheck war.«

»Ist mal jemand aus der Gemeinde zu Ihnen gekommen und hat um Spenden gebeten?«, fragte der Pfarrer.

»Nein. Die einzigen Bitten um Spenden, die bei mir eingehen, kommen von den leitenden Herren von Silver Linings. Die Jungen fragen nicht danach. Wir sind im Plus. Es fehlt kein Geld. Wir können jederzeit mehr gebrauchen, aber die Spendengala war sehr erfolgreich. Die Auto-Tombola war der entscheidende Unterschied zwischen einer guten Spendengala und einer fabelhaften.« Arden schob die Fotokopien in ein durchsichtiges Plastikfach an der Innenseite des großen Geschäftsscheckbuchs.

»Arden, hat es jemand auf dich abgesehen?«, fragte Harry. »Auch wenn es peinlich ist, könnte es doch hilfreich sein, es zu wissen.« Sie hatte einen Riecher für Verborgenes.

»Nicht alle mögen mich, aber ich würde nicht sagen, dass sie es auf mich abgesehen haben.«

»Wer?«, drängte Cooper.

»Dar de Jarnette hat mich einmal beschuldigt, ich wolle Max verführen.« Sie warf die Haare zurück. »Absurd.«

»Wann war das?«, fragte Cooper weiter.

»Vielleicht vor sechs Monaten. Sie hat es als Warnung gesagt. Als ob ich ihn wollte! Ich war wütend. Wir haben seitdem nicht mehr miteinander gesprochen, sind aber höflich zueinander.«

»Warum dachte sie das?« Cooper blieb dran.

»Oh.« Arden hielt inne. »Sie hat einmal gesagt, Lou sei immer unterwegs, entweder für eine gute Sache oder zum Vergnügen, und ich sei viel allein. Ich hab zu ihr gesagt, sie müsse das doch kennen.«

»Verstehe«, erwiderte Cooper und verzog keine Miene.

»Fällt dir noch jemand anders ein?«, fragte Harry.

»Inwiefern?« Arden wurde gereizt.

»Arden, niemand wirft Ihnen etwas vor«, sagte Pfarrer O'Connor. »Diese Vorfälle sind nur furchtbar beunruhigend. Wir wollen Sie nicht in Verlegenheit bringen. Ihre Antworten können uns allen, Sie eingeschlossen, dabei helfen zu entdecken, wer die Schecks genommen hat. Wer wollte Ihnen oder unserem Vertrauen zu Ihnen in einer so schmerzlichen Zeit in Ihrem Leben Schaden zufügen?« Der Ton des Priesters war sanft und aufmunternd.

Arden stand auf. »Ich hatte nicht vor, Sie bei Ihrer Besprechung zu stören.«

»Ich finde, dadurch ist alles abgedeckt, was wir im Hinblick auf die Schecks besprechen könnten.« Pfarrer O'Connor stand auf, Cooper und Harry richteten sich nach dem Priester und standen ebenfalls auf.

»Vater.« Arden, die eine Gefühlsaufwallung unterdrückte, trat zu ihm. »Würden Sie mich segnen?«

»Sicherlich. *In nominus* – pardon – im Namen des Vaters, des Sohnes und des Heiligen Geistes, mögen sie dich segnen und behüten und dir Frieden gewähren.« Er machte das Kreuzzeichen, Zeige- und Mittelfinger seiner rechten Hand berührten sich.

»Oh Gott.« Harrys Augen wurden groß.

»Was?« Cooper griff nach Harrys Arm, weil ihre Freundin niedergeschlagen wirkte.

Wortlos legte Harry ihren Zeige- und Mittelfinger zusammen und machte das Kreuzzeichen.

Arden stieß Harry nieder und rannte zur Eingangstür. Sie wollte an Al Toth vorbeistürmen, doch sie stieß mit ihm zusammen, weil er Esther durch die Tür zerrte.

Tucker lief Arden nach, die sich wieder aufgerappelt hatte, hinausrannte und die Kirchentür hinter sich zuknallte.

Cooper rief den polizeilichen Einsatzleiter an. Sie dachte sich, die Leute vom Revier würden Arden binnen zwanzig Minuten in die Enge treiben. Sinnlos, wenn sie der Frau nachjagte, zumal sie sich jetzt auf die kreischende Esther und den brüllenden Al konzentrieren musste.

»Pfarrer O'Connor, Pfarrer O'Connor«, rief Al.

»Al, Al, lass mich los!«, schrie Esther, da er sie weiterhin durch den Flur zog.

Harry, Cooper, Pfarrer O'Connor, Mrs. Murphy, Pewter und Tucker liefen aus der Gegenrichtung im Flur zusammen.

Der Pfarrer ging auf Al zu. »Al, Al, lassen Sie sie bitte los.«

Die Hand am Holster, schlich Cooper sich hinter den Priester.

Harry und die Tiere traten zur Seite.

»Sag's ihm«, verlangte Al. »Sag's ihm, verdammt, sonst brech ich dir das Genick.« Als Zorn brachte die Fenster zum Klirren.

»Ich habe unrecht getan«, sagte Esther.

»Sag ihm, du hast Margaret getötet! Beichte. Er ist Priester, beichte.«

Sie senkte den Kopf. »Vergib mir, Vater, denn ich habe gesündigt.«

»Ja, mein Kind.« Pfarrer O'Connor hoffte, die seit zweitausend Jahren gesprochenen Worte würden Al beruhigen, und Esther würde vielleicht sagen, was sie zu sagen hatte.

»Ich habe Margaret Donleavy getötet«, bekannte sie schluchzend.

»Du hast die reizendste Frau getötet, die es je gab.« Al schüttelte sie. »Warum?« Seine Wut flaute langsam ab.

»Ich habe dich geliebt«, sagte Esther.

»Mich geliebt. Du hast die Frau getötet, die ich liebte, und mich durch die Hölle gehen lassen.«

»Ich habe dich entschädigt. Ich war dir eine gute Frau.«

Er schleuderte sie auf den Holzfußboden, drehte sich um und ging.

Esther rappelte sich zitternd hoch, schnappte nach Luft und sah Harry an. »Sie sind schuld daran.«

»Geh hinter sie«, sagte Mrs. Murphy zu Tucker.

Zu spät. Esther stürzte sich auf Harry und packte sie an der Gurgel.

Harry wehrte sich, griff dann in ihre Tasche. Sie konnte das Taschenmesser nicht aufklappen, aber ungeöffnet lag es schwer genug in ihrer Hand, um ihren Fausthieb härter zu machen. Sie traf Esther mit aller Macht, zugleich schlug Tucker ihre Zähne in Esthers Wade. Cooper trat mit gezogener Waffe dazwischen, und Esther ließ von Harry ab.

»Sie sind wegen der Ermordung von Margaret Donleavy verhaftet.« Schnell drehte Cooper Esther den rechten Arm auf den Rücken und entschuldigte sich: »Harry, das hab ich nicht kommen sehen. Tut mir leid.«

Harry rieb sich den Hals und entgegnete mit krächzender Stimme: »Wer konnte das ahnen?«

Pfarrer O'Connor war verblüfft. Er fasste sich und sagte zu Esther: »Ich bete für Ihre Seele.«

Esther fuhr Harry an: »Hätten Sie sich bloß rausgehalten. Schon damals auf der Highschool waren Sie naseweis. Auch jetzt sind Sie naseweis. Alles war gut.«

»Ich kann nichts dafür, dass der Wind den Baum entwurzelt hat. Esther, hätten Sie Ihre Schwester getötet?«

»Weiß ich nicht.« Esthers Miene wurde sogleich ausdruckslos.

Cooper, die geschwind erfasste, worauf Harry abzielte, riss Esthers Arm so weit hoch, dass es schmerzte. »Haben Sie Ihrer Schwester gedroht?«

»Ja. Sie war unmöglich.«

Das genügte Cooper. Während sie Esther zum Streifenwagen brachte, rief sie Rick an. Wenn sie Esther am Gefängnis ablieferte, sollten Flos Entlassungspapiere schon ausgefertigt sein. Cooper fragte sicherheitshalber bei der Verwaltung nach.

Nachdem Esther durch die Gitterstäbe auf alle gespuckt hatte, lief Cooper flugs in Ricks Büro. »Ist Arden Higham gefasst?«, fragte sie.

»Ja, sie haben sie erwischt, wo die 240 und die 250 zusammentreffen. Sie wollte die Straßensperre rammen. Schlüsselbein gebrochen, aber sie lebt.«

»Chef, lassen Sie uns ins Krankenhaus gehen. Vielleicht redet sie ja. Wenn ja, hätten wir einen Doppeltreffer. Zwei Fälle an einem Tag aufgeklärt.«

Ardens Verletzung war nicht schwer, aber schmerzhaft. Die Ärzte gestatteten dem Sheriff und seiner Stellvertreterin, sie zu vernehmen. Vor dem Zimmer stand ein bewaffneter Polizist, der die Tür hinter Rick und Cooper schloss, als sie eintraten.

Cooper setzte sich neben Arden, Rick sich neben die Polizistin.

»Arden, Sie haben eine schwere Last getragen. Es ist Zeit, sie loszuwerden«, empfahl Cooper beschwichtigend.

»Geht es Harry gut? Ich wollte sie nicht verletzen, aber ich habe Panik gekriegt und musste weg.«

»Ihr fehlt nichts. Erzählen Sie uns jetzt, was wirklich los ist. Haben Sie Ihren Mann umgebracht?«

»Nein.«

»Warum sind Sie dann von St. Cyril weggelaufen?«

»Harry war zu dicht dran, als sie das Kreuzzeichen machte. Sie hat spitzgekriegt, warum Lou und Pete die Finger abgenommen wurden. Sie ist klug. Mit der Zeit wäre sie hinter die Schecksache gekommen – tja, ich musste verschwinden.«

Auch Ricks Stimme war ruhig, als er fragte: »Hat Tyler die Schecks genommen?«

»Ja.«

»Er hat aber nichts gestohlen. Er hat sie ja nicht eingelöst, obwohl er Ihre Unterschrift gefälscht hat«, hakte Cooper nach.

Arden machte den Mund nicht mehr auf.

Cooper fasste nach Ardens Hand und wagte sich weit vor: »Hat Tyler seinen Vater getötet?«

»Oh Gott.« Arden brach in Tränen aus. Ihr ganzer Körper bebte von Schluchzern.

»Bitte, Arden. Ich weiß, es ist furchtbar, Sie haben so viel durchgemacht, aber wir müssen es wissen. Wir möchten nicht, dass Tyler jemandem oder sich selbst was antut. Er ist minderjährig. Bei der Vernehmung wird man sicher Erbarmen zeigen. Sie müssen ihn schützen.«

»Das habe ich ja versucht. Er dachte, die Leute würden durch das Entwenden der Schecks abgelenkt. Ich habe sie in seiner Schublade gefunden. Er leidet. Sie müssen verstehen, wie sehr er leidet. Er hat den einen nur zerrissen, um zu sehen, wie lange es dauert, bis jemand ihn findet. Verquerer Humor, nehme ich an. Ich habe die anderen zurückgegeben, in der Hoffnung, noch mehr Verwirrung zu stiften. Er hat nichts gegen die Rückgabe eingewendet.«

»Warum?«, fragte Cooper fast flüsternd.

»Lou und Pete haben ihn mehr als ein Jahr lang drangsaliert. Er ist zu verängstigt. Sie waren gnadenlos. Sie glaubten, sie würden einen Mann aus ihm machen. Einige Jungen wurden von der Verachtung angesteckt und haben Tyler auch noch zugesetzt.«

»Verstehe.« Cooper nahm Ardens andere Hand. »Silver Linings?«

Arden nickte. »Tyler ist zart. Er ist beinahe hübsch. Er ist ausgeflippt. Verstehen Sie? Er ist einfach ausgeflippt.«

»Hat er es Ihnen erzählt?«, fragte Cooper.

»Nein. Manchmal habe ich auf seinem Rücken oder an seinen Armen blaue Flecken entdeckt. Ich habe das als Jungskram abgetan, Raufereien. Er hat versucht, Football zu spielen. Ich habe gemerkt, dass Lou ihn sehr hart behandelt hat. Nach einem Spiel war Tyler jedes Mal grün und blau. Ich wollte mit ihm zum Arzt. Er hatte einen Zusammenbruch. Ich wusste mir nicht zu helfen. Dann erzählte er mir endlich, dass Lou und Pete ihn malträtiert hatten. Er bat mich, nichts zu sagen, vor allem nicht seinem Vater, weil er dann schwach aussehen würde. Niemand sollte wissen, dass er ein Opfer war. Andere Jungen riefen ihn ›Schwuchtel‹. Er hat sich zu wehren versucht. Er war nicht stark genug.«

»Meinen Sie, er ist schwul?«, fragte Cooper ruhig.

»Er weiß es ehrlich selbst nicht, was er ist. Er ist zu angeschlagen.«

»Die anderen Quälgeister, sind das Erwachsene oder Jungen?«, fragte Cooper mit fester Stimme.

»Tyler sagte, Lou und Pete waren die Schlimmsten. Er hat sie mehr gehasst als irgendwelche Jungen. Nicht dass er die gemocht hat. Mein Sohn will doch nur seine Computerspiele machen, Drachen suchen. Er geht nicht gern unter Leute. Lieber löst Tyler Gleichungen, treibt sich im Chemielabor der Schule herum, statt mit Menschen zusammen zu sein.«

Rick übernahm die Befragung. »Arden, wir wollen Ihnen helfen, und wir wollen Tyler helfen. Können Sie mir sagen, wie er Pete und dann seinen Vater getötet hat?«

»Tyler ist ein Chemiegenie. Er liest alles online, er experimentiert. Er hat gelesen, dass Kaliumchlorid zum Herzstillstand führen kann. Sieht natürlich aus. Er hat sich mit dem Chemielehrer von St. Anne angefreundet und kann das Labor benutzen. Er ist so gescheit. Ich kann Ihnen nicht sagen, wie klug mein Sohn ist, nur dass ich kaum verstehe, wovon er spricht, wenn er die Laborexperimente erklärt. Jedenfalls hat er

Kaliumchlorid hergestellt, in eine Spritze gefüllt und gewartet. Wochenlang. Als Pete Vavilov anbot, Tyler nach der großen Spendengala nach Hause zu bringen, hat er mich natürlich gefragt, und Tyler hat mich auch gefragt. Dann hat Tyler ihn gebeten, bei dem Unwetter an die Seite zu fahren. Er stach ihm die Nadel in den Hals, bevor Pete ganz anhielt, damit er ihn nicht abwehren konnte. Der Wagen kam endgültig zum Stehen, als Petes Herz versagte. Ich habe dahinter gehalten. Tyler hatte mich nämlich gebeten, ihnen zu folgen. Pete wusste nichts davon, und er hätte mich sowieso nicht sehen können. Ich habe hinter seinem Wagen geparkt. Tyler und ich haben den Explorer von der Straße geschoben, damit es nach einem Unfall aussah. Dann sind wir weggefahren.«

»Aha. War Tyler aufgewühlt?«

»Nein. Eher euphorisch.«

»Und sein Vater?«

»Tyler wusste, was ich nicht wusste. Dass Lou Coumadin nahm und es im Handschuhfach verwahrte. Tyler hat etwas davon geklaut. Dann bat er Lou, ihn von St. Anne abzuholen und zur Turnhalle zu fahren. Er gab Lou eine Tasse Kaffee, die er in der Cafeteria geholt hatte, angereichert mit Milch, Zucker und Coumadin. Als er ausstieg, eröffnete er seinem Vater, dass Mark Turners Mutter ihn nach Hause bringen würde, und er dankte ihm fürs Mitnehmen. Er sagte, Lou war wütend, weil Tyler ihn dauernd mit dem Altwerden aufzog. Ich habe Tyler gefragt, was er getan hätte, wenn Lou den Kaffee nicht getrunken hätte. Er sagte, dann hätte er es so lange versucht, bis es geklappt hätte.«

»Und war er durcheinander?«

Sie wurde still, sagte dann: »Zuerst nicht. Er sagte, er sei erleichtert. Er sagte, wenn in seinem Leben noch ein Mal jemand Hand an ihn legte, würde er ihn kaltmachen. Können Sie das verstehen? Meinem Sohn wurde wehgetan, ich konnte ihm nicht helfen. Ich wusste es nicht, bis der Schaden angerichtet war.«

»Hat Charlene Vavilov was gewusst?«

»Nein.«

»Haben ihre Söhne Tyler gepiesackt?«, fragte Rick weiter.

»Nein. Sie sind zu einigen Veranstaltungen von Silver Linings gekommen, aber jetzt gehen beide aufs College.« Wieder kamen ihr die Tränen. Sie fasste sich. »Bitte erzählen Sie Charlene nichts von Pete. Wozu soll das gut sein?«

»Bedauerlicherweise, Arden, wird es bei Tylers Vernehmung ans Licht kommen. Man wird ihn nicht als Erwachsenen vor Gericht stellen. Das könnte Ihnen ein wenig helfen, aber er hat zwei Männer getötet. Vorsätzlicher Mord«, gab Cooper ihr zu verstehen.

Es war nicht klar, ob Arden sie gehört hatte. Sie sagte: »Wenn man dahinterkommt, dass der Ehemann den Sohn schlägt, um ihn abzuhärten, das ist ein Schock, den ich nicht annähernd beschreiben kann. Ich kann mir keine Frau denken, die eine Tochter maßregelt, die sie unweiblich findet. Lou war davon besessen, aus Tyler eine Art Alphamännchen zu machen. Tyler hat seine Pläne gefasst, um sein Elend zu beenden.«

»Und die Finger?«, fragte Cooper leise.

Arden verzog kurz das Gesicht und atmete ein. »Heuchelei. Tyler hatte ein Gespür für Symbolik. Er hat die beiden für Heuchler gehalten, die sich für gute Katholiken ausgaben, während sie ihn ständig malträtierten. In diesem Punkt hasst mein Sohn die Kirche. Er hasst alle Welt.«

»Auch Sie?« Cooper sah ihr in die Augen.

»Kommt auf den Tag an.« Arden liefen die Tränen über die Wangen.

39

Harry, Fair, Cooper, Mrs. Murphy, Pewter und Tucker waren Samstagmittag in der Küche versammelt. Alle hatten gut geschlafen, und Harry machte Mittagessen.

»Ich bin neuerdings so oft an eurem Küchentisch«, sagte Cooper. »Ich schulde euch eine Menge Mahlzeiten.«

»Du schuldest mir gar nichts.«

»Es tut mir leid, dass ich das mit Arden nicht kommen sah. Aus heiterem Himmel erzählt sie alles. Nachdem ich nun ihre Geschichte kenne, vermute ich, gestern war der Tag, der das Fass zum Überlaufen brachte.«

Cooper berichtete ihnen, warum Pete und Lou getötet worden waren. Sie wusste auch, dass der kleine Fleck an der Kopfstütze des Explorers von dem Kaliumchlorid stammen musste. Das langsam arbeitende Labor hatte sich nicht damit befasst, aber sie wusste es. Die Jugend ist eine so impulsive Zeit. Cooper nahm nicht an, dass jedes unterdrückte, zornige Kind ein potentieller Mörder war, aber man ist doch weniger Herr seiner Emotionen, und Morden verwandelt einen Jungen in ein Alphamännchen, wenigstens eine Zeitlang.

»Das ist eine schreckliche Geschichte«, sagte Fair. »Kennt Pfarrer O'Connor sie?«

»Noch nicht. Wir wollen uns morgen früh mit ihm, mit dem Sozialdienst und einem Psychologen treffen, der sich auf dieses Thema spezialisiert hat. Arden wird entlassen werden, aber sie kann nichts sagen, ohne ihren Fall zu gefährden, weil sie tatsächlich Beihilfe zum Mord geleistet hat.«

»Was uns auf Flo bringt.« Harrys Stimme wurde ausgesprochen munter.

»Sie hat einen ausgezeichneten Anwalt. Es wird gut ausgehen für sie, denke ich. Hoffe ich.« Cooper lächelte.

»Ich auch«, sagten Harry und Fair gleichzeitig, dann verhakten sie ihre Zeigefinger, wie man es macht, wenn zwei Personen zur selben Zeit dasselbe sagen.

»Cletus hat dort gewartet, als sie entlassen wurde. Ich habe ihn von der Verwaltung anrufen lassen.« Cooper lächelte noch breiter. »Und er hatte Terminator und Buster in seinem Auto, dazu einen alten Seesack mit etwas Kleidung. Er hat Flo nach Hause gebracht. Ich glaube, er beabsichtigt, dort bei ihr zu bleiben.«

Harry lächelte ebenfalls. »Endlich mal eine gute Nachricht.«

In dieser Nacht warteten die Tiere auf Odin. Die Sterne strahlten hell, die Nacht war klar und kalt. Sie hatten alle Reste vom Mittagessen nach draußen geschleppt, dazu Hundekekse, auf die Tucker bereitwillig verzichtete.

Odin kam und haute rein. Mrs. Murphy sagte oben auf dem Heuboden zu ihm: *»Dank dir, Odin, haben zwei alte Menschen sich ein gemeinsames Zuhause geschaffen, wo sie es wärmer haben, als wenn sie getrennt leben. Und zwei kleine Hunde haben auch ein Heim. Du hast ein gutes Werk getan.«*

»Ich hab gar nichts getan.« Der gesättigte Kojote setzte sich hin.

»Das Armband, das von dem Armknochen gerutscht ist, mit dem hat es angefangen.« Darauf erzählte Pewter die ganze Geschichte.

»Kommt runter, wir können feiern.« Odin grinste zu ihnen hoch. *»Und keine Bange, ich fress euch nicht. Und ist es nicht so, dass Katzen sieben Leben haben?«*

»Weshalb das erste verlieren, um es auszuprobieren?« Mrs. Murphy lachte und rührte sich nicht vom Fleck.

Liebe Leserinnen und Leser,

Ein Hund. Sneaky Pie hat dieses Buch einem Hund gewidmet. Zu viel Katzenminze.

Erstens müsste der Roman mir gewidmet sein. Ich bin die treibende Kraft. Wichtiger noch, ich bin eine Katze.

Und was soll das heißen, einen Menschen gut erzogen haben? Ist dieser Mensch stubenrein?

Für die Zukunft merken Sie sich einfach, all die tollen Ideen kommen von mir, mir, mir. Außerdem würde ich einem Hund nie was widmen.

Ihre

Pewter

Liebe Leserinnen und Leser,

Pewter ist unausstehlich.
Die treibende Kraft dieser Krimis? Haha. Sie sitzt seit Jahren auf ihrem dicken Hintern.

Aufrichtig die Ihre

Liebe Leserinnen und Leser,

endlich kriegt ein Hund, was ihm zusteht. Es war richtig von Sneaky, dieses Buch einem Hund zu widmen. Was wären Menschen ohne Hunde? Verloren, arm dran und sehr einsam. Übrigens wären zahllose Katzen auch einsam. Viele Hunde sind mit Katzen dick befreundet, wobei kein Geschöpf mit der Egokönigin Pewter dick befreundet sein kann.

Was Gracie angeht, sie hat eine reizende Garderobe und ist sehr modisch. Natürlich sitzen gute Klamotten an Yorkies besser als an Corgis, dazu trägt sie oben drüber noch ein hübsches blaues Mäntelchen. Pewter müsste man ein Zelt umhängen. Das ist der eigentliche Grund, weshalb sie rumzickt.

Ich verbleibe wie immer als die Ihre und das einzig vernünftige Wesen in dieser Bande,

Tucker

Die Mrs.-Murphy-Erfolgsserie von
Rita Mae Brown & Sneaky Pie Brown

Schade, dass du nicht tot bist
Roman. E-Book: 978-3-8437-1005-3

Rache auf leisen Pfoten
Roman. ISBN 978-3-548-25552-1 / E-Book: 978-3-8437-1008-4

Die Katze im Sack
Roman. ISBN 978-3-548-26639-8 / E-Book: 978-3-8437-1006-0

Da beißt die Maus keinen Faden ab
Roman. ISBN 978-3-548-26708-1 / E-Book: 978-3-8437-1007-7

Die kluge Katze baut vor
Roman. ISBN 978-3-548-26899-6 / E-Book: 978-3-8437-1032-9

Eine Maus kommt selten allein
Roman. ISBN 978-3-548-28062-2 / E-Book: 978-3-8437-1033-6

Mit Speck fängt man Mäuse
Roman. ISBN 978-3-548-28191-9 / E-Book: 978-3-8437-1034-3

Die Weihnachtskatze
Roman. ISBN 978-3-548-28681-5 / E-Book: 978-3-8437-0971-2

Die Geburtstagskatze
Roman. ISBN 978-3-548-28494-1 / E-Book: 978-3-8437-1004-6

Mausetot
Roman. ISBN 978-3-548-28580-1 / E-Book: 978-3-8437-0534-9

Vier Mäuse und ein Todesfall
Roman. ISBN 978-3-548-28665-5 / E-Book: 978-3-8437-0707-7

ullstein

www.ullstein-buchverlage.de

UB724

Francesc Miralles,
Care Santos

Am schönsten auf der Welt ist es gleich hier

Roman.
Gebunden mit Schutzumschlag.
Auch als E-Book erhältlich.
www.list-verlag.de

Treten Sie ein in das Café, das ein ganzes Leben verändern kann …

Eigentlich ist Iris eine ganz normale junge Frau. Doch seit ihre Eltern bei einem Autounfall ums Leben gekommen sind, ist für sie nichts mehr, wie es war.

Als sie wieder einmal an einem Sonntagnachmittag allein vor dem Fernseher sitzt, hält sie es nicht länger aus und flieht auf die Straße. Das Café, vor dem sie plötzlich steht, wirkt einladend, zieht sie fast magisch an. Sofort fühlt sie sich wie zu Hause, taucht ein in die Atmosphäre dieser kleinen Welt. Hier lernt sie Luca kennen, der schon viel erlebt hat. Die Gespräche mit ihm werden für sie zu einer Reise zu sich selbst.

List